Katertage zum Verlieben

ILONA SCHMIDT

KATERTAGE ZUM VERLIEBEN

Planet Girl

»Gott schuf die Katze, damit der Mensch einen Tiger zum Streicheln hat.«
Victor Hugo

Für Tommy und alle anderen Kampfkater dieser Welt

1

»Katzen können nicht küssen«, sagte Brutus und schüttelte seine Schlappohren, dass es nur so klatschte. Speicheltropfen flogen von seinen Lefzen, dieser Hund war eklig. Ihm fehlte jegliche Eleganz, ganz im Gegensatz zu uns Katzen.

»Wozu soll küssen überhaupt gut sein?«, fragte ich.

»Man zeigt damit Liebe.«

»Das können Katzen sehr gut ohne küssen.« Mit hocherhobener Nase stolzierte ich in sicherer Höhe auf einem Balken über ihn hinweg. Man wusste schließlich nie, woran man bei anderen Viechern war. Manche konnten sogar fliegen. Von unten äugte Brutus zu mir herauf. Er war doppelt so lang wie hoch, dafür reichten seine Ohrlappen bis auf den Boden. Breiter und schwerer als ich, gehörte er eindeutig nicht zu meinen Beutetieren. Trotzdem konnte er sich glücklich schätzen, dass ich ihm nicht meine Krallen in die Nase schlug. Immerhin war ich ein stolzer Kampfkater und er bloß ein dämlicher Hund.

»Wir reiben unsere Nasen aneinander, wenn wir einander mögen«, sagte ich am Ende des Balkens und legte mich nieder. »Ist das nichts?«

»Das wäre den Menschen zu wenig. Sie legen Lippen an Lippen und schlabbern sich gegenseitig ab.«

Das graue Fohlen in der Box am Ende des Stalls machte Schmatzgeräusche, wenn es an der Zitze seiner Mutter hing, obwohl dabei nur ein Lippenpaar im Spiel war. »Und weil Katzen niemanden küssen, darf ich im Stall bleiben und du musst im Haus bei den Menschen wohnen? Kannst du denn küssen?«

»Es ist nicht nur wegen des Küssens.« Brutus setzte sich und kratzte sich mit seiner Hinterpfote am Ohr. »Hunde haben einen ausgezeichneten Geruchssinn und sind absolut zuverlässig – ganz im Gegensatz zu euch Katzen. Ihr dient den Menschen nicht und seid deshalb unnütz.«

»Tust du denn was Nützliches?«

Brutus zögerte. »Im Moment nicht, weil ich meine Zeit mit dir vergeude.«

Es ärgerte mich, dass er sich so herablassend äußerte, denn ich lag hoch über ihm. »Bist du denn was Besonderes?«

»Ich bin ein Hund, das reicht. Außerdem sind wir den Menschen bis zum Tod treu ergeben, wofür sie uns lieben. Aber davon hast du ja keine Ahnung.«

Lieben? Was war das denn nun wieder; vielleicht so was wie mögen? Verwirrt stand ich auf. »Wir brauchen keine Menschen, wir kommen prima ohne sie zurecht.«

»Das meinst du. Und nun schleich dich, Kleiner. Ich möchte meinen Wachrundgang beenden.« Brutus zog seine Lefzen hoch und ließ seine Fangzähne aufblitzen. Wirklich beeindruckend, denn er hatte die längeren und auch das größere Maul als ich. Wahrscheinlich war das der Grund, warum Mama mich vor ihm und Seinesgleichen gewarnt hatte.

»Was machst du da?«, rief sie aus dem Hintergrund. »Redest du etwa schon wieder mit dem Hund? Komm sofort her!«

Peinlich, peinlich. Ausgerechnet vor Brutus musste sie mich zurückpfeifen.

»Geh ruhig, Kleiner«, sagte er hämisch. »Wenn Mama ruft, solltest du lieber gehorchen. Könnte sein, dass ich sonst zu dir raufkomme und meine gute Erziehung vergesse.«

Das würde ich sehen wollen. Brutus blickte aus seinen

braunen rotunterlaufenen Hundeaugen zu mir hoch. Spielerisch fuhr ich meine Waffen aus und machte »Pfft«. Brutus reagierte nicht, so legte ich noch eins drauf. »Pass lieber auf, dass du Tollpatsch nicht über deine eigenen Ohren stolperst. Wie willst du mit solchen Fladen am Kopf die Leiter hochkommen? Schwer vorstellbar, dass du dazu fähig bist.«

»Rawau«, schimpfte Brutus mit heiserer Stimme. »Komm runter, wenn du dich traust. So was wie dich verputze ich als Nachtisch.«

»Junge?«, rief Mama erneut. Schade, immer wenn's interessant wurde. Sollte ich ungehorsam sein und dem Hundevieh auf den Rücken springen?

Brutus verkürzte meine Überlegung, indem er einfach nach draußen watschelte und den Schwanz steil nach oben richtete, als wollte er jemanden begrüßen. Bloß war da niemand.

Feind verscheucht, Ziel erreicht. Stolz drehte ich mich um und marschierte zu dem Stapel Heuballen, in dem wir wohnten.

Irgendwo darin raschelte es verdächtig. Vermutlich nagte eines unserer zukünftigen Frühstücke an Getreidekörnern. Frühstücke – also die kleinen Mahlzeiten zwischendurch oder einfach nur Snack genannt – lebten hier massenhaft. Verborgen im Heu und hinter den Holzwänden machten sie unsere neue Heimat zu einem idealen Jagdrevier – hatte Mama gesagt.

Ich ließ den Snack gewähren und sprang auf den Heuballenberg. Mama lag im hintersten Winkel. Sie war die schönste Katze der Welt, das Fell glänzend schwarz, von der Nase bis zur Schwanzspitze, die gerade ungeduldig hin und her schlug. Ich hätte besser sofort gehorchen sollen, denn im Verteilen von Ohrfeigen war sie nicht zimperlich.

»Wo treibst du dich nur immer rum?!«, fuhr sie mich an.

»Jeden Abend das Gleiche. Und ich muss dir dann wieder all die fremden Gerüche aus dem Fell lecken.«

Ihre Zunge fuhr über mein Ohr, verweilte kurz daran, um es dann zu umkreisen.

»Autsch, Mama. Ich kann mich selbst putzen.«

»Halt still!«

Ich ließ sie gewähren, denn wenn sie sich was in den Kopf gesetzt hatte, zog sie es auch durch. »Mama, warum suchen Hunde die Nähe der Menschen, wenn die doch so schrecklich sind?«

»Hunde sind gefährlich. Menschen sind gefährlich. Und beide wollen uns ans Fell. Am besten hältst du dich von ihnen fern«, sagte sie streng.

»Brutus kann mir nichts anhaben.«

»Solange du ihm nicht direkt gegenüberstehst. Hunde sprechen eine andere Sprache, stinken und biedern sich bei den Menschen an. Sie packen dich am Nacken und schütteln dich so lange, bis du tot bist. Dreh dich um!«

Das ging jetzt aber gar nicht. Mein Hinterteil war meine Privatangelegenheit. »Das mache ich selbst.«

Sie schoss einen ihrer giftigen Blicke, die keinen Widerspruch duldeten, auf mich ab. Ergeben drehte ich mich um. Papa hätte sich nie und nimmer den Hintern von ihr putzen lassen und war deshalb seiner Wege gegangen. »Ich bin kein Baby mehr.«

Ihre Augen wurden groß. »Stimmt. Du bist bald alt genug, um dein eigenes Leben zu führen.«

»Das will ich nicht.«

»Du wirst keine Wahl haben.«

Was sollte das denn heißen? Ein Leben ohne sie konnte ich mir nicht vorstellen. Mama wusste immer Rat, brachte Futter heim und beschützte mich. Warum also sollte ich fortwollen?

»Was ist Liebe?«, fragte ich.

Sie hielt inne, ihre Augen wurden schmal. »Etwas, das eine Mutter für ihre Kinder empfindet.«

»Ich hab dich lieb.«

»Das ist gut und richtig. Trotzdem werden sich unsere Wege trennen müssen. Hast du schon einen Zahn verloren?«

Allerdings. Meine Zunge fühlte nach der Lücke, in der sich der nächste bereits bemerkbar machte.

»Ja, Mama«, antwortete ich.

»Dann wird es höchste Zeit, dass du deine erste Maus fängst.«

Ein höchst unangenehmes Thema, denn bis jetzt hatte ich kein Jagdglück gehabt.

»Hast du es wenigstens einmal versucht?«

»Natürlich, Mama.«

»Wären wir noch in der Katzenkolonie, hättest du Freunde, die dir zeigen würden, wie das geht. So bleibt alles an mir hängen. Wir probieren es morgen einmal gemeinsam.«

»Oh ja, Mama.« An die Katzenkolonie konnte ich mich kaum erinnern – ebenso wenig wie an meine Geschwister. Was damals mit ihnen passiert war, verbarg sich hinter einer Wand aus Angst. Aber dass Wasser im Spiel gewesen war, wusste ich noch sehr genau. Seitdem lebten wir nur noch zu zweit; zuerst im Wald, und immer auf der Flucht vor Menschen, und jetzt hier unter dem Dach eines Pferdestalls.

Mama hob lauschend den Kopf und widmete sich dann der eigenen Körperpflege – eine prima Gelegenheit, mich davonzuschleichen.

Doch bevor ich den ersten Schritt machen konnte, knarrte unten im Stall die Tür und das Menschenmädchen kam herein. Gleich würde es mit dem abendlichen Füttern der Pferde beginnen. »Versteck dich, Junge«, flüsterte Mama. »Außer uns gibt es hier keine Katzen – ein schlechtes Zeichen. Bestimmt hassen uns diese Menschen. Wären wir hier nicht vor Unwettern sicher und fänden genug zu fressen, hätten wir längst unser Versteck gewechselt.«

»Wenn ich groß bin, werde ich dich vor ihnen beschützen.«

»Das wirst du schön bleiben lassen. Bauern töten Tiere. Warum sollte dieser hier bei dir eine Ausnahme machen.«

»Aber auf dem Hof leben doch welche.«

»Nur, solange sie ihm nutzen.«

Wozu waren Tiere nutze? Es gab welche, die man fürchten musste, und welche, die einen fürchteten. Mama redete weiter von bösen Menschen, aber ich hörte ihr nicht mehr zu. Die Geschichte von der Gefahr, die von ihnen ausging, kannte ich zur Genüge. Zu sehr lockten die fremden Geräusche und Gerüche. Neugierig schlich ich zum Rand des Heuballens, jederzeit zum Angriff bereit – oder zum Rückzug.

Das Mädchen da unten sprach zu den Pferden. Gleich darauf sprudelte Wasser und die Futterkiste wurde geöffnet, was die Snacks in helle Aufregung versetzte, wie ich ihrem eiligen Trippeln entnehmen konnte.

Nur allzu gern hätte ich gewusst, was sie zu den Pferden sagte. Es klang beruhigend und zärtlich, gar nicht böse. Mama hatte mir vieles von der Menschensprache beigebracht, aber einiges davon machte immer noch keinen Sinn. Dennoch sollte es möglich sein, sie besser zu verstehen, da ich mich ja auch mit Brutus und der Scheuneneule unterhalten konnte. Allerdings waren die Gespräche mit ihr ziemlich einseitig, denn außer »Schuhu« sagte sie nichts.

Das Mädchen füllte die Futtertröge und sofort steckten die Pferde ihre großen Mäuler hinein. Manchmal klopfte das Menschenkind einem Pferd den Hals oder es strich über deren lange Nasen. Die Pferde sagten dann: »Ich mag dich auch«, »Hast du ein Leckerchen?« oder »Kratz mich am Rücken«. Das alles sah sehr friedvoll aus.

Immerhin wusste das Mädchen, was sich gehörte, da es die Pferdehintern in Ruhe ließ. Brutus folgte der jungen Frau auf Schritt und Tritt, wobei er heftig mit dem Schwanz wedelte, obwohl er eigentlich freundlich und entspannt wirkte. Sie ging in die Box mit dem grauen Fohlen darin, tätschelte den Hals der schneeweißen Mutter und berührte mit den Lippen die Nase des Pferdebabys.

»Na, Kleine«, sagte sie, obwohl die Kleine ziemlich groß war.

Gebannt schaute ich zu. Hm, keine Schmatzgeräusche. War das nun küssen oder nicht? Ich beugte mich weiter vor, um ja nichts zu verpassen – noch ein Stückchen. Auf dem glatten Heu geriet ich ins Rutschen. Ich versuchte, mich festzukrallen – vergeblich.

Ich fiel. »Hilfe!«

2

Schnell gedreht und alle Pfoten gestreckt. Der Boden raste näher. Mensch und Hund flogen an mir vorbei, dann schlug ich auf. Der Aufprall stauchte meinen Körper, dass mir die Luft wegblieb. Benommen rappelte ich mich auf.

Was war passiert? Wo war ich? Unten, in der Stallgasse. Neben mir eine Reihe Holzwände, darauf Gitterstäbe, hinter denen riesengroße Pferde wohnten. Alle Türen zu, kein Fluchtweg in Sicht. Verzweifelt drehte ich mich im Kreis.

Direkt vor mir stand Brutus. »Holla! Wen haben wir denn da? Den Nachtisch?«

Auweia. So in Augenhöhe wirkte sein Maul noch viel größer, ebenso seine Flatterohren und die Pranken. Ob die auch mit Krallen bestückt waren? Davon hatte Mama nichts gesagt.

Hinter ihm stand das Menschenmädchen. Bisher hatte ich Menschen nur von Weitem gesehen, aber aus der Nähe wirkten sie noch viel Furcht einflößender, vor allem weil sie ständig auf den Hinterbeinen gingen – als wollten sie angreifen. Zudem starrte sie mich mit weit aufgerissenen Augen an – schrecklich. Gleich würde sie mich anspringen. »Mama!« Ich musste fort von hier, und zwar schnell. Doch wohin? Vielleicht führte ein Weg nach oben? Das Mädchen baute sich vor mir auf und versuchte, mich mit ihren Vorderpfoten zu fangen, während hinter mir Brutus gierig hechelte. Kein Wunder, dass es hier keine Katzen gab.

Ich stieß mich vom Boden ab und sauste los, aber eine Wand versperrte mir den Weg. Daher schnell herumgeworfen und in die entgegengesetzte Richtung gerannt. Verzweifelt jagte ich von einem Eck ins nächste, doch weder ein Ausgang noch die Treppe nach oben kamen in Sicht. Allmählich wurde mir die Luft knapp.

Mit wehenden Ohren galoppierte Brutus auf mich zu. Dem Haken, den ich schlug, konnte er kaum folgen. Dennoch blieb er mir dicht am Schwanz. Das war das Ende.

Ich flüchtete mich auf eine Kiste. Dort oben würde ich mich einigermaßen verteidigen können, aber auch von al len Seiten angreifbar sein. Gegenüber, an der Wand, stand ein Eimer, der Schutz versprach. Während Brutus sich eifrig mühte, die Kiste zu erklimmen, hüpfte ich über ihn hinweg und sprang in den Eimer. Keine schlechte Wahl, denn so waren zumindest mein Hinterteil und der Rücken geschützt. Einen Angriff von oben würde ich leicht abwehren können.

»Jana«, rief eine tiefe Stimme draußen vor dem Stall, »komm mal raus!«

Damit musste das Mädchen gemeint sein, denn sie antwortete prompt. »Komme gleich, Opa! Ich muss hier erst noch was erledigen!«

Immerhin verstand ich die Sprache der Menschen besser als befürchtet. Beruhigung verschaffte mir diese Erkenntnis jedoch nicht. Ich wagte kaum zu atmen. Plötzlich klopfte etwas auf meinen Kopf. Ich zuckte zusammen und wollte schon herausspringen, als ich über mir in der Wand eine silber glänzende Nase entdeckte, aus der es tropfte. Angstkatze, das bisschen Wasser reicht nicht, um zu ertrinken, schalt ich mich selbst und fühlte mich gleich viel sicherer.

Als sich laute Schnüffelgeräusche näherten, wagte ich einen Blick über den Rand des Eimers. Die Nase knapp über dem Boden, die Ohren schleifend daneben und den Schwanz steil aufgestellt, trabte Brutus auf mich zu. Jetzt jaulte er auch noch vor lauter Aufregung. Wenn der sich mal an einer Spur festgesaugt hatte, war er anscheinend nicht mehr zu halten.

Ich sah nur den Hund und seine große Fressöffnung. Das war's dann wohl. Gleich würde er mich zu Tode schütteln.

Hoch über mir, an der Luke des Heubodens, meinte ich Mamas liebes Gesicht zu sehen. Nein, mein Ende sollte sie nicht mit ansehen müssen. Mit einem Kampffauchen sprang ich aus dem Eimer, stürmte auf Brutus zu und an ihm vorbei, hinauf auf eine andere Kiste.

Meine Pfoten griffen ins Leere – sie stand offen.

Mit einem lauten Knall wurde es um mich herum dunkel – richtig dunkel. Hier drinnen stank es nach Fett und Pferd. Verzweifelt kratzte ich an den Wänden und schrie um Hilfe.

»Was ist denn hier los?«, fragte Opas tiefe Menschenstimme, dieses Mal gefährlich nahe.

»Eine kleine Katze. Ich hab sie in der Putzkiste gefangen.«

»Wo kommt die her?«

»Wahrscheinlich ausgesetzt. Ich schau besser mal nach, ob da noch mehr sind.«

»Was hast du mit ihr vor?«

Das Mädchen zögerte. Die Antwort konnte ich geben: rauslassen, und zwar sofort!

»Behalten. Zuerst muss sie aber zum Tierarzt«, sagte sie. »Wer weiß, welche Krankheiten sie mit sich rumschleppt. Wenn ich mich beeile, schaffe ich's noch.«

»Aber die Arztrechnung bezahlst du selbst. Wie du weißt, sind wir zurzeit knapp bei Kasse.«

»Ich arbeite es ab, okay?«

»Sie muss auch kastriert oder sterilisiert werden – je nachdem, ob sie männlich oder weiblich ist. Die Gemeinde hat ja nichts Besseres zu tun, als ständig neue Verordnungen zu erlassen. Katzenschutzprogramm – dass ich nicht lache. Früher hat man sie einfach ertränkt.«

»Mensch, Opa.«

»Ist doch wahr.«

»Warst wohl wieder auf der Bank?«

»Das sind alles Halsabschneider.«

Ich erschrak fürchterlich. Mamas Warnungen schienen sich zu bewahrheiten. Es wurde nicht nur zu Tode geschüttelt, sondern auch der Hals abgeschnitten.

Schwere Schritte entfernten sich, leichtere kamen näher. Der letzte Rest Mut verließ mich und ich schrie mein Leid in die Finsternis.

Die Schritte stoppten vor der Kiste. Gleich müsste der Deckel aufgehen. Ich machte mich sprungbereit, indem ich die Hinterbeine unter den Körper schob und die Ohren anlegte.

Nichts geschah. Draußen klapperte und raschelte es. Lautes Schnüffeln. Aha, Brutus war also noch da. Plötzlich schoss gleißendes Licht in die Kiste, gefolgt von einem Schwall frischer Luft. Ich stieß mich ab und landete schneller, als ich gedacht hatte.

Was war das? Ich war von Gitterstäben umgeben. Mamas Beschreibung nach musste dies ein Käfig sein. Jahrelang war sie in einem eingesperrt gewesen. Ich war also von einem Unglück ins nächste gesprungen.

»Mama, hilf mir!«, schrie ich in meiner Not, aber sie kam nicht.

Brutus drückte seine Schnauze ans Gitter. »Na, wie ist es da drinnen?«

Ich schämte mich ein wenig, denn mein Hilfeschrei war eines angehenden Kampfkaters unwürdig gewesen. »Richtig gemütlich.«

»Das wird sich schlagartig ändern, wenn sie dich rauslassen.«

»Und wieso?«

Die Antwort blieb er mir schuldig, denn das Mädchen schob ihn beiseite, hob mich mitsamt des Käfigs hoch und sprach mit sanfter Stimme auf mich ein. »Wird alles gut werden, Mieze.«

»Erst mich austricksen und dann schöntun. Dir glaub ich kein Wort«, knurrte ich.

»Beruhige dich. Das ist alles nur zu deinem Besten – sagt zumindest Jana. Ob das stimmt, wage ich allerdings zu bezweifeln.«

Also hatte ich richtig verstanden. Jetzt wusste ich, warum es hier keine anderen Katzen gab. Ein Schauer lief mir über den Rücken. Ertränken oder totschütteln? – Keine guten Aussichten.

»Es soll zu meinem Besten sein, wenn ich getötet werde?«

Brutus lachte lauthals: »Hauhauhau. Wirst schon sehen. Gibt viel zu viel junge Katzen hier in der Gegend.«

»Wer sagt das?«

»Opa. Ihr werdet alle eingefangen und verschwindet dann auf Nimmerwiedersehen«, erwiderte Brutus.

»Und was passiert mit uns?«

Er schmatzte. »Keine Ahnung. Ihr seid halt weg. Vielleicht in der Wurst?«

Auweia. Jetzt verstand ich, warum Mutter mich vor den Menschen gewarnt hatte. »Essen Menschen denn Katzen?«

»Durchaus möglich. Zumindest Pferde, das weiß ich, weil sie zu ihnen sagen, wenn du nicht gehorchst, kommst du in die Wurst.« Brutus setzte sich und betrachtete mich lange. »Du hast gute Chancen, nicht reinzukommen, weil an dir nicht viel dran ist.«

Ein Speichelfaden sammelte sich an seiner Lefze und sank langsam zu Boden – wie bei mir, wenn Mama mir einen Snack vor die Pfoten legte.

»Mit mir machen sie so was nicht. Ich bin nämlich ein freier Kampfkater«, behauptete ich frech.

»Du? Ein Kampfkater? Dass ich nicht lache. Und frei schon gar nicht.« Er legte sich nieder, zeigte mir seine großen Pranken, deren Krallen ständig sichtbar waren, und ließ mich nicht aus den Augen. Angeber – seine Waffen derart zur Schau zu stellen.

Hm. So oder ähnlich mussten sich die Snacks fühlen, wenn ich vor ihren Behausungen auf sie lauerte.

Das Menschenmädchen namens Jana bückte sich und starrte mich an. Sie sprach in einem ruhigen Tonfall zu mir, aber davon würde ich mich nicht einlullen lassen. Fauchend zeigte ich ihr meine Fangzähne.

Zu meiner Verwunderung löste das bei ihr nur ein Lachen aus. Meine Lage schien hoffnungslos.

Sie griff nach dem Käfig und hob ihn hoch.

»Hilfe, was passiert mit mir?!«, rief ich entsetzt.

»Jetzt geht's ab in die Wurst. Schade, mit dir hätte ich noch viel Spaß haben können«, sagte Brutus.

»Ich fahre jetzt gleich zum Tierarzt«, rief Jana und trug mich nach draußen, zu einem dieser Lärm machenden Häuschen, mit denen sich die Menschen rasend schnell fortbewegen konnten. Mama hatte mich vor diesen Ungeheuern gewarnt. Die nehmen auf nichts und niemanden Rücksicht und überrollen dich einfach. In so einem Ding wurde ich nun abgestellt. Jetzt verließ mich nicht nur der Mut, sondern auch mein Darminhalt, und das war so ziemlich das Schlimmste, was einer Katze widerfahren konnte. Um mich herum begann es zu brummen und zu rattern, dass mir übel wurde.

Endlich fand diese Qual ein Ende und mein Käfig wurde in ein Haus getragen. Hier roch es nach vielen Hunden, Menschen und sogar Katzen – aber auch nach etwas anderem: Blut und Tod. Oh weh, wir würden alle in die Wurst kommen. Dabei hatte ich Mama doch versprochen, sie zu beschützen. Sie war in allerhöchster Gefahr und ich konnte sie jetzt nicht mal warnen.

Menschen begafften mich, bis sich schließlich die Käfigtür öffnete. Auf alles gefasst, fuhr ich meine Krallen aus. Kampflos würde ich mich nicht ergeben. Ein Mann im weißen Kittel griff nach mir. Ich stürzte mich auf seine Hand, verbiss mich darin und strampelte mit meinen Hinterbeinen, so schnell ich konnte. Hier, nimm das – und das! Mein Angriff zeigte keine Wirkung. Erst jetzt bemerkte ich, dass die haarlose Haut seiner Hand von einer anderen, viel dickeren umhüllt war. Alle Gegenwehr war nutzlos. Ein Stich im Nacken, und die Welt versank in Dunkelheit.

3

Ein Geräusch weckte mich. Dichter Nebel lag auf meinen Ohren und Augen, scharfe Gerüche kitzelten in meiner Nase, dass ich niesen musste. Warum war Mama nicht hier? Verzweifelt rief ich nach ihr. Keine Mama eilte herbei, keine Zunge tröstete mich, aber wenigstens lag ich weich. Langsam lüftete sich der Nebel, Licht drang in meine Augen. Ich blinzelte. Das hier sah aber gar nicht nach Heuboden aus.

Graue Wände umgaben mich und die einzig offene Seite war mit einem Gitter versperrt. Gegenüber konnte ich einige Käfige erkennen, in denen eine Katze sowie zwei Hunde saßen. Der tiefschwarze langhaarige Artgenosse blinzelte aus gelben Augen zu mir herüber.

»Wo bin ich?«, fragte ich ihn, da ich von den Hunden keine Antwort erwartete.

Schweigen. Die Katze schaute mich nur von oben herab an. Mutter hatte mich vor diesen Typen gewarnt, die meinten, was Besseres zu sein, nur weil ihnen ein Mensch gehörte, der sie bürstete.

»Beim Tierarzt«, sagte ein Hund mit Ringellöckchen.

Jetzt musste ich doch mit ihm reden. »Und was bedeutet das? Kommen wir in die Wurst?«

»In die was? Harharhar! Wie kommst du denn da drauf?«

»Unmöglich, dieses Benehmen«, miaute die Katze. »Bist wohl einer dieser dummen Landstreicher, die von nichts eine Ahnung haben?«

Wie ich mich schämte. War ich doch glatt auf diesen Sprücheklopfer Brutus hereingefallen. »War nur Spaß. Und überhaupt bin ich ein freier, wilder Kater.«

»Besonders frei und wild kommst du mir aber nicht vor.« Der Lockenhund legte seinen Kopf zwischen die Vorderpfoten und seufzte laut. »Hoffentlich kommt mein Herrchen bald. Ich bin so einsam.«

Eingebildete Bande. Von denen könnte bestimmt keiner in der Wildnis überleben. Ich beschloss, sie nicht mehr zu beachten, doch die Frage, was »Tierarzt« bedeutete, ließ mir keine Ruhe. Jedenfalls verhießen die Gerüche nichts Gutes.

Im Zimmer wurde es ruhig, bis sich schließlich Schritte näherten. Sofort sprangen alle Käfiginsassen auf ihre Pfoten und starrten durch die Gitter nach draußen. Warteten die etwa auf einen Menschen?

Tatsächlich kam einer von denen herein, blickte suchend in die Käfige und verschwand aber gleich wieder, was bei den Käfiginsassen so manchen Seufzer hervorrief. Auch ich stimmte mit ein, denn das Leben in Gefangenschaft erschien mir ziemlich langweilig. Ob es hier Snacks gab? Ich strengte meine Ohren an: kein Rascheln, kein Nagen, nur das Knurren meines Magens, aber der war an Leere gewöhnt. Nachdem nichts weiter geschah, legte ich ein Schläfchen ein.

Das Spiel des hoffnungsvollen Aufstehens und enttäuschten Hinlegens wiederholten meine Nachbarn noch mehrere Male. Endlich kam ein Mensch und hob den Lockenhund heraus. Der zögerte zunächst, zog beim Hinausgehen dann aber so wild an der Leine, als würde ihm draußen die große Freiheit winken.

Die Tür öffnete sich erneut. Ein Mensch blieb vor meinem Käfig stehen, musterte mich ausgiebig und schob sich die dicke Zweithaut über die Hände. Schon streckte er seine Hand in meinen Käfig und versuchte, mich am Hals zu packen. Obwohl ich mich mit Krallen und Zähnen wehrte, gelang es ihm schließlich, mich aus dem Käfig zu ziehen und in einen kleineren zu stopfen.

Verzweiflung packte mich. Hörte das nie auf? Ich wollte heim in den Stall zu meiner Mama, wurde stattdessen von einem Gefängnis ins nächste gestoßen.

»Komm her, mein wildes Katerchen«, sagte der Mensch. Wenigstens hatte er erkannt, dass ich ein echter Kampfkater war. Aber anstatt mir die Freiheit zu schenken, trug er mich im Käfig in ein anderes Zimmer. Dort wartete Jana, meine einzige Hoffnung, Mama wiederzusehen.

»Schau nur, wie sie mich hier behandeln. Und du bist schuld«, maunzte ich sie an.

»Wie geht's ihm?«, fragte sie, ohne Anstalten zu machen, mir zu helfen.

»Gut. Kräftiger Bursche, etwas unterernährt zwar, was bei dem Wurmbefall aber kein Wunder ist. Wir schätzen ihn auf drei bis vier Monate. Wollen Sie ihn behalten?«

»Wenn's geht, gern.«

»Dann sollten Sie ihn in etwa einem halben Jahr kastrieren lassen.«

»Mach ich. Wie hat er sich denn untersuchen lassen?«

»Wir mussten ihn sedieren. Aber jetzt ist er wieder putzmunter.«

»Ruhig gestellt wäre er mir lieber«, sagte sie lachend. »Er ist ziemlich wild und hat keinerlei Vertrauen.«

»Er wird sich schon eingewöhnen. Kann aber 'ne Weile dauern, vor allem, weil er jetzt traumatisiert ist. Was haben Sie mit ihm vor? Ich würde empfehlen, ihn ausschließlich im Haus zu halten.«

»Das werden meine Großeltern aber anders sehen.« Sie lachte erneut. »Wie Sie wissen, leben wir auf einem Bauernhof.«

»Die kriegen Sie schon rum, Frau Moser. Übrigens finde ich es ganz toll, dass Sie ihren Betrieb auf Öko umgestellt haben. Was sagen Sie zu den Plänen des Bürgermeisters?«

»Dass bei uns ein Windpark gebaut werden soll? Wohin denn? Windkraftanlagen sind nicht unbedingt schonend für die Umwelt. Ihr Standort muss gut gewählt sein.«

Der Mann beugte sich zu Jana vor. »Bei der Standortfrage spielen meiner Ansicht nach andere Dinge eine Rolle«, sagte er leise. »Da will sich einer eine goldene Nase verdienen.«

Obwohl sie weiterredeten, hörte ich nicht mehr zu. Die Wurstgefahr schien jedenfalls gebannt zu sein.

Als Jana sich verabschiedet hatte, stellte sie mich erneut in dem Häuschen auf Rädern ab. Warum konnte sie nicht einfach die Käfigtür öffnen und mich rauslassen. Ich würde gut ohne sie in den Stall zurückfinden.

Leider blieb mein Wunsch unerfüllt. Jana setzte sich vorne hin und gleich darauf begann wieder dieses schreckliche Brummen, das sich schier endlos hinzog. Hoffentlich war diese Qual bald zu Ende. Ein lauter Knall ließ mich und sogar das rollende Monster zusammenzucken. Selbst Jana stieß einen spitzen Schrei aus. Ich hatte recht behalten, diesem Ding war nicht zu trauen.

Jana stieg aus und ließ mich zurück. Schrecklich, in diesem Käfig eingesperrt zu sein. Ich legte mich flach auf den Boden, um wenigstens den wolkenverhangenen Himmel sehen zu können. Was für ein erbärmlicher Trost. Aus diesem Kasten gab es kein Entrinnen.

Draußen schimpfte Jana wie ein Vogel, der mich beim Anschleichen entdeckt hatte. Sie setzte sich wieder zu mir ins Häuschen, hielt einen kleinen Gegenstand an ihr Ohr und begann, mit sich selbst zu reden.

»Ja, einen Platten. Auf der Straße zu unserem Hof. Nee, hier ist kaum Verkehr, da steh ich ewig … Wann kommt Opa heim? … Mist, ich hab außerdem die Katze aus dem Stall dabei … Uns geht's gut … Dennis? Nee, Oma, dann wechsle ich den Reifen lieber selbst … weil der sich in seinem Leben noch nie die Hände schmutzig gemacht hat. Der hält doch einen Kreuzschlüssel für ein Kirchensymbol und eine Radmutter für eine Fahrrad fahrende Hausfrau … Na gut, ich kann's ja mal probieren.«

Sie nahm das Kästchen vom Ohr und tippte darauf herum, nur um erneut hineinzuhorchen. »Dennis? Stell dir vor … Ehrlich? Ein neues Tablet … Im Voraus fürs Abitur? …« Sie zog eine Grimasse. »Jaaa, aber ich bräuchte … Nein, heute Abend gehe ich nicht ins Kino. Jetzt hör doch mal zu. Ich hab einen Platten … auf der Straße nach Hause … Natürlich kann ich das selbst … Verstehe, dein Fitnessstudio ist natürlich wichtig …« Sie warf das Kästchen auf den Sitz. »Blödmann.«

Eines war sicher: Durch Selbstgespräche und Hineinsprechen in dieses kleine Kästchen würden wir von hier nicht wegkommen.

Kaum hatte sie das Kästchen erneut ergriffen, näherte sich das Brummen eines anderen Häuschens, und dieses hielt anscheinend vor uns.

»Brauchst du Hilfe?«, fragte eine tiefe Stimme.

Oh nein, jetzt hatte Jana einen Menschen zum Reden gefunden. Das konnte ewig dauern, bis wir wieder daheim sein würden. Mama machte sich bestimmt Sorgen um mich.

»Ich komm schon klar«, erwiderte Jana.

»Sicher?«

»Nein.«

Eine Tür klappte und ein Mann steckte seinen Kopf zu uns herein. »Woran fehlt's denn?«

»Ein Platten.«

»Wenn's nichts Schlimmeres ist.«

»Ich hab kein Reserverad.«

»Das macht die Sache etwas komplizierter.«

»Ich habe es in der letzten Woche verwenden müssen.«

»Du wohnst wohl in einer Straße, die mit Nägeln gepflastert ist?«

Jana stieg aus und ging zum hinteren Ende des Häuschens, wie ich hören konnte. »Das nicht, aber neue Reifen kann ich mir nicht leisten.«

»Kein Wunder, dass der geplatzt ist. Der ist ja arschglatt. Na, dann wollen wir mal.«

Es klapperte und rumorte, dass ich richtig Angst bekam. Was machten die zwei da draußen?

Seine Stimme klang angenehm, als er sagte: »Übrigens, ich heiße Marcel.«

»Und ich Jana.«

Plötzlich ging alles ruckweise nach oben und der Boden wurde so schief, dass ich mich festhalten musste.

»Verflucht, welcher Kraftprotz hat denn die Muttern angezogen?«, schimpfte er.

»Der Vorbesitzer? Ich hab die Karre günstig gekriegt.«

»Arbeitest du schon?«

»Nein, ich mache gerade Abitur.«

Weiteres Wackeln und Schimpfen folgte, bis es mit einem einzigen Ruck wieder nach unten ging.

»So. Fertig. Und wo wohnst du?«

»Auf dem Moser-Hof. Damit weißt du auch schon so ziemlich alles von mir.«

»Den kenne ich«, sagte Marcel in einem härteren Tonfall als zuvor. »Das ist ja gleich um die Ecke. Bis dorthin schaffst du's mit dem Minirad allemal.«

»Vielen Dank. Wenn du Zeit hast, komm mal auf Kaffee und Kuchen vorbei – als kleines Dankeschön.«

Er lachte leise. »Gebongt. Aber auch, um mir mein Reserverad wiederzuholen. Jetzt muss ich aber weiter. Ciao.«

Seine Schritte entfernten sich, und gleich darauf brummte das andere Häuschen davon, während Jana, an der Tür stehend, ihm noch eine ganze Weile hinterhersah. Endlich stieg sie wieder ein. »Jetzt nix wie heim.«

Der Meinung war ich schon lange.

4

Erneut schaukelte und brummte das fahrbare Häuschen, bis endlich Ruhe einkehrte. Aus Angst, es könnte noch Schrecklicheres passieren, war ich völlig verkrampft. Mama hatte mit ihrer Warnung völlig recht gehabt: Menschen sind gefährlich.

Als Jana die Tür öffnete, um auszusteigen, strömten die bekannten Gerüche von Pferden und Misthaufen herein. Ein Wiehern begrüßte uns – endlich wieder zu Hause. Jetzt nur noch den Käfig auf und nix wie raus.

Aber weit gefehlt. So nahe am Ziel, und dennoch durfte ich nicht raus. Es war zum Mäusemelken.

Jana blieb untätig vor der geöffneten Hintertür des Häuschens stehen und wartete, bis Brutus mit wedelndem Schwanz angewatschelt kam. Ziemlich unfreundlich, sie so zu begrüßen, aber das schien ihr nichts auszumachen. Unterwürfig leckte er ihr die Hände. Der Kerl sollte sich endlich mal entscheiden, ob er sauer war oder sich freute.

Langsam, aber sicher wurde mir das ewige Eingesperrtsein lästig, weshalb ich Jana anfauchte, mich endlich rauszulassen. Stattdessen griff sie nach dem Käfig, hob ihn hoch und trug ihn Richtung Haus, vor dem eine Frau zu uns herüberstarrte. Im Gegensatz zu Jana, von deren Kopf lange sattbraune Haare hingen, waren die der Frau schneeweiß und wesentlich kürzer. Das nackte Gesicht, in dem nicht einmal Schnurrhaare wuchsen, war von etlichen Falten zerfurcht.

»Gott sei Dank, dass du da bist!«, rief die Weißhaarige. »Hast du den Reifen selbst gewechselt oder hat dir Dennis geholfen?«

»Der hatte Wichtigeres zu tun, Oma. Ein barmherziger Samariter hat das erledigt.«

»Gibt's heutzutage noch so etwas?«

»Wie du siehst. Er heißt Marcel.«

»Schau an. Warum wirst du auf einmal so rot?«

»Weil mir warm ist. Er hat mir mit seinem Ersatzrad aus der Patsche geholfen.«

»Donnerwetter, das war aber nett von ihm. Was hast du eigentlich gegen Dennis? Er ist doch ein adretter junger Mann, und früher hast du oft von ihm geschwärmt.«

»Ich hab nichts gegen ihn, aber auch nichts mit ihm, okay? Dennis will keine feste Freundin. Schau, dort ist unser Neuzugang.«

»Was hat der Tierarzt gefunden?«

»Würmer, aber sonst ist alles in Ordnung. Ist übrigens ein Kater, und ich würde ihn gern behalten.«

»Wie du willst. Ach ja, wir haben einen weiteren Untermieter auf dem Heuboden: eine große schwarze Katze. Hab sie gestern weghuschen sehen.«

»Das könnte seine Mama sein. Mal sehen, ob ich sie einfangen kann, zwecks Sterilisation und Gesundheitscheck. Wenn sie zeit ihres Lebens in Freiheit war, wird sie kaum zahm werden.«

»Das Problem wirst du mit ihm auch haben. Aber von mir aus. Wo für so viele Viecher Platz ist, sollte auch noch für ein, zwei Katzen Platz sein. Aber wehe, sie vergreifen sich an meinen Küken.«

Sie drehte sich um und marschierte ins Haus, während ich mir das Gesagte durch den Kopf gehen ließ. Was war das mit den Küken? Das waren doch jagdbare Häppchen, die dem gehörten, der sie erlegte.

Zu meinem Leidwesen wurde ich nicht in den Stall, sondern ins Haus getragen. Ein dunkler Gang empfing mich.

Hinter uns kam Brutus mit hocherhobener Nase angetrabt.

»Du und deine Sprüche. Von wegen in die Wurst!«, rief ich ihm zu.

»Gibt's Wurst? Wo, wo?«

»Dummhund«, erwiderte ich. »Dort, wo ich war, gab's keine Würste. Und die einzige, die ich hier sehe, läuft auf Beinen und hat einen Schwanz.«

Brutus schnüffelte unbeeindruckt an meinem Käfig herum. »Jetzt weiß ich, wo du warst: beim Tierarzt. Aber wieso willst du hier einziehen?«

»Pah, will ich doch gar nicht. Mich fragt bloß keiner.«

»Du hast hier drinnen nichts zu suchen, das ist mein Revier.«

So eine Frechheit! Ein Hund wäre der Letzte, den ich um Erlaubnis fragen würde. »Wieso dein Revier?«

Die Antwort blieb er mir schuldig, machte stattdessen kehrt und bog am Ende des Gangs in ein Zimmer ab.

Jana trug mich im Käfig in denselben Raum, in dem Brutus verschwunden war. Dort standen allerlei Gegenstände, deren Zweck mir fremd war. Auf einem Tisch am Fenster stellte sie mich ab. Er war mit Stoff bedeckt, auf dem ein länglicher Eimer mit duftenden Blumen stand.

Oma war inzwischen ebenfalls ins Zimmer gekommen und stemmte die Hände in die Hüften.

»Wo soll er bleiben?«, fragte Oma.

»Bei mir natürlich. Schau, ich hab im Keller ein provisorisches Katzenklo gefunden.« Jana zeigte auf einen länglichen Behälter mit niedrigem Rand, in den sie den Inhalt eines Säckchens schüttete. Merkwürdig. Wozu sollte das gut sein?

»Hat er schon einen Namen?«, fragte Oma.

Janas Nase wurde immer größer, als sie sich dem Gitter näherte. »Ich nenn ihn Tiger, wegen der Streifen.«

»Das passt. Wild genug ist er ja, und außerdem sieht er fast aus wie eine Wildkatze. Was machst du mit ihm, wenn du zum Studieren in die Stadt ziehst?«

Ein Ruck durchlief Jana, ihre Schultern rundeten sich. »Ich kann euch doch nicht mit der ganzen Arbeit alleine lassen.«

»Deine Zukunft ist wichtiger. Außerdem schadet es dir nicht, wenn du mal Stadtluft schnupperst.«

Jana blickte starr vor sich hin. War da eine Maus? Die konnte sie ruhig haben, denn mir war immer noch schlecht von dem vorangegangenen Geschüttel.

»Kommt Zeit, kommt Rat«, sagte sie schließlich. »Vor das Studium haben die Götter erst mal das Abitur gesetzt.«

»Jana.« Oma setzte sich auf ein eckiges langes Holzgestell, das mit flauschig aussehenden Stoffen gefüllt war, und ließ ihre Pfoten auf den Bauch sinken. »Kann sein, dass wir den Hof aufgeben müssen.«

»Davon will ich nichts hören. Warte erst mal ab, ob ihr den Kredit bekommt.«

Oma betrachtete ihre Krallen, während Jana zu ihr trat und sie in den Arm nahm. »Die Hoffnung stirbt zuletzt, hat Paps immer gesagt.«

»Was soll's denn noch? Er ist längst tot und deine Brüder sind ihrer Wege gegangen. Wir sind alt und es ist an der Zeit, dass du auch aus dem Haus gehst und dein eigenes Leben lebst.«

Genau wie ich, genau wie ich.

»Wie du richtig sagst, werdet ihr nicht jünger. Ich kann euch deshalb unmöglich mit der ganzen Arbeit allein lassen, zumal der Hof recht gut läuft«, sagte Jana.

»Wir werden sehen. Jetzt ist erst mal Schluss mit Trübsalblasen.« Oma erhob sich und erschien größer als zuvor. »Opa wird bald zurück sein und sein Abendbrot wollen.«

»Ich helfe dir nach dem Füttern.«

Nachdem Oma das Zimmer verlassen hatte, setzte Jana den Käfig auf dem Boden ab und schenkte mir einen langen Blick. Hm, grüne Augen – richtig sympathisch.

»Das kriegen wir schon hin«, sagte sie sanft. »Tiger passt zu dir. Bist genauso eine Kämpfernatur wie ich.«

Na ja, ohne Schwanz und ordentliche Fangzähne würde sie sich mit dem Kämpfen bestimmt schwertun, zumal sie nur auf den Hinterbeinen lief. Allmählich wurden mir die Augenlider schwer und außerdem war mir das eh alles egal. Fressen, Schlafen, Jagen – mehr brauchte ich nicht zum Glücklichsein.

Brutus drückte seine feuchte Nase gegen das Gitter. Herrje, war der Bursche aufdringlich.

»Wenn du Pech hast, behalten sie dich und machen Hackfleisch aus dir – mein Lieblingsfresschen«, sagte er und schaute mich mit seinen braunen Augen begehrlich an. Damit war alles klar.

»Du denkst immer nur ans Fressen.«

»Zu irgendetwas müssen Katzen doch nütze sein.«

»Hast du eine Idee, wie ich freikommen könnte?«

»Versuch es mal mit: eine liebe Katze sein? Falls du überhaupt weißt, wie das geht.« Damit wandte er sich ab und folgte seinem Frauchen aus dem Raum. Ich war allein und blieb gefangen. Für Jana empfand ich Mitgefühl, da offenbar auch sie ihre gewohnte Umgebung verlassen sollte. Am meisten jedoch kreisten meine Gedanken um Mama, weil sie von meinem Schicksal nichts wusste.

5

Schritte, Stimmen sowie ein dringendes Bedürfnis weckten mich. Eine Stimme gehörte Jana, die andere war mir unbekannt. Wie sollte man Ruhe finden, wenn ständig fremde Menschen erschienen? Und als Krönung des Ganzen verriet das Klacken von Brutus' Krallen auf dem Boden sein Kommen.

Irgendwas musste ich in meinen Bemühungen, eine ordentliche Katze zu sein, falsch gemacht haben, sonst hätten sie mich längst freigelassen. Bisher waren die Menschen in Mamas Erzählungen immer schlecht weggekommen, und Käfige hatte sie als Katzenquälerei bezeichnet.

Und ich Ärmster saß nun in so einem Ding.

»Mach die Tür zu, ich lass ihn mal raus«, sagte Jana.

»Na, das kann heiter werden«, sagte die fremde Stimme.

Wieso heiter? Rauslassen hörte sich doch gut an. Die Frage war nur, ob das wieder Schmerzen, wie beim Tierarzt, nach sich ziehen würde.

Tatsächlich kam Jana näher und langte zu meinem Käfig runter. Vorsichtshalber drückte ich mich auf den Boden – ich konnte ja nicht wissen, was sie vorhatte – und beäugte misstrauisch die ungeschützte Hand. Wenigstens würde ein Angriff Wirkung zeigen.

Die Hand machte sich an der Käfigtür zu schaffen. Ein Klick und sie sprang auf.

Freiheit! Aber halt, wohin? Hier waren zwei Menschen und ein Hund im Zimmer. Raus wollte ich, aber nicht von einer Falle in die nächste tappen. Bisher hatte mir der Käfig das Überleben gesichert, weshalb er mir für den Augenblick als das kleinere Übel erschien. Mein Zögern zahlte sich aus, denn Brutus' Nase schob sich in mein Blickfeld.

»Komm raus, wenn du dich traust«, knurrte er angriffslustig.

»Trauen schon, aber nicht vertrauen. Pfft.«

»Feigling.«

»Pah.«

Jana stampfte mit einem Fuß auf. »Pfui, Brutus. So kommt er nie raus. Abmarsch.«

»Dein Glück«, brummte Brutus und setzte seinen langen Körper in Bewegung. Zwar konnte ich ihn nicht mehr sehen, spürte jedoch, dass er noch anwesend war.

War ich feige? Nein, nur vorsichtig. Und so dringend war mein Bedürfnis nicht, um deswegen mein Leben zu riskieren. Janas Hand erschien erneut. Dieses Mal hielt sie einen Teller, auf dem ein Klumpen verführerisch nach Fleisch duftete. Wie unfair. Wasser sammelte sich in meinem Maul, aber ich widerstand der Versuchung und zwängte mich ins hinterste Eck des Käfigs. Mittlerweile befand sich der Teller auf dem Boden des Zimmers, nur einen Sprung weit entfernt – so nah und doch unendlich weit weg. Gemeinheit.

»Ooch, ist der süüüß. Kommt er raus oder nicht?«, fragte die Fremde.

Meinte sie mich? Die hatte mich doch gar nicht gekostet.

»Komm, Keke, wir setzen uns aufs Bett, dort können wir ihn in Ruhe beobachten, ohne ihn zu verängstigen.«

Stille trat ein, dann klimperte etwas, gefolgt von lautem Schmatzen. Der Geruch von Zucker und Milch lag plötzlich in der Luft.

»Hmmm, dein Tiramisu ist echt spitze«, sagte Jana.

Keine Ahnung, was das war, aber einen Snack könnte ich jetzt auch vertragen. In meinem Bauch rumorte es, und weiter unten drückte es mittlerweile richtig unangenehm. Ganz vorsichtig rutschte ich näher zu der offenen Tür. Noch ein Stückchen, noch eines …

Vorsichtig linste ich aus dem Käfig. Jana und das andere Menschenmädchen saßen auf dem Bett, winzige Heugabeln in der Hand, mit denen sie duftende Brocken in ihre Mäuler schaufelten, während Brutus sabbernd vor ihnen hockte. Ich war offensichtlich abgemeldet.

Keke hatte ein schwarzes Fell auf dem Kopf – wie Mama, allerdings hing ihr eine lila Strähne ins Gesicht und unter ihrer Nase baumelte ein glänzender Ring. Keine Ahnung, wozu der gut sein sollte, vielleicht um sie daran spazieren zu führen? »Dreh dich nicht um, er guckt raus«, bemerkte Keke.

»Gut so.«

Hm … dieser Fleischduft. Unwiderstehlich. Hühnchen, lecker, lecker.

»Jetzt wird er immer länger«, kicherte Keke.

»Geht er ans Fressen?«

»Die Nase ist fast dran, der Hintern noch im Käfig.«

Ich hörte ihnen nicht mehr zu.

Ein Geräusch ließ mich zusammenzucken, Jana hatte sich zu mir hergedreht. Blitzartig sprang ich in die Sicherheit des Käfigs zurück. Man konnte nicht vorsichtig genug sein. Katzen sollten sieben Leben haben, hatte Mama erzählt, aber wie viele ich davon bereits verbraucht hatte, war mir unbekannt.

»Er ist wieder drin. Hättest dich nicht umdrehen sollen«, meinte Keke.

»Für den Anfang nicht schlecht. Er ist schneller rausgekommen, als ich gedacht hätte.«

Von wem redeten die? Egal. Ich beschloss abzuwarten, ob sie gehen würden, da der Fleischberg weiterhin lockte.

»Meine Eltern wollen übrigens Einspruch gegen die Errichtung des Windparks einlegen«, sagte Keke. »Falls – und das ist der Knackpunkt – es überhaupt zu einem öffentlichen Verfahren kommt. Mein Dad bezweifelt das.«

»Habt ihr denn eine Chance, damit durchzukommen? Unser feiner Herr Bürgermeister fährt ja voll ab auf die Dinger. Schwafelt was von Umweltschutz, und dass unsere Gemeinde davon profitieren würde.«

»Passt bloß auf. Der Rohleder hat ein Auge auf euer Land geworfen. Der will nämlich einen Windpark auf die Senningshöhe bauen.«

»Meinst du? Wie soll das denn gehen?«

»Im Angelverein hat er wohl damit angegeben, dass er die Dinger dort aufstellen will und ihn nichts und niemand davon abbringen könnte.«

»Das werden wir ja sehen. Die Senningshöhe gehört immer noch uns und ist außerdem für so was total ungeeignet. Da gibt's viel bessere Plätze mit mehr Wind und weniger Belastung für die Umwelt.«

Sie redeten und redeten; keine Anzeichen, dass sie bald verschwinden würden, während mich eine verlockende Duftwolke nach der anderen schier verzweifeln ließ. Der Hunger bohrte unnachgiebig. Langsam schlich ich mich heraus, den Bauch dicht am Boden. Brutus lag mit dem Rücken zu mir, während sich die zwei Mädchen angeregt über ein Ding namens »Schule« unterhielten. Mir schenkten sie zum Glück keinerlei Beachtung.

Das war die Gelegenheit.

Ausgiebig beschnüffelte ich das Dargebotene. Obwohl ich keine Federn entdecken konnte, roch es eindeutig nach Hühnchen. Gespannt schleckte ich daran. Hm, hm, hm. Etwas kalt, aber zumindest Fleisch mit einem Hauch von Grünzeug. Je mehr ich fraß, desto besser schmeckte es. Ein Bröckchen ließ ich liegen, wie es sich für eine anständige Katze gehörte.

Im Zimmer war es verdächtig still geworden. Die Ruhe vor dem Sturm? Snacks, Vögel, Eichhörnchen, alle wurden mucksmäuschenstill, wenn Gefahr drohte. Ich sah mich um. Tatsächlich! Vier Augen, nein sechs, starrten mich an.

Nix wie zurück in den Käfig. Gerade rechtzeitig, denn Brutus stürzte sich auf den Teller und schlabberte die Reste auf. Der hätte mich ohne mit der Wimper zu zucken als Nachspeise verputzt, wäre ich nicht abgehauen.

Die Mädchen kicherten. »Hast du seinen Schwanz gesehen? Der schaut aus wie eine Flaschenbürste«, sagte Keke. »Und die blauen Augen erst – einfach putzig!«

Sollten sie doch lachen, Hauptsache, mein Bäuchlein war gefüllt. Nur der Druck zwischen meinen Hinterbeinen wurde langsam unerträglich, aber meine Zwangsunterkunft zu beschmutzen kam nicht infrage – noch nicht.

6

»Armer Tiger«, sagte Keke. »Das war bestimmt das erste Mal in seinem Leben, dass er was Anständiges zu fressen gekriegt hat.«

Unsinn, es dauerte bloß länger, bis Mamas Jagden erfolgreich waren. Ich musste aufstoßen, was mich an die nun anstehende Fellpflege erinnerte, aber die konnte warten, bis die Luft rein war. Wenigstens schnell über die Pfoten und ums Mäulchen geleckt. Mamas Fürsorge fehlte mir so sehr, dass sie mir heute sogar den Hintern hätte säubern dürfen.

»Kann sein«, sagte Jana. »Er hat Würmer. Deshalb sieht er so mickrig aus.«

»Igitt. Meine Miezie hatte auch mal welche.«

»Die holen sie sich von den Mäusen.«

Von Snacks? Würmer krochen doch im Boden rum und nicht in Mäusen, das wusste ich genau.

»Wie alt schätzt du ihn?«, fragte Keke.

»Drei bis vier Monate. Er ist im Zahnwechsel, hat der Tierarzt gesagt. Älter auf keinen Fall, weil er sonst ohne Mutter wäre. Wahrscheinlich ist er gerade auf dem Sprung in die Selbstständigkeit.«

»Dann würde Mama Katze ihn sowieso bald vor die Tür setzen. Ich wünschte, meine Eltern wären genauso. Vor allem meine Mom fürchtet, dass ich auf dem Strich oder sonst wo lande, wenn sie mich nicht mehr bemuttern kann.«

Jana ließ sich mit der Antwort Zeit. »Du hast wenigstens noch Eltern.«

»Sorry, ist mir rausgerutscht. Aber dafür hast du ja Oma und Opa.«

»Na ja.«

»Und deine Mutter ist auch noch da.«

»Wirklich? Wo ist sie denn?« Janas Stimme klang ärgerlich. »Als ich neun war, ist sie mit ihrem Neuen durchgebrannt und hat mich sitzen lassen.«

»Schon Scheiße, mit so 'ner Mutter.«

»Das kannste laut sagen.«

»Bist aber auch ohne sie echt cool geworden.«

»Wenn du meinst.«

Die Mädchen kicherten wieder.

»Mit wem gehst du zum Abiball?«, fragte Jana nach einer Weile.

Ein theatralischer Seufzer von Keke folgte. »Dennis wär mein Idealtyp, aber der ist ja auf dich scharf.«

»Der ist auf jede scharf.«

»Aber auf dich besonders.«

»Und wenn schon. Ich mag nun mal keine Aufreißertypen.«

»Ich hätt nix gegen ein bisschen fummeln.«

»Keke! Du bist unmöglich.«

Erneutes Kichern. Diese Lautäußerungen gefielen mir, klangen sie doch freundlich. Schade, dass Brutus nicht kicherte. Dafür war sein Schnarchen unüberhörbar und schlafende Hunde beißen nicht – hatte Mama behauptet.

»Also, ich hab nichts davon bemerkt, dass Dennis auf mich steht«, fuhr Jana fort. »Klar, wir chatten oft miteinander, aber mehr ist da nicht. Der Warmduscher wollte mir ja nicht mal meinen platten Reifen wechseln. Echt lau fand ich das.«

»Er ist halt viel mit seiner Clique unterwegs.«

»Genau. Er macht mit vielen Mädchen rum, aber 'ne feste Freundin hatte der noch nie. Glaubst du, bei dem war überhaupt schon mal eine im Bett?«

Kekes Stirn bekam Falten. »Sarah hat damit angegeben wie zehn nackte Affen. Aber ich glaub das nicht.«

»Ich auch nicht. Hab heute jemanden kennengelernt, der mir echt gefallen könnte: dunkelblonde Locken, groß, sportlicher Typ, süßes Lächeln.«

»Wow!«

Es folgte die Geschichte mit Marcel. Zeit, mich ein wenig zu strecken. Auweia, besser nicht, denn der Druck im Bauch wurde immer drängender.

»Wann siehst du ihn wieder? Hast du seine Handynummer?«, fragte Keke.

»Nee, wie denn?«

»Meeensch, wie wär's mit fragen? Seit wann bist du so schüchtern? Was dir deine Oma über Männer erzählt hat, kannst du getrost vergessen. Heutzutage kann auch mal die Frau den Anfang machen, wenn der Typ nicht richtig zieht.«

»Ich kann mir nicht vorstellen, dass mein Opa die Oma zuerst angesprochen hat. Wie ich den alten Sturschädel kenne, war das bestimmt umgekehrt. Jedenfalls weiß ich auch nicht, was bei Marcel mit mir los war. Ich stand vor ihm wie der Ochs vorm Scheunentor.«

Das stimmte nicht, denn in unserer Scheune gab es keine Ochsen. Sie redeten und redeten. Wenn das so weiterginge, würde ich zum Nestbeschmutzer werden.

»Oh Gott, akuter Verknalltheitsalarm«, sagte Keke. »Ich weiß immer nicht, was ich sagen soll, wenn ich so einem Schnuckiputzi gegenüberstehe.«

»Dann wärst du ständig sprachlos, weil bei dir jeder ein potenzieller Schnuckiputzi ist. Ich glaube, wir sollten rausgehen. Solange wir hier sind, geht er bestimmt nicht aufs Katzenklo.«

»Unsere Miezie pisst manchmal ins Bett; meistens dann, wenn ihr was nicht passt.«

»Ekelhaft.«

»Und stinkt wie die Pest.«

»Hoffentlich kommt Tiger nicht auf die gleiche Idee. Brutus, du kommst auch mit.«

Die Zimmertür wurde geschlossen und ihre Schritte entfernten sich. Ich hielt die Luft an und lauschte. Draußen, vor dem Haus, waren die leiser werdenden Stimmen der Mädchen zu horen. Hoffentlich war Brutus bei ihnen. Einfach widerlich, wie der Speichellecker sich an sie ranschmiss. Mit mir hätten sie das nicht machen können.

Wahrscheinlich gingen sie in den Stall, in dem Mama auf meine Rückkehr wartete. Trübsinnig starrte ich auf den leeren Teller, dem noch ein Hauch von Fleischgeruch anhaftete. Zwar war ich jetzt satt, aber ohne Auflauern, Anschleichen und Beute fangen hatte es nur halb so gut geschmeckt.

Ich musste hier raus. Ein Blumenbeet wäre genau der richtige Platz, um mich zu erleichtern. Langsam schob ich mich aus dem Käfig und lauschte angestrengt. Keiner da. Am leeren Teller vorbei schlich ich mich weiter. Probehalber scharrte ich am Holzboden: zu hart. Ein Teil davon war mit einem Fell belegt, das zwar weich, aber dennoch ungeeignet war. Ich brauchte etwas richtig Flauschiges, damit ich mich nicht vollspritzte. Doch wo finden?

Pferdegetrappel im Hof ließ mich meine Suche unterbrechen. Neben einem Tisch und zwei Stühlen stand ein langes, nicht besonders hohes Gestell, das sie zuvor als Bett bezeichnet hatten. Sollte ich darauf springen?

Kurz entschlossen stieß ich mich ab und landete weich. Schnell probegetrampelt und ein bisschen gescharrt. Doch halt, vielleicht gab es ja noch ein besseres Plätzchen. Am Ende der Fläche lag ein bauschiges Säckchen, das richtig kuschelig aussah. Wäre es hier im Zimmer nicht so gefährlich, könnte ich darauf ein Nickerchen riskieren.

Allerdings musste ich zuerst eine Lösung für mein Problem finden. Während ich darüber nachdachte, ob ich sollte oder nicht, fiel mein Blick auf die niedrige Schachtel in einer Ecke des Zimmers, darin war Sand, weicher, einladender Sand.

Ich sprang hin und probierte mit einer Pfote, ob er meinen Ansprüchen genügte. Hm, gar nicht übel, aber mit einem Blumenbeet nicht vergleichbar. Dass Jana verärgert sein könnte, wenn ich ihre Schachtel beschmutzte, nahm ich in Kauf. Schließlich war sie es gewesen, die mich meiner Freiheit beraubt hatte.

Oh, welche Wohltat.

Als ich fertig war, erforschte ich den Rest des Zimmers, was bei der geringen Größe schnell erledigt war. Schuhe standen herum, eine Tasche, ein Regenschirm – alles Dinge, die ich von meinen früheren Erkundungen bereits kannte.

Das Fenster würde mir einen Blick nach draußen gestatten. Die Dinger hatten sich als tückisch erwiesen, denn manche erlaubten ein Hindurchgehen, während andere dies auf unerklärliche und mitunter schmerzhafte Weise verweigerten.

Direkt darunter befand sich ein Brett, auf dem zwei Blumentöpfe und andere komische Sachen standen. Ich visierte es an. Pah, Kleinigkeit. Mein Sprung fand an dem durchsichtigen Hindernis ein abruptes Ende. Fies, echt fies.

Unten im Hof führte Jana ein Pferd an einem Strick. Begleitet wurde sie von Keke, die unablässig auf sie einredete. Und wie nicht anders zu erwarten, wurden sie von Brutus, diesem Schleimer, begleitet.

Alle waren sie aus dem Stall gekommen, auf dessen Heuboden mein Zuhause und meine Mama waren.

7

»Müdigkeit ist der Feind jeden Abenteuers«, hatte Mama mitunter gesagt, allerdings in einem nicht ernst gemeinten Tonfall – damals, als wir noch mehrere waren.

Damals hörte ich auch die ersten Menschenworte: »Mistkatze, hau ab, Scheißvieh!« Die meisten blieben mir unverständlich, aber wenn Menschen ein Fenster mit etwas Unsichtbarem verschließen konnten, fanden sie bestimmt auch Worte, um ein Nichts zu beschreiben.

Neugierig kratzte ich am Nichts und drückte meine Nase dagegen. Ihm haftete der Hauch eines scharfen Geruchs an, es schmeckte leicht bitter und war kalt. Das Faszinierendste aber war, dass man hindurchblicken konnte, während der Wind draußen bleiben musste und es Geräusche nur gedämpft reinließ. Wie die Menschen das nur zustande brachten?

Sehnsüchtig starrte ich nach draußen. Gegenüber scharrten die Gackervögel auf dem Misthaufen.

»Mein Korn, mein Korn«, riefen sie ununterbrochen. Manchmal auch: »Ich hab eins, ich hab eins.«

»Solange sie noch größer sind als du, würde ich sie in Ruhe lassen«, hatte Mama mir empfohlen.

Das käme auf den Versuch an, denn als angehender Kampfkater kam mir jede Herausforderung gelegen. Immerhin hatte ich bereits fast deren Größe erreicht. Ich riss mich von dem Anblick los. Vielleicht gab es hier drinnen etwas, womit ich mich beschäftigen konnte. Zu beiden Seiten des Fensters hingen lange Stoffbahnen bis auf den Boden herunter. Probehalber angelte ich mit der Pfote nach einer und versenkte meine Krallen darin. Hm, fühlte sich griffig an. Ob man daran hochklettern könnte? Von dort oben hätte ich bestimmt einen prima Überblick.

Und schon war ich auf dem Weg nach oben. Zwar war der Aufstieg schwierig, weil der Stoff nachgab, aber ich hielt ihn fest und schaffte es fast bis zur Zimmerdecke, als ich plötzlich durchsackte und ein kurzer Ruck meinen Fall bremste.

Nanu, was war das denn gewesen? Als ich versuchte, die verlorene Höhe wieder gutzumachen, gab es über mir ein klackendes Geräusch und es ging erneut ein Stückchen abwärts. Offenbar wehrte sich das Ding, wollte mich um meinen Erfolg bringen. Na warte! Ich holte aus und schlug meine Krallen hinein. Klack, klack, klack, hörte ich über mir, während es gleichzeitig ruckweise abwärtsging.

Schnell gedreht. Die Landung war dennoch ziemlich unsanft. Plötzlich warf sich etwas Weiches auf mich, nahm mir die Sicht und hielt mich umschlungen. Hilfe, ich werde angegriffen!

Ein helles Lachen verstärkte die aufsteigende Panik, doch dann wich die Dunkelheit und gab den Blick auf Jana frei, die sich mit hochgezogenen Mundwinkeln über mich beugte. Hach, diese grüne Augen.

»Tigerchen, was machst du denn da? Der schöne Vorhang. Warte, ich helfe dir. Du hängst fest.«

Komm mir bloß nicht zu nahe! Ihre Hand zuckte zurück.

»Keine Angst, ich tue dir nichts«, sagte sie sanft.

Die hatte gut reden. Ich hatte Schiss, ganz gewaltigen sogar. Sollte ich davonrennen oder mich wehren? Ich entschied mich für Angriff und fauchte aus Leibeskräften.

Leider hielt mich der Vorhang zurück. Mist! Ich strampelte wild und endlich gab es mich frei. Nix wie zurück in den Käfig und an die Rückwand gedrückt. Ha, meine Schnelligkeit sollte mir erst mal einer nachmachen.

Brutus kam hereingehechelt – der hatte mir gerade noch gefehlt – und beschnüffelte ausgiebig das Kästchen, in dem ich mich erleichtert hatte.

»Hat er wohl ins Katzenklo gemacht?«, fragte Jana. »Braver Tiger.«

Holla. Wieso brav? Das war doch nichts Besonderes und außerdem dringend nötig gewesen. Im Moment konnte ich nur ein Stück Vorhang sowie ihre Beine sehen. Sie stellte sich auf ihre Pfotenspitzen. »So, jetzt hängt er wieder. Ich sollte andere Halterungen verwenden, damit er nicht noch mal abreißt. Oder was meinst du, Brutus?«

Der meinte gar nichts, wuchtete stattdessen seinen plumpen Körper auf den Käfig zu und steckte seine Nase zu mir herein.

Die Versuchung war zu groß. Ich zog durch und riss ihm meine Krallen quer über sein langes Riechorgan, sodass er aufjaulte. Sofort schnappte er zu, und ich sah mich bereits zwischen seinen Zähnen zermalmt werden.

Jana schrie entsetzt auf. Sie packte Brutus an den Hinterbeinen und zerrte ihn wieder raus, worüber er sich laut bellend beschwerte. Was für ein Lärm. Mir fielen schier die Ohren ab.

»Wag dich noch mal hier rein!«, rief ich ihm hinterher, froh, dass Jana mich gerettet hatte.

»Wenn ich dich zu fassen kriege …!«, heulte er.

»Halt endlich still, Brutus«, sagte Jana streng. »Na, da hat er dich aber ordentlich gekrallt. Wird schon wieder. Salbe drauf und gut ist es.«

Die Tür flog auf und jemand kam ins Zimmer gestürzt. »Was ist denn hier los?!«, rief der Mann, den ich schon öfter in der Scheune gesehen hatte. Genau der, vor dem Mama solche Angst hatte, weil er Tiere tötete. Sein Kopffell war genauso weiß wie das von Oma, jedoch wesentlich löchriger, wie ich jetzt feststellen konnte, da er bislang stets einen Schutz darüber getragen hatte. Das Erste, was ich über Menschen gelernt hatte, war, dass sie sich immer und überall mit Schutzfellen umhüllten, weil die Ärmsten darunter völlig nackt waren.

»Nichts weiter, Opa. Brutus hat nur versucht, die Katze aus dem Käfig zu holen, was ihm schlecht bekommen ist.«

»Fein gemacht, Brutus. Er ist nun mal ein Jagdhund, der nur seinem Instinkt folgt, während verwilderte Hauskatzen eine Plage sind.«

»Das ist nicht dein Ernst, Opa.«

»Doch, doch.«

»Unser Brutus ein Jagdhund? Das Einzige, was der jagt, ist sein Fressnapf.«

»Na ja, für sein Alter ist er zu fett, aber schuld daran sind du und Oma, weil ihr ihn zu sehr verwöhnt.«

»Sag mal, was ist dir denn für eine Laus über die Leber gelaufen? Warst wohl auf der Bank?« Janas Stimme klang besorgt. »Sie haben dir den Kredit nicht verlängert, stimmt's?«

»Mach dir deswegen keine Gedanken, Kleines.«

»Ich bin neunzehn!«

»Trotzdem.« Opa schnaufte. »Wenn die sich stur stellen, müssen wir den Hof dichtmachen. Ich weiß nicht, was in die gefahren ist. Bisher war Direktor Schneider immer sehr verständnisvoll gewesen. Aber jetzt redet er von Fälligkeit und Verzugszinsen und schlechter Prognose. Dabei brauchen wir dringend eine neue Wasserpumpe und der Traktor fällt auch bald auseinander. Kommt halt immer alles auf einen Schlag.«

»Ich könnte in den Sommerferien arbeiten.«

»Und wer hilft uns dann hier? Danke für das Angebot, aber das bringt uns nicht weiter. Vielleicht kann uns der Bürgermeister Rohleder aus der Patsche helfen.«

»Doch nicht etwa mit diesem Windpark auf der Senningshöhe?«

»Irgendwo müssen die Dinger ja stehen.«

»Opa!«

»Schluss jetzt. Ich muss erst mit Oma darüber sprechen, dann sehen wir weiter. Noch ist nicht aller Tage Abend. Es gibt schließlich auch noch andere Banken.«

Die Tür klappte zu, Opas schwere Schritte entfernten sich und ich konnte mich endlich ein bisschen entspannen.

Stille trat ein. War ich allein? Vorsichtig schlich ich zur Öffnung. Jana hockte auf dem Bett, Brutus daneben und ließ sich von ihr die Ohren kraulen. Als sie sich zu ihm vorbeugte, fuhr er ihr mit seiner langen Zunge übers Kinn. Sollte das ein Kuss gewesen sein? Nun zog er seinen Schlabberlappen quer über ihr Gesicht. War der Kerl blind, weil er ihre Lippen nicht fand?

Mich hatten sie offenbar total vergessen. Auch recht. Ich legte mich hin. Draußen begann der Himmel sein schwarzes Fell überzuziehen. Das Fenster leuchtete rot. Nachtzeit – Katzenzeit. Nichts schöner, als dem Rascheln und Kratzen nachzugehen, nichts aufregender, als sich anzuschleichen, um dann mit aller Kraft zuzuschlagen.

»Komm, Brutus, wir gehen runter und peilen mal die Lage. Und wenn wir rausgefunden haben, wie der Hase läuft, unternehmen wir was gegen die Pläne des Herrn Bürgermeisters.«

Wie ein Langohr rannte, hätte ich ihnen verraten können: im Zickzack und unheimlich schnell. Aber sie ließen mich mit meinem Kummer allein. Das wahre Leben fand nun mal im Freien statt und nicht in diesem Zimmer. Wollte ich mit Mama wieder in den Wald ziehen, musste ich raus hier. Die Frage war nur, wie?

8

Jana kam erst spät zurück. Sie legte sich gleich ins Bett, schniefte einige Male und schlief ein, während Brutus am Fußende schnarchte. Eine Klette könnte nicht anhänglicher sein als dieser Speichellecker.

Todmüde fiel ich in einen unruhigen Schlaf, in dem mich Snacks, Hunde und Tierärzte verfolgten. Alle wollten mir ans Fell. Richtige Entspannung fand ich kaum; wie auch, fühlte ich mich doch bedroht und eingesperrt.

Irgendwann erwachte ich und blickte als Erstes in Brutus' immer traurige Augen.

»Auch schon wach?«, fragte er. Auf seiner Nase prangten zwei rote Striche.

»Schon lange«, log ich. Was gingen den meine Schlafzeiten an?

Scharf fasste er mich ins Auge. »Ein ordentliches Frühstück wär jetzt recht.«

Eigentlich eine gute Idee, aber die Art, wie er dies sagte, störte mich. Ich schnupperte in die Luft. Kein Fresschen da und auch kein Snack. »Stimmt.«

»Komm raus und stell dich mir.«

»Für wie blöd hältst du mich?«

»Hauhauhau. Gut, dass du einsiehst, dass ich der Stärkere bin.«

»Hab ich das gesagt?«

»Allerdings. Und weil Hunde bessere Tiere sind als Katzen, kommen wir in den Himmel.«

Hä? In den Himmel? Dort hingen Sonne, Mond und Sterne. Ich beäugte ihn misstrauisch, ob ihm Flügel wuchsen? Aber da waren keine – nicht mal Stummelchen. »Und wie soll das gehen?«

Brutus legte sich hin und betrachtete mich ausgiebig. »Sagt man so. Alle Hunde kommen in den Himmel. Von Katzen ist keine Rede.«

Auch gut, ich wüsste eh nicht, was ich da oben sollte. Dort war das Reich der Vögel, aber von fliegenden Hunden hatte ich noch nie was gehört. Papa war weit herumgekommen, den sollte ich mal fragen – wenn er sich denn mal blicken ließe.

»Viel Spaß im Himmel«, knurrte ich. »Falls du ein Frühstück findest, kannst du mir ruhig was davon abgeben.«

»Ich teile nie.«

Das konnte ich gut nachvollziehen, denn umgekehrt wäre ich auch nicht dazu bereit gewesen.

Da ich nichts Besseres zu tun hatte, starrte ich ihn an und bewegte als Bekräftigung meiner schlechten Laune den Schwanz hin und her. Brutus hielt meinem Blick stand.

»Wedle mich ja nicht an«, brummte er und verlor den Anstarrwettbewerb. »Verlogenheit und Heimtücke sind typisch für euch Katzen.«

»Pah! Selbst verlogen.«

»Bloß keinen Streit«, mischte sich Jana mit strenger Stimme ein. Mit ihr wehte der Duft von Blumen ins Zimmer. »Brutus, raus mit dir.«

Brummend erhob er seinen massigen Körper und wandte sich zum Gehen. Es dauerte eine Weile, bis er aus meinem Blickfeld verschwunden war. Der würde nie fliegen können – trotz der langen Schlappohren.

Katzen leider auch nicht, denn sonst wäre ich längst durchs Fenster verduftet, vorausgesetzt, es stünde offen. Als die zwei das Feld geräumt hatten, wagte ich mich hinaus und schaute zum Fenster hoch. Es war gekippt, aber nicht weit genug, um mich durchzwängen zu können – oder doch? Ich sprang aufs Fensterbrett. Der Spalt war schmal und wurde nach unten hin enger. Nur weiter oben sah er breit genug aus, um ins Freie zu gelangen. Fasziniert beobachtete ich die Lücke und stellte mich auf die Hinterpfoten, um zu prüfen, ob mein Kopf hindurchpasste, weil dann auch der Rest kein Problem hätte – besagte jedenfalls eine alte Katzenregel. Meine Schnurrhaare stießen an beiden Seiten an. Mist, zu knapp. Vielleicht weiter oben?

Das müsste zu schaffen sein. Nur raus hier! Ich visierte die Öffnung an und stieß mich ab. Mein Kopf passte durch, aber mit der Hüfte blieb ich hängen. Ich rutschte nach unten, in den immer enger werdenden Spalt, und hing zwischen Fenster und Rahmen fest. Miaua, das tat weh.

Ich schrie, so laut ich konnte. Wie viele Leben hatte ich bereits verbraucht?

»Miau, miau! Hört mich denn keiner?«

»Wauwauwau, Tiger ist in Gefahr!«, antwortete Brutus von unten.

Auf dem Hof stehend guckte er zu mir hoch, die Ohren angelegt, und heulte mit mir um die Wette. Jetzt hopste er obendrein noch im Kreis herum, wie ein wild gewordener Snack, während mir das Atmen immer schwerer fiel.

Jana stürzte aus dem Haus, sah zuerst zum Hund, dann nach oben zu mir und schlug die Hand vor den Mund. Wahrscheinlich wollte sie verhindern, dass sie in unser Gejammer mit einstimmte. Sie machte kehrt und flitzte wieder zurück.

Je wilder ich strampelte, desto mehr wurde ich eingequetscht.

Hinter mir sprang die Tür auf und jemand packte mich am Hintern.

»Was machst du nur für Sachen?«, schimpfte Jana und

hob mich aus der Falle. Irgendwie war es nicht nur wohltuend, von ihr im Arm gehalten zu werden, sondern ich fühlte mich auch sicher, trotz der Schmerzen an meinem Bauch. Meine Retterin. Kein Wunder, bei diesen grünen Augen.

»Hoffentlich bist du unverletzt«, sagte sie und strich mit ihrer Hand zärtlich über meinen Rücken. Das war zwar angenehm, aber in meinem Käfig würde ich mich wesentlich wohler fühlen. Sachte setzte sie mich ab und machte sich anschließend am Käfig zu schaffen.

Brutus erwartete mich bereits auf dem Boden. »Du wirst doch nicht versucht haben, durchs gekippte Fenster zu springen, du Dummkatze?«

»Pfft!« Ich machte einen Buckel, um ihm zu zeigen, was ich von ihm hielt. »Du kämst ja nicht mal aufs Fensterbrett, plump, wie du bist.«

»Was soll ich da oben? Ich geh durch die Tür, wenn ich rauswill.«

Das erinnerte mich daran, dass er etwas durfte, das mir verwehrt war. Betrübt zog ich mich in den Käfig zurück. Am Eingang stutzte ich. In ihm lag etwas, das vorher nicht da gewesen war und ausgesprochen weich aussah. Probeweise tippte ich es mit der Pfote an. Hm, richtig kuschelig.

»Geh nur rein, ich hab dir ein Schmusekissen besorgt.«

Gute Idee, Jana. Sie hatte mir nicht nur das Leben gerettet, sondern versüßte es mir obendrein. Scheinbar aus dem Nichts förderte sie eine silberne Tüte zutage, deren Inhalt sie auf den Teller presste. Sofort stieg mir der Duft von Fressbarem in die Nase. Wer sollte da widerstehen können?

Brutus musste aus dem Zimmer, während ich es mir schmecken ließ. Es rutschte sogar besser als gestern.

»Gut so, Tigerchen. Wir sehen uns später wieder. Ich muss jetzt in die Schule. Das verstehst du zwar nicht, aber ich meine es wirklich gut mit dir.«

Ich schaute zum Fenster, schleckte mir das Mäulchen und hob die Pfote.

»Oh nein«, sagte Jana, »du bleibst so lange hier drinnen, bis du kräftiger bist. Vielleicht gewöhnst du dich ja noch an uns.« Sie klappte das Fenster zu. »Da werde ich mir was einfallen lassen müssen.« Ausgiebig betrachtete sie den Spalt zwischen Fenster und Rahmen. »Wie war das? Wenn die Katze ihren Kopf hindurchstecken kann, passt ihr ganzer Körper durch? Ein einfacher Haken, der den Winkel verkleinert, sollte das Problem lösen. Was meinst du, Tigerchen? Oder soll ich dich gleich rauslassen? Wohin nur mit all den Tieren, wenn wir den Hof aufgeben müssen? Das wird eine riesen Katastrophe. Opa wird sie alle zum Schlachter bringen. Ich muss unbedingt mit Dennis darüber reden. Vielleicht weiß er einen Ausweg. Schließlich ist sein Vater unser Bürgermeister.«

Ja, rauslassen bitte, bitte. Prima Idee. Und was sie mit Dennis vorhatte, interessierte mich nicht. Ich putzte mich gründlich, während sie mit Brutus hinauslief. Janas Worte gingen mir nicht aus dem Kopf. Wenn alle Tiere des Hofs zum Schlachter mussten, waren davon auch Brutus und ich betroffen – und Mama auch? Es wurde höchste Zeit, dass ich von hier wegkam, um Mama zu warnen.

9

Der Sand im Katzenklo erweckte mein Interesse. Eifrig scharrte ich ihn heraus, aber selbst das wurde mit der Zeit öde, weil der sich nicht von allein bewegte und ich nicht wirklich tief graben konnte.

Die meiste Zeit verbrachte ich auf dem Fensterbrett zwischen den Blumen und beobachtete, was draußen im Freien vor sich ging. Das Fenster war zwar wieder gekippt, aber Jana hatte darüber einen Haken befestigt, der den Spalt so schmal hielt, dass ich meinen Kopf nicht mehr hindurchstecken konnte.

Unten im Hof suchten einige Vögel nach Futter, flatterten dabei lustig umher und schimpften lautstark, wenn sie sich um ein Körnchen stritten. Was für einen Spaß würde es machen, sich anzuschleichen und dann mit einem Sprung dazwischenzufahren.

Oma tappte ab und zu vorbei, mal mit Eimer, mal mit Besen, und meist gefolgt von Brutus. Sie verschwanden in der Scheune, tauchten wieder auf und gingen ins Haus. Kurz darauf ritt Opa auf einem grünen Monster quer über den Hof. Es rollte auf zwei riesigen Rädern hinten sowie zwei kleineren vorne und knatterte dabei so laut, dass man Angst bekommen konnte. Am Schrecklichsten aber war das schwarze Maul, das es an zwei langen Armen vor sich hertrug. So etwas hatte ich noch nie gesehen. Ich stand auf, bereit, jederzeit die Flucht zu ergreifen, aber zum Glück bewegte es sich in Richtung Misthaufen. In den stieß es sein schwarzes Maul und trug dann seine Beute davon.

Ich war so fasziniert, dass ich beinahe das Näherkommen

von Schritten überhört hätte. Nichts wie runter von meinem Aussichtspunkt und schnell zurück in den Käfig. Durch die Gitterstäbe erkannte ich Oma, die leise die Tür schloss, sich suchend umblickte und dann zu mir in den Käfig blinzelte.

»Trau dich näher und ich kratze dich!«, rief ich.

Patsch, flog die Käfigtüre zu. Sauber! Nun konnte sie nicht rein, ich aber auch nicht raus.

»Was mache ich nur mit dir?«, sagte sie in einem Tonfall, der sich bedrohlich anhörte.

Als Antwort fauchte ich und brummte ein bisschen, um ihr zu zeigen, was ich von ihrer Anwesenheit hielt.

»Beschwere dich nur. Du musst da weg, ob es dir passt oder nicht.«

Ach du Schreck! Was sollte das bedeuten? Mama hatte mich gewarnt, dass Katzen hier auf dem Hof unerwünscht wären. War es so weit? Wollten sie sich meiner entledigen?

Plötzlich wackelte der Käfig bedrohlich und schwebte mit mir in der Luft. »Hilfe!« Schreckliche Bilder erschienen vor meinem geistigen Auge: der Tierarzt, das rollende Monster mit dem großen Maul und Wasser – todbringendes, schwarzes Wasser. Eine dunkle Erinnerung schoss mir in den Kopf und schnürte mir die Kehle zu.

Oma schleppte meinen Käfig aus dem Zimmer. Normalerweise hätte ich nichts dagegen gehabt, aber in dem schwankenden Gefängnis war mir ziemlich mulmig zumute. Trotz meiner verzweifelten Rufe erschienen weder Jana noch Brutus zu meiner Rettung. Was hatte Oma nur mit mir vor? Sie trug mich einen dunklen Flur entlang, vorbei an Türen, bis in ein Zimmer, in dem zwei große Betten nebeneinanderstanden.

Sollte das mein neues Zuhause werden? Hier drin roch es nach Opa und Oma. An der Wand hing ein Kreuz, auf dem ein kleiner Mensch festgenagelt war. Der war zwar nur aus Holz, aber trotzdem empfand ich Mitleid mit ihm. Hoffentlich hatte Oma mit mir nicht das Gleiche vor. Vorsichtig stellte sie den Käfig auf einer Truhe ab.

Als Nächstes machte sie sich an einem Fenster zu schaffen, das bis zum Fußboden reichte. Es schwang auf wie eine Tür. Milde Luft strömte herein und das Singen der Vögel wurde lauter.

Oha! Ein Ausgang! Das war natürlich etwas ganz anderes als das doofe Kippfenster.

»Dein Käfig ist mir beim Saubermachen im Weg. Deshalb wirst du kurzfristig umquartiert«, sagte Oma zu mir.

Fein, dann öffne die Käfigtür und lass mich raus.

Stattdessen packte sie den Käfig und trug ihn nach draußen, auf eine kleine längliche Holzfläche, die aus der Hauswand ragte und von einem Lattenzaun umgeben war. An ihm hingen Behälter voller weißer, blauer und roter Blumen. Das sah ja ganz hübsch aus, aber was sollte ich hier?

Oma stellte den Käfig auf einem Tischchen ab.

»So kannst du wenigstens ein bisschen rausschauen, während ich die Böden wische. Turn aber nicht so wild umher, sonst fällt der Käfig runter«, sagte Oma und verschwand ins Zimmer.

Ich rüttelte an der Käfigtür, aber Oma hatte sie gut verriegelt.

Enttäuscht legte ich mich nieder, doch nicht lange, denn die Aussicht war wirklich reizvoll. Eine Fliege surrte vorbei, landete auf einem Gitterstab und begann sich mit Vorder- und Hinterbeinen zu putzen. Interessant. Mama hatte gesagt, dass Fliegen immer dort auftauchten, wo es schmutzig war. War ich schmutzig?

Schnell übers Fell geleckt. Die Fliege zeigte sich davon unbeeindruckt, krabbelte nur aufgeregt herum. Mal probieren, ob ich sie fangen konnte. Ich langte nach ihr. Blitzschnell hob sie ab und ließ sich am nächsten Stab nieder. Ich verstand – sie wollte mit mir spielen.

Erneut ließ ich meine Pfote vorschnellen – wieder zu langsam.

Das Problem musste ich anders angehen. Vielleicht könnte ich sie überlisten, indem ich mich wie bei der Mäusejagd verhielt.

Ich machte mich klein, spannte meine Hinterbeine an und fixierte die Beute. Der würde ich zeigen, wer der Schnellere war.

Plötzlich war die Fliege wie erstarrt, als wüsste sie von der drohenden Gefahr.

Ich sprang. Im letzten Moment surrte sie davon. Mit voller Wucht rumpelte ich gegen die Käfigwand. Der Boden unter meinen Pfoten begann zu schwanken. Was war los? Der Käfig riss mich mit sich in die Tiefe. Mit einem lauten Schlag fand mein Sturz ein jähes Ende.

»Aua!«

Wo war ich? Was war passiert? Von der Fliege war nichts mehr zu sehen, die hatte sich abgesetzt.

Verängstigt blinzelte ich durch die Gitterstäbe nach draußen. Die Welt war irgendwie verrutscht, der Käfig lag auf der Seite. Durch die Zwischenräume der Zaunlatten konnte ich auf den Hof blicken. Soeben hielt dort unten das kleine Häuschen, in dem Jana mich zum Tierarzt gebracht hatte. Brutus kam herbeigehoppelt, was wirklich komisch aussah. Seine Ohren flatterten im Wind und sein Schwanz kreiste wild, als wollte er abheben. Klar, dass er das niemals schaffen würde.

»Hallo!«, rief ich. »Hier bin ich!«

Jana stieg aus und kraulte dem verhinderten Flieger die Ohren. Heute hatte sie ihre Haare zu einem Schwänzchen zusammengebunden, aber wedeln konnte sie damit nicht.

»Hallooo! Hört mich denn keiner?!«

Ein weiteres Häuschen fuhr vor und mein Miauen ging in dessen Brummen unter. Ihm entstieg ein junger Mann mit kurzen blonden Locken und einem breiten Grinsen im Gesicht. War das etwa Marcel? Jetzt wurde es interessant.

10

Er hob die Hand und winkte, indem er mit seinen Pfoten wackelte. Jana hingegen wartete bewegungslos, bis er sie erreicht hatte. Während sie auf den Stall zugingen, sprachen sie miteinander. Ich spitzte meine Ohren. Nein, die Stimme war mir fremd. Die von Marcel hatte ich tiefer und weicher in Erinnerung.

»Schön, dass du vorbeikommst, Dennis«, sagte Jana. »Willst wohl auf die Senningshöhe?«

Aha, das also war Dennis. Neugierig beugte ich mich vor, obwohl ich mir vorgenommen hatte, einen gewissen Abstand zu Menschen zu halten und nichts mit ihnen zu tun haben zu wollen. Ihr Verhalten würde ich genauso gut aus sicherer Entfernung erforschen können.

Dennis strich sich durchs Haar, womöglich, um es zu reinigen. »Was soll ich da? Dass mein Vater dort oben einen Windpark errichten will, geht mir ehrlich gesagt am Arsch vorbei.«

»Angeblich will den Windpark das halbe Dorf.«

Er zog die Schultern hoch und ließ sie langsam wieder sinken. »Der Ort wird davon profitieren, sagt mein Alter.«

»Doch nur diejenigen, die in das Projekt investiert haben, oder?« Janas Stimme wurde kalt. »Die Frage ist, ob die Befürworter auch die entsprechende Kohle aufbringen. Die Dinger sind doch verdammt teuer.«

Dennis zeigte ihr seine Handflächen. »Logisch. Mir ist es sowieso schnurzpiepegal, wer die Dinger aufstellt und wo sie hinkommen. Hauptsache, aus der Steckdose kommt Strom.«

»Schon gut. Ich bin nur etwas übersensibilisiert, weil sich

meine Bioarbeit für den Leistungskurs mit dem Thema befasst.«

»Hast du sie schon abgegeben?«

»Nee, bin aber fast fertig damit. Der ganze Stress hängt mir inzwischen zum Hals raus. Die Senningshöhe mit den umliegenden Wiesen ist meiner Meinung nach vollkommen ungeeignet. Schon allein durch die Bautätigkeit wird echt viel zerstört. Aber deshalb bist du hoffentlich nicht hergekommen. Also, was gibt's?«

»Ich werde am Donnerstag zwanzig.«

Sie hob beide Hände. »Gratuliere! Aber dafür brauchst du keine Hilfe, das wirst du von ganz allein.«

»Du bist eingeladen.«

Jana stutzte und schüttelte ihren Kopf. Vielleicht juckte sie ein Floh. Komisch, seit ich beim Tierarzt gewesen war, bissen mich die Biester viel seltener.

»Am Freitag hab ich Klausur; die letzte vorm Abi. Da muss ich fit sein«, sagte sie.

»Die Party steigt natürlich erst am Samstag.«

Ich verstand kein Wort. »Tag« war klar, »Nacht« auch, aber »Samstag« und »Freitag« …?

Jana drehte ihren Oberkörper ein wenig hin und her und schenkte ihm ein Lächeln. »Also gut. Ich komme.«

»Prima. Um acht Uhr dann bei mir.«

Sie nickte. »Bis dahin bin ich mit der Arbeit fertig. Wohnst du noch bei deinen Eltern?«

Sie spitzte ihr Mäulchen. Oh! Würde ich jetzt Lippen an Lippen zu sehen bekommen? Dennis beugte sich vor und sprach leiser weiter, aber für meine Lauscher nicht leise genug.

»Vorläufig noch. Das hat mir jede Menge Kohle gespart.«

Jana wich zurück. Schade, kein Kuss. »Wusste gar nicht, dass ihr so knapp bei Kasse seid.«

»Wie kommst du denn da drauf?« Plötzlich stutzte er. »Ganz ehrlich, Jana, ich würde mich echt freuen, wenn du dabei wärst. Und das hat garantiert nichts mit meinem alten Herrn zu tun.«

Janas Hals färbte sich rot. Merkwürdig. Mit einem ordentlichen Fell wäre das unentdeckt geblieben. »Ach, nur so?«

Jetzt sah er sie direkt an – wie eine Katze, die einen Snack vor sich hatte. Die Beute oder den Feind nie aus den Augen lassen, hatte Mama mich gelehrt. Ich hielt den Atem an. Gleich würde er sie anspringen und zubeißen.

Meine Schwanzhaare sträubten sich. Auch Brutus stand wie versteinert da, mit steil nach oben gestrecktem Schwanz. So begrüßte man doch einen Bekannten?

»Du bist eines der coolsten und cleversten Mädchen der Schule«, sagte er und zog seine Mundwinkel hoch. »Logisch, dass ich dich dabeihaben will.«

»Ist Jana läufig?«, fragte Brutus, drehte sich um und schaute zu mir hoch. Endlich hatte mich jemand bemerkt.

Sie fuhr sich über den Mund. »Andere sind auch eingeladen?«

»Natürlich.« Er zwinkerte ihr zu. »Das wird ein großes Ding, quasi als Generalprobe für meinen Einundzwanzigsten – und als Abschied. Ich krieg 'ne eigene Bude in der Stadt.«

»Was? Du ziehst weg?«

»Kann's gar nicht erwarten.«

»Ins Studentenwohnheim?«

»Quatsch. In ein Drei-Zimmer Apartment. Krass nobel.«

Sie nickte, sah dann zum Stall. »Sorry, ich muss weiterarbeiten, sonst werde ich nie fertig. Oder hilfst du mir, die Pferde von der Koppel zu holen?«.

Er trat einen Schritt zurück. »Sorry, muss ins Fitnessstudio, was für meine Muckis tun.« Dann machte er etwas Komisches: Er beugte seinen Arm und deutete darauf.

Jana lachte. »Ist schon okay. Hast wohl Angst vor Pferden?«

Nun war er es, der seine Farbe an den Ohren ins Rötliche wechselte. Diese ständigen Farbwechsel sahen lustig aus.

Er wiegte seinen Kopf. »Das auch.«

Sie lachte erneut, dieses Mal befreiter. Menschen verständigten sich offenbar nicht nur durch Worte, sondern auch durch Herumfuchteln mit den Händen und durch Körperbewegungen. Darin ähnelten sie uns Katzen, nur dass unsere Signale wesentlich deutlicher waren.

Ich streckte mich. Zeit, dass sich jemand um mich kümmerte. Wenn Menschen so schlau waren, wie Brutus annahm, müsste Jana auffallen, dass ich in der Klemme saß. Aber ihr Blick war nur auf diesen Dennis gerichtet.

Winkend verabschiedete er sich von ihr. Fast sah es so aus, als würde er mit dem Schwanz wedeln – dafür benutzte er eben den Arm.

Jana verschwand in der Scheune, während Brutus ins Haus lief.

»Mit deinen Dreckpfoten rennst du nicht über den frisch gewischten Fußboden!«, rief Oma.

»Ich muss Tiger helfen!«, bellte Brutus.

Da kam er auch schon angeflitzt. »Was machst du hier draußen?«

»Frische Luft schnappen.«

»Ist was passiert?«, fragte Oma und langte nach dem Käfig. »Dich kann man keine Minute allein lassen.«

Und schwupps, wurde ich in Janas Zimmer zurückgetragen. Oma nestelte kurz an der Käfigtür und verschwand.

Wieder zurück auf meinem Beobachtungsposten auf dem Fensterbrett in Janas Zimmer entdeckte ich eine kleine Spinne oben an der Zimmerdecke. Ich beobachtete eine Weile, wie sie an ihrem Netz arbeitete. Als sie damit fertig war, setzte sie sich in dessen Mitte und rührte sich nicht mehr. Dieses untätige Herumhängen wäre nichts für mich.

Als ich wieder nach draußen blickte, fuhr Keke auf einem schmalen Gestell in den Hof. Zum Glück machte es keinen Krach wie die rollenden Häuschen. Außerdem gefiel mir, dass man bei ihrem Ding auf den ersten Blick sehen konnte, wer draufsaß.

»Hallo, Keke!«, rief Jana. »Gut, dass du kommst. Hilfst du mir, die Pferde reinzuholen?«

»Deswegen bin ich hier.«

Das hörte sich schlecht an, weil dies bedeutete, dass Jana nicht zu mir kommen würde. Erst mal tief Luft holen. Meine Freilassung schien warten zu müssen.

»Das war doch Dennis. Was wollte der denn hier?«, fragte Keke.

»Stell dir vor, er hat mich zu seiner Geburtstagsfete eingeladen.«

Keke schob die Unterlippe vor. »Mich hat er nicht gefragt.«

Jana legte einen Arm um Keke und zog sie an sich. »Vielleicht macht er's ja noch.«

Keke sah an Jana vorbei zu mir hoch. »Wie geht's Tiger?«

»Der ist kratzbürstig wie immer. Hoffentlich bessert sich das bald.«

Da konnte sie lange warten!

»Wenn ihn einer zähmen kann, dann du«, sagte Keke. »Hast du was von Marcel gehört?«

Jana seufzte. »Nö. Was hast du eigentlich ständig mit dem? Wir haben uns zufällig getroffen, mehr war nicht.«

»Wäre doch möglich …«

»Ja, im Traum. Wenn wir fertig sind, schauen wir bei Tiger vorbei, und danach reiten wir eine Stunde ins Gelände.«

»Cool.« Keke grinste und deutete auf mein Fenster. »Tiger beobachtet uns. Man könnte meinen, er hört uns zu. Glaubst du, Katzen verstehen, was wir sagen?«

Jana sah nun ebenfalls zu mir hoch. »Das nicht, aber am Tonfall können sie bestimmt erkennen, ob es was Angenehmes oder Unangenehmes ist.«

»Unsere Katze versteht ihren Namen und erkennt das Rascheln der Futtertüte.« Keke feixte. »Das reicht vollkommen. Und wenn ich mal traurig bin, kommt sie und tröstet mich.«

»Bis dahin ist es für unseren Tiger noch ein weiter Weg. Katzen haben anscheinend einen großen Wortschatz. Sechzig verschiedene Miau-Laute sollen sie unterscheiden können. Fast wie Brutus, der jodelt auch jeden Tag anders.«

»Damit haben sie ein größeres Vokabular als mancher Typ, den ich kenne.«

Jana hängte sich bei Keke ein. »Weißt du was? Du kommst einfach mit zu Dennis' Party. Allein würde ich mir sowieso blöd vorkommen.«

»Party crashing? Cool.«

Viele Wörter, die für mich keinen Sinn ergaben. Sehnsüchtig schaute ich zum Stall und hoffte, Mama zu erblicken.

11

Als ich nach einiger Zeit den Käfig verlassen wollte, um nachzusehen, ob die Spinne sich inzwischen zu mir heruntergelassen hatte, hörte ich Janas leichte Schritte draußen im Gang. Den Körper noch halb im Käfig, verharrte ich stocksteif, denn sie kam nicht allein. Die anderen Schritte mussten Keke gehören, die schwerer auftrat.

Die Tür öffnete sich und die zwei kamen herein. Ich hatte richtig gehört. Im Zuordnen von Geräuschen konnte mir so schnell keiner was vormachen – nicht mal Brutus.

»Na, Tigerchen, wie geht's?«, fragte Jana.

»Hach, ist der süß«, sagte Keke verzückt. »Diese Streifen und dazu diese himmelblauen Äugelein … Fast so schön wie die von Dennis.«

»Du wiederholst dich.«

Keke kicherte. »Wenn's aber stimmt. Der sieht aus wie ein Mini-Tiger, bloß in grau.«

Ich konnte mich nicht erinnern, jemals so einem Tier begegnet zu sein. Das mit den blauen Augen irritierte mich. Soviel ich wusste, hatten ordentliche Katzen grüne. Ich hob eine Pfote halb hoch, unschlüssig, ob ich mich hinauswagen oder zurückziehen sollte. Raus hieße, angreifbar zu sein, rein, dass ich womöglich eine wichtige Erfahrung verpassen würde. Da ich mich nicht entschließen konnte, blieb ich stehen, wo ich war.

»Kannst uns ruhig vertrauen«, lockte Jana.

»Warum grapschst du ihn dir nicht einfach?«

»Du würdest dich ganz schön beschweren, wenn dich ein Fremder begrapschen würde.«

»Kommt drauf an. Nein, im Ernst, du hast ja recht.«

»Er soll freiwillig zu mir kommen.« Jana setzte sich aufs Bett. »Armer Tiger. Ich kann's ihm nachfühlen. Wahrscheinlich hat er die Menschen bisher nur von der schlechten Seite kennengelernt.«

»Oder seine Mutter hat ihn vor uns gewarnt.«

»Gut möglich. Die ist nämlich besonders scheu. Von der sehe ich höchstens mal die Schwanzspitze. Ich hab versucht, sie mit Futter anzulocken, um sie sterilisieren zu lassen, leider erfolglos.«

»Gute Idee. Das ständige Jungekriegen schlaucht bestimmt gewaltig.«

Beide beugten sich zu mir. »Komm, Tigerchen, probier's doch einfach mit uns«, lockte Jana.

Na ja, probieren könnte ich es ja mal. Zwar würde ich damit Mamas Warnungen ignorieren, aber Janas Worte klangen weich und vertrauenerweckend.

Zum Glück war Brutus nicht im Zimmer. Wahrscheinlich hatte er was Besseres zum Verspeisen gefunden. Ich machte einen kleinen Schritt vorwärts.

»Wir sollten uns unterhalten, anstatt ihn anzugucken«, meinte Jana.

»Wenn du meinst.«

»Du glotzt immer noch zu ihm hin.«

»Er ist einfach zu putzig. Okay, reden wir von was anderem.«

»Aber nicht von Jungs. Das Thema hatten wir heute schon mehrfach.«

»Ooch, schade!« Keke zog eine Schnute, was nicht unbedingt zu einem Kuss führen musste, wie ich gelernt hatte. »Was ist nun mit eurem Hof?«

»Auch kein tolles Thema. Opa kann den Kredit nicht verlängern und die Bank will ihr Geld zurück.«

»Auweh!«

»Der absolute GAU. Er hat's bei anderen Banken versucht, aber die haben alle gleich abgewunken. Das ist Murphys Gesetz: Wenn's kommt, dann dicke. Opa denkt schon laut über das Angebot von Dennis' Vater nach, der Gemeinde die Senningshöhe zu verkaufen.«

»Damit der seine Windmühlen draufstellen kann? Hauptsache die lauten, hässlichen Dinger sind weit genug weg von seinem eigenen Grundstück.«

»Oma ist stinksauer, weil sie unser Land selbstverständlich behalten will. Zudem gibt's drumherum jede Menge Wiesenbrüter. Ein richtiges Biotop. Der Naturschutzbund meinte auch, dass die Rauschedinger da nicht hingehören.«

Keke knabberte an ihrer Kralle. Gute Idee. Ein bisschen Fellpflege konnte nie schaden. Nach wie vor halb drin und halb draußen legte ich mich hin und begann, meine Pfoten zu reinigen.

»Vielleicht bewirkt dein Projekt im Bio-Leistungskurs was?«, fragte Keke.

»Wüsste nicht, wie. Das wird einmal durchgelesen, benotet und fertig. Nein, um wirklich etwas zu bewirken, musst du den Behördenweg gehen. Das heißt: Anträge stellen, Gutachten in Auftrag geben, und so weiter und so fort. Und wie du weißt, mahlen die Mühlen der Ämter langsam. Bis die zu einer Entscheidung kommen, sind wir längst vom Hof und die Dinger drehen sich lustig im Wind.«

»Und der Rohleder und seine Investoren verdienen sich dumm und dämlich.«

»Und um die Umwelt scheren die sich einen Dreck, solange sie nicht selbst davon betroffen sind.«

»Genau das ist es, was mir so unheimlich auf die Eierstöcke geht«, sagte Keke.

Hm, Eier kannte ich auch. Das waren diese runden Dinger, mit denen man so wunderbar spielen konnte. Wenn man sie anstupste, rollten sie ganz lustig herum, bis sie irgendwo anstießen. Dann war der Spaß meistens vorbei, dafür schmeckte der Inhalt ganz manierlich.

»Wie bitte?«, fragte Jana.

»Na ja, jeder schreit: Wir brauchen regenerative Energien, aber niemand will was dafür tun.«

»Und was machst du selbst?«

»Wir haben eine Solaranlage auf dem Dach, sind also kein Niemand.«

Die Mädchen lachten. »Und wir sind Biobauern. Zuerst hat Opa sich dagegen gesträubt, inzwischen aber das Konzept voll umgesetzt.«

Der hatte sich gesträubt? Bei den wenigen Haaren wird man davon nicht viel gesehen haben. Ich strich mir übers Schnäuzchen und sträubte meine Schnurrhaare. Das waren wenigstens welche!

»Seit unser Nachbar Willi so elend gestorben ist, verwendet Opa weder Pestizide noch Insektizide.«

»Was war denn die Diagnose?«

»Die Uniklinik meinte, es könnte was mit Insektenvernichtungsmitteln zu tun haben, weil das Nervengifte sind.«

»So eine Sauerei.«

Säue kannte ich auch. Zum Fressen zu groß und unbehaart wie die Menschen.

»Und die Herstellerfirmen sagen, man muss die Gebrauchsanleitung beachten und darf nicht zu viel davon verwenden. Aber Gift ist Gift, meiner Meinung nach.«

Die Mädchen schwiegen, was es mir ermöglichte, mich ein wenig zu entspannen, zumal auch Brutus fehlte – eigentlich schade.

»Was macht er jetzt?«, fragte Jana mitten in die Stille. Mir war völlig schleierhaft, von wem sie sprach.

»Er guckt.« Keke krümmte einen ihrer Finger und bewegte ihn auf dem Bett schnell hin und her. Ein kratzendes Geräusch entstand. Zwar konnte ich nicht ausmachen, wodurch es verursacht wurde, aber bei ihrer Hand krabbelte etwas – womöglich ein Snack. Ich musste der Sache unbedingt auf den Grund gehen.

»Hihi. Da kommt er.« Das Kratzen verstärkte sich. Vielleicht doch kein Snack. Ich musste näher ran.

»Keke, du bist ein Genie.«

Nun krabbelte es neben ihrem Hinterbein. Eventuell zwei Snacks?

Um herauszufinden, was da oben los war, würde ich hinaufspringen müssen und somit zu nahe an die Menschen geraten.

Jana hatte mir bislang kein Leid zugefügt, eigentlich sollte ich ihr vertrauen.

Da! Noch mehr Kratzgeräusche! Das hielt auf die Dauer keine Katze aus. Meine Pfoten stießen sich wie von selbst ab, und ich landete zwischen den beiden. »Komm raus, du Snack, zeig dich!« Nanu, kein Snack da – nur Finger.

Ich verstand. Jana wollte mit mir spielen.

Erneut kratzte sie mit ihrem Finger auf dem Stoff. Was für ein aufregendes Geräusch. Vielleicht würde sie mich freilassen, wenn ich mitspielte? Also schnell mit den Pfoten auf der Stelle getrampelt und abgedrückt.

»Ui, ist der fix!«, rief Keke.

»Eben ein richtiger Kampfkater.«

Endlich erkannte das jemand. Ihre Hand senkte sich auf meinen Rücken. Halt! Das ging entschieden zu weit. Hatte ich doch geahnt, dass nichts Vernünftiges rauskam, wenn man sich mit Menschen einließ. Schleunigst sauste ich in den Käfig zurück. Und da blieb ich, mochte draußen kratzen und rufen, wer wollte.

12

Der Tag verging, und die Nacht brachte die ersehnte Ruhe. Nach einem Nickerchen blinzelte ich in die Dunkelheit. Fahles Licht fiel von draußen herein und verlieh den Gegenständen im Zimmer lange Schatten. Die Farben hatten sich verabschiedet und würden erst bei Tagesanbruch wiederkehren. Dunkelheit, Geräusche und Gerüche verbanden sich zu einer Welt, in der ich mich problemlos zurechtfand.

Langsam wanderte ich durchs Zimmer und schaute anschließend zum Fenster raus. Alles lag still. Lautlos glitt die Scheuneneule vorbei, blickte kurz in meine Richtung und flog weiter. Vielleicht hatte sie mitbekommen, wo ich gefangen gehalten wurde, und würde es Mama erzählen.

Von Jana unbemerkt sprang ich auf ihr Bett. Sie hatte die Augen geschlossen und atmete gleichmäßig. Brutus lag am Fußende und tat so, als würde er schlafen. Aber mich konnte er nicht täuschen, denn eines seiner Augen glänzte verräterisch im Mondlicht. Ich stoppte. Prompt schloss sich das Auge. Grunzend streckte er eine Pranke aus und wälzte sich auf die Seite. Vorsichtig schlich ich auf ihn zu, um herauszufinden, ob er wach war, aber er blieb bewegungslos liegen. Auch gut. Dann eben nicht.

Es wurde dunkler, die Umrisse der Umgebung verschwammen. Dennoch konnte ich genug sehen, um nirgends anzustoßen. Regentropfen klopften ans Fenster und gleich darauf setzte ein gewaltiges Rauschen ein. Ich sprang aufs Fensterbrett. Das Scheunendach glänzte nass, im Hof bildeten sich Pfützen. Wehe der Katze, die jetzt kein schützendes Dach über dem Kopf hatte – selbst wenn es nur aus

Erde oder Blättern bestand. Wasser war nun mal einer unserer ärgsten Feinde.

Hier im Zimmer jedoch war es trocken und kuschelig warm. Ich zog mich auf die weiche Einlage meines Käfigs zurück. Den Rücken durchgedrückt, ein paar Mal auf der Stelle gedreht und hingelegt – hach jaah.

Am nächsten Morgen kitzelte mich als Erstes Janas Blumenduft in der Nase. Dazwischen waberte aber noch ein anderer Geruch: Fisch. Sie stellte ein gefülltes Schüsselchen vor meiner Käfigtür ab. »Bin spät dran. Ciao, Tigerchen.« Und schon sauste sie mitsamt Brutus aus dem Zimmer.

Na gut, dann würde ich nach dem Frühstück eben noch eine Runde schlafen. Das würde helfen, die Eintönigkeit zu überbrücken und sollte außerdem gesund sein – hatte zumindest eine Tante in der Katzenkolonie behauptet. Was war damals eigentlich geschehen? Ich versuchte mich zu erinnern, aber meine Gedanken wurden vom Schlaf eingeholt.

Das Klacken der Zimmertür riss mich aus einem Traum, in dem es vor Snacks nur so gewimmelt hatte. Schritte, die weder zu Jana noch zu Keke gehörten, schlurften herein.

Durchs Gitter sah ich, wie Oma am Bett herumhantierte. Sie hob die Decke hoch, Stoff fiel auf den Boden. Was sie machte, interessierte mich kaum, wichtiger war vielmehr, dass sie die Türe einen Spalt offen gelassen hatte – weit genug, um hindurchzuschlüpfen.

Ich machte mich sprungbereit, indem ich die Hinterbeine unter den Bauch zog und mich duckte. Oma schaute aufs Bett, die Gelegenheit war günstig. Mit einem lauten: »Jetzt oder nie!« schnellte ich mich aus dem Käfig und raste an ihren Beinen vorbei durch den Türspalt.

Hinter mir hörte ich sie etwas Unverständliches rufen,

aber das interessierte mich nicht mehr, da ich bereits aus dem Zimmer war.

Die Treppenstufen ins Erdgeschoss nahm ich mit wenigen Sprüngen. Gleich, gleich würde ich frei sein.

Wo war die Haustür doch gleich noch? Ach da – aber leider war sie nicht offen. So was Gemeines. Unschlüssig, wohin ich mich wenden sollte, und nach Atem ringend, setzte ich mich davor. Hinter meinem Rücken kam Brutus angetrampelt. Der hatte mir gerade noch gefehlt.

»Hab ich dich erwischt, du Ausreißer!«, bellte er aufgeregt. »Herbei, herbei!« Obwohl er alle Pfoten gegen die Laufrichtung stemmte, rutschte er auf dem glatten Steinboden mit unverminderter Geschwindigkeit auf mich zu.

»Fang mich, wenn du kannst!« Ich sprang zur Seite und mit einem lauten Bums krachte er gegen die Tür.

Am liebsten hätte ich lauthals losgelacht, aber die Frage, wohin jetzt, war dringlicher. Wieder nach oben? Auf keinen Fall. Dann lieber durch die erstbeste offene Tür in ein Zimmer geflitzt. Es roch nach Futter, aus einem Kasten an der Wand strömte Fleischgeruch.

»Raus aus meiner Küche!«, bellte Brutus, der sich mühte, die Kurve zu kriegen.

Von oben ertönte Omas quiekende Stimme. Mir egal. In Panik sprang ich auf einen Stuhl und von dort auf einen Tisch, auf dem einige Gegenstände standen. Eines der Fenster war von hier aus erreichbar. Prima!

Beim Absprung blieben meine Krallen in einem Stoffstück hängen. Um es wieder loszuwerden, zog ich sie geschwind ein. So erreichte ich zwar das Fensterbett, aber hinter mir zerbarsten die Gegenstände klirrend auf dem Boden. Brutus heulte wutentbrannt auf.

Leider versperrte mir auch dieses Fenster mit seinem Nichts den Weg in die Freiheit. Ich musste weg von hier, zumal Omas Schritte immer näher kamen. Da war sie auch schon. Wenn die Tür erst mal hinter ihr zu war, würde ich in der Falle sitzen. Ich flitzte zwischen ihre Beine und huschte durch die immer schmaler werdende Öffnung.

Brutus kläffte mir hinterher, aber letztlich war er drinnen und ich draußen. Ha, zumindest das war geschafft.

Bloß war ich leider immer noch im Haus gefangen. Viel hatte sich an meiner Situation nicht geändert. Vor mir lag der Gang mit weiteren Türen, neben mir führte die Treppe nach oben und hinter mir die Haustür ins Freie. Die Klinke der Küchentür bewegte sich. Oje. Meine Verschnaufpause würde nur von kurzer Dauer sein. Ich sauste an verschlossenen Türen vorbei bis zu einer, die anscheinend ins Freie führte, wie ich am leichten Luftzug, der unter ihr hereinströmte, bemerkte.

Die Sehnsucht nach Freiheit wurde übermächtig. In der Hoffnung, Mama könnte mich hören und würde mir zu Hilfe eilen, maunzte ich aus Leibeskräften.

Hinter mir trappelten Schritte und galoppierten Pranken. Aufgeben würde ich nicht – noch nicht.

»Keine Bewegung, oder ich schnapp zu!«, rief Brutus. »Du gehörst nach oben, hier unten ist mein Reich.«

»Pah.« Ich drehte ihm meine Rückseite zu, um ihm zu zeigen, was ich davon hielt. »Dein Reich? Eher das der Menschen. Du hast deine Freiheit gegen Bequemlichkeit eingetauscht. Und wenn ich jetzt nach oben gehe, dann freiwillig, nicht weil du mich dazu aufforderst.«

Starr stand er unmittelbar vor mir. So ein großes Maul – und erst die Nase. Gleich würde er mir seine Zähne zeigen oder noch schlimmer, mich am Nacken packen und zu Tode schütteln.

Nichts dergleichen geschah.

»Rauf, oder ich trag dich hoch«, knurrte er.

Getragen werden? Wie von Mama, wenn ich ungehorsam gewesen war? Das fehlte noch!

Pfft. Ich stellte meinen Schwanz auf und stolzierte an ihm und Oma, die vergebens nach mir langte, vorbei. Ich hatte mich gut geschlagen.

Oben verzog ich mich sofort in meinen Käfig. Kaum hatte ich mich hingelegt, kam Jana zurück. Wenigstens etwas. Vielleicht wiederholte sie das Krabbelspiel.

»Soso, du kleiner Ausreißer«, sagte sie, »von dir hört man ja schlimme Sachen. Bis übermorgen musst du noch aushalten, dann darfst du ins Haus, okay?«

Leere Versprechungen. Gerade als ich mich einkringelte, rollte brummend unten ein Häuschen auf den Hof.

»Nanu?« Jana stand auf und ging zum Fenster. »Ich glaub, mich laust der Affe!«

13

Verwundert fuhr ich hoch. Ein Affe, der sie lauste? Hier? Was war das überhaupt? Außer Brutus und mir war keiner im Raum, der sie lausen konnte.

Die Hände aufs Fensterbrett gestützt und schneller als gewöhnlich atmend, sah sie hinaus.

»Marcel!«, rief sie freudig.

Aha, das also war der Affe, der sie lausen sollte. Aber warum regte sie sich deswegen so auf?

Ich miaute kurz, um festzustellen, ob ich ihre Aufmerksamkeit erregen könnte – vergebens.

Sie sauste zum Tisch und schnappte sich einen klitzekleinen Rechen, mit dem sie ihre Haare bearbeitete. Beim Hinausrennen vergaß sie sogar, Brutus mitzunehmen. Mit einem lauten Peng schlug die Tür hinter ihr zu.

»Wuff!«, bellte Brutus enttäuscht. »Sie hat mich vergessen.«

Nun saß auch er in der Falle. Geschah ihm ganz recht.

»Wundert mich nicht«, sagte ich grantig.

»Wieso?«

»Wenn ich sie wäre, hätte ich dich auch vergessen.« Mühelos sprang ich aufs Fensterbrett.

Brutus schnaufte unter mir tief durch. Er richtete sich auf, machte sich lang und stützte seine Pranken am Fensterbrett ab, um ebenfalls hinaussehen zu können.

»Wo ist sie? Wo, wo?«

»Geduld ist eine Katzentugend«, sagte ich und begriff in diesem Moment den Sinn von Mamas Spruch.

»Katzen haben keine Tugenden, nur Untugenden.«

»Woher willst du das wissen?«

»Meinst du, du bist die Erste, die mir über den Weg gelaufen ist?«

Über eine Antwort brauchte ich nicht nachzudenken, denn Jana stürzte unter mir aus dem Haus.

»Ich sehe nix«, klagte Brutus.

»Es reicht, wenn du hörst, was unten passiert.«

»Ich bin aber so neugierig.« Er blinzelte. »Komisch, früher ging das Fenster weiter auf.«

»Woran das wohl liegt?«

»Hm«, machte Brutus.

»Wenn du zierlicher wärst, könntest du zu mir hochspringen.«

»Welches Auto ist gekommen?«

»Auto?« Ich blinzelte. Ach so, er meinte das Häuschen. Ihm entstieg ein schlanker großer Mann, der auf Jana, die inzwischen stehen geblieben war, zuschlenderte.

»Was machen sie?«, fragte Brutus.

»Er geht auf sie zu.«

»Wer? Freund oder Feind?«

»Woher soll ich das wissen?«

»An der Art, wie er sich bewegt. Rennt er, zeigt er seine Zähne oder wedelt er mit dem Schwanz?«

»Nichts von alledem. Haben Menschen überhaupt einen?«

»Nur die Männchen, und den tragen sie vorne. Was für ein Jammer! Ein Fremder kommt und ich bin nicht dabei. Ich bin doch ihr Wachhund.«

»Was nun? Wach- oder Jagdhund?«

»Beides, Hunde sind immer beides.«

Da hatten wir Katzen es einfacher. Wir brauchten nur Katzen zu sein. »Er hat braune Augen«, stellte ich fest.

»Ein gutes Zeichen.«

»Hm.« Ich schaute in seine Hundeaugen. Dass alle Braunäugigen gutartig sein sollten, bezweifelte ich.

Inzwischen war Marcel bei Jana angekommen. Seine Mundwinkel besuchten die Ohren und mit der Pfote wedelte er neben seinem Kopf hin und her.

»Hallo«, begrüßte er sie laut, während Janas Antwort kaum zu verstehen war.

»Ich hab gehört, hier gibt's Kaffee und Kuchen.« Er zwinkerte mit einem Auge. Das musste ich auch probieren, aber sosehr ich mich anstrengte, jedes Mal klappten beide Lider nach unten.

»So? Von wem denn?«, erwiderte sie.

»Von einem hübschen Mädel mit 'ner Reifenpanne. Sie sagte, sie wohnt hier.«

»Ach ja?« Ein Lachen lag in ihrer Stimme. »Willkommen auf dem Moser-Hof. Er ist schon seit sechs Generationen in unserer Familie.«

»Wow, verdammt lange.« Er legte den Kopf schief und ließ seinen Blick prüfend über das Anwesen gleiten. »Sieht gar nicht so alt aus.«

»Das ursprüngliche Wohnhaus wurde nach einem Brand abgerissen. Es lag weiter unten, näher am Bach.« Jana deutete in die entsprechende Richtung und erzählte weiter.

»Was machen sie jetzt?«, fragte Brutus.

»Sie lachen.«

»Also kein Feind. Gut so, denn sonst würde ich ihn ins Bein beißen.«

»Und wie willst du das anstellen, wenn du hier oben eingesperrt bist?«

»Sei ruhig, sie reden weiter.«

»Ihr habt Pferde statt Kühe?«, fragte Marcel.

»Wir haben beides. Die meisten Pferde gehören uns nicht. Ist ein kleines Zubrot. Und von den Kühen sind nur ein paar übrig geblieben. Aber genügend, um ein bisschen Ökomilch zu produzieren.«

»Landwirtschaft ist kein leichter Job.«

»Das kannst du laut sagen. Dort hinten gibt's auch noch zwei Säue, die Opa vergessen hat zu schlachten.« Jana lachte erneut. »Nein, war nur Spaß. Die gehören mir. Was haben wir noch? Hühner, Obst und Gemüse.«

»Ihr seid Biobauern.«

»Genau. Wir haben etliche Stammkunden, die ihre Bioprodukte bei uns kaufen.«

Marcel drehte sich langsam um die eigene Achse. »Schöner Hof.«

»Komm, ich zeig dir den Stall. Die Pferde sind jetzt aber auf der Koppel.«

Sie verschwanden in der Scheune.

»Wo sind sie hin?«, fragte Brutus.

»In den Stall, vielleicht wollen sie sich küssen.«

»Jetzt schon? Sie sollten aber zuerst viel miteinander gelacht haben.«

Wenn das Küssen vom Lachen abhängig war, hatte ich irgendwas falsch verstanden. War das nun viel gelacht oder wenig? Ach, ich würde die Menschen nie begreifen. Aber wollte ich das überhaupt?

»Was meinst du, wer er ist?«, fragte Brutus.

»Er hat Jana geholfen, als ihr Häus… äh, Auto kaputt war.«

»Sein Glück. Sonst hätte ich ihn beißen müssen.« Brutus brachte seine Vorderpfoten auf den Boden zurück. »Zu anstrengend. Sag mir, wenn sie wieder auftauchen.«

Gleich darauf klapperte meine Frühstücksschüssel – Brutus leckte sie sauber. »He! Wie wär's, wenn du dich selbst mal reinigen würdest, anstatt deinen Schlabberlappen durch meine Schüssel zu ziehen.«

»Hintern und Pfoten habe ich eben erst sauber geleckt«, antwortete Brutus beleidigt. »Bin halt nicht so gelenkig wie du. Außerdem wird von mir erwartet, dass ich mich meiner Umgebung anpasse. Sie lachen nämlich immer, wenn ich mich im Dreck gewälzt hab. Und am liebsten haben sie es, wenn ich mich in was richtig Stinkigem suhle.«

»Sie lachen dich aus, du Dummhund.«

Davon unbeeindruckt schlabberte Brutus weiter in meinem Napf. »Hm, Fisch. Wer den wohl gefangen hat?«

»Ich jedenfalls nicht.« Fische fing man nicht, sie wurden gefunden. Manchmal waren welche am Rande des Weihers gelegen. »Sie kommen übrigens wieder raus.«

Brutus kam herbeigewackelt und nahm wieder seine alte Position ein.

»Und was machst du beruflich?«, fragte Jana.

Marcels Gesicht verfinsterte sich kurz. »Ich studiere – und in der Freizeit zeichne ich. Hier gibt's jede Menge lohnende Motive.«

»Und was am liebsten?«

»Tiere.«

»Cool. Stellst du aus?«

Jetzt lächelte er. »Nein, ich mach das nur als Hobby. Meine Bilder sind zu naturalistisch, nicht modern genug. Und wie sieht's bei dir aus?«

»Im nächsten Monat Abi, dann Sommerferien und danach studiere ich Marketing, Schwerpunkt *Social Media.*« Sie guckte auf den Boden. »Damit ich später mal von zu Hause aus arbeiten kann.«

»Warum das denn?«

Ihr Arm beschrieb einen Halbkreis. »Oma und Opa stemmen das hier nicht mehr allein. Sie sind auf meine Mithilfe angewiesen. Sollte das hier den Bach runtergehen, was wird dann aus all den Tieren?«

Er zog seine Lippen kurz zusammen.

Menschen waren wirklich interessant. Ich versuchte es nachzumachen. Meine Lippen spannten sich, wollten aber nicht richtig nach vorne gehen, sondern entblößten nur meine Fangzähne.

»Was soll das?«, knurrte Brutus prompt. »Willst du mich provozieren?«

»Nee, nee. Reg dich ab.«

Marcel hob die Schultern ein bisschen. »Und was ist mit deinen Eltern, wenn ich fragen darf?«

»Mein Vater ist schon vor vielen Jahren an Krebs gestorben, und meine Mutter …« Sie schnaufte tief durch. »Die ist neu verheiratet und meine Brüder haben keinen Bock darauf, Bauer zu sein.«

»Alles klar«, sagte er rau. »Was ist jetzt mit dem versprochenen Kaffee?«

14

Wie ein Vogel auf dem Ast hockte ich am Rand des Fensterbretts und ließ mir die Sonne auf den Rücken scheinen, während Brutus im Zimmer seine Kreise zog. Jana und Marcel verschwanden im Haus und beabsichtigten anscheinend nicht, zu uns hochzukommen.

»Sauerei, ich hör nix mehr. Wo sind sie hin?«, jammerte Brutus.

»Ist das denn so wichtig?«

»Natürlich. Ich verpasse ungern was.«

Entsetzlich, wir hatten ein gemeinsames Interesse, und es äußerte sich bei ihm durch die Sorge um Janas Wohlbefinden, während ich einfach nur neugierig war. »Genau wie ich. Und mit deinem Rumgerenne änderst du auch nichts, außer dass du langsam, aber sicher ein Loch in den Boden trampelst.«

Brutus stutzte und neigte den Kopf, bis ihm seine Ohrlappen vor die Augen fielen. Dann begann er, auf dem Holzboden herumzukratzen. »Sieht nicht so aus, als könnte man sich nach unten durchgraben.«

Das klang interessant. »Du solltest dich mehr anstrengen.«

Jetzt scharrte er mit beiden Pfoten. Das sah zu lächerlich aus. Endlich gab er auf. »Geht nicht.«

Ich kicherte. »Nein? Aber vielleicht kannst du ja durchs Nichts fliegen?«

Er setzte sich auf seinen Hintern und sah mich bekümmert an. »Fliegen? Durchs Nichts? Jetzt übertreibst du aber.«

Hatte ich was Dummes gesagt? Das wäre oberpeinlich

gewesen. Schließlich stammte das mit dem »In den Himmel kommen« von ihm, und wie sollte man dorthin gelangen außer durch Fliegen? Also doch eine Lüge. »Wenn du in den Himmel willst, musst du fliegen können«, sagte ich trotzig.

Brutus legte seinen Kopf schief, sodass ein Ohr länger runterhing als das andere – faszinierend.

»Ich glaube, das hast du falsch verstanden«, sagte er. »Und was meinst du mit dem Nichts?«

»Das hier.« Ich legte meine Pfote ans Fensternichts.

»Das? Hauhauhau!«

»Was gibt's da zu lachen? Es ist doch nichts.«

»Dummchen, du merkst doch selbst, dass da was ist.«

»Klar. Es ist durchsichtig wie die Luft, aber ich kann nicht hindurchgehen.«

»Die Luft ist ein echtes Nichts. Du kannst nicht durchs Fenster, weil es verschlossen ist. Und was dich am Hindurchgehen hindert, ist kein Nichts, sondern Glas – eine Erfindung der Menschen.«

»Glas?« Ich tippte dagegen. Je länger ich mit Menschen zu tun hatte, desto mehr wuchs meine Achtung vor ihren Fähigkeiten.

Er kratzte sich mit einer Hinterpfote am Ohr. »Mich juckt's. Da ist ein Floh. Den hab ich bestimmt von dir.«

»Von mir? Niemals.« Ich blinzelte, aber dies mit nur einem Auge zu tun, wollte einfach nicht klappen. Flöhe waren meine ständigen Begleiter gewesen, aber seit meinem Tierarztbesuch piesackten mich die Biester deutlich weniger. Durchaus möglich, dass sie zu Brutus übergesiedelt waren.

»Vorher hatte ich keine«, maulte Brutus.

»Das kann jeder behaupten. Mich juckt's nicht, also hab ich keine, und du hast dir deine wahrscheinlich selbst eingefangen.«

Seine Hinterpfote verharrte über dem Ohr. »Wer würde

sich denn diese Plagegeister fangen wollen? Die finden einen ganz von allein. Also manchmal redest du einen ganz schönen Blödsinn zusammen.«

»Wenn sie uns suchten, wären wir ja die Gejagten. Nein, nein, Katzen jagen lieber selbst, als dass sie gejagt werden.«

»Dir ist nicht zu helfen.«

»Und du bist genauso lang wie dumm.«

»He, du Rotznase, ich pack dich gleich.«

Endlich kam Stimmung in die Bude. »Fang mich doch!«

»Bin ich ein Floh? Moment mal. Hast du das gehört?«

Ich lauschte. Irgendwo im Haus schlug eine Tür zu. War das gut oder schlecht? Egal, hier auf meinem Fensterbrett war ich ziemlich sicher.

»Schrecklich. Die haben mich vergessen. Ich komm mir so nutzlos vor«, heulte Brutus, legte sich an die Tür und saugte laut die Luft durch den Spalt darunter ein. »Man riecht auch nix. Die sitzen in der Küche und schieben alles unter den eigenen Nasen rein, anstatt mir was abzugeben.«

»Wieso sollten sie? Du kannst dir doch selbst was fangen. Suche und finde – wie ein Floh.«

»Das ist mir verboten. Nur wenn Herrchen es erlaubt, darf ich ihm zeigen, wo sich der Hase oder der Fasan versteckt hält. Sonst nicht.«

»Und was ist bitte schön ein Fasan?«

»So was Ähnliches wie ein Huhn, bloß mit langem Schwanz.«

Nie einem begegnet. Den Menschen dienen klang unangenehm, denn wenn ich nichts fangen durfte, würde ich weiterhin auf dieses Futter aus der Tüte angewiesen sein.

»Wirst du denn regelmäßig gefüttert?«, fragte ich.

»Immer dann, wenn ich folgsam war.«

Wusste ich doch, dass es einen Haken gab. »Und was meinst du mit folgsam?«

»Na, wenn ich tue, was sie von mir verlangen – eben ein guter Hund bin.«

Interessant. »Und wenn du dich weigerst?«

»Dann schmeißen sie mich raus! Huuhuuu«, heulte Brutus und warf den Kopf zurück, sodass seine Ohren wie Janas Haare über den Rücken fielen.

Das klang vielversprechend. Womöglich führte der Weg in die Freiheit über Ungehorsam. Damit konnte ich dienen.

Schritte näherten sich. Jana kam mit leicht gerötetem Gesicht zu uns herein – gefolgt von Marcel. Huch! Ich flitzte in die Sicherheit meines Käfigs und spähte durch die Gitterstäbe.

»Endlich!«, rief Brutus. Er sprang an Jana hoch, als wollte er sie umwerfen. Lachend strich sie ihm mit der Hand über den Kopf. Wie sich das wohl anfühlte? Als Nächstes musste Marcel dessen albernes Gehabe ertragen. Brutus steckte ihm seine klobige Nase zwischen die Beine, schnüffelte kurz und begann, sie hin und her zu reiben. Dem Kerl graute offenbar vor gar nichts. In seiner Not hielt ihm Marcel seine Hand als Ablenkung hin, worauf der Dummhund natürlich reinfiel.

»Darf ich vorstellen: Brutus«, sagte Jana.

»Hübscher Hund und auch 'ne putzige Katze. Zumindest, was ich auf die Schnelle sehen konnte.«

»Ein Katerchen. Noch ziemlich scheu, aber kommt Zeit, kommt Vertrauen.«

»Da hab ich keine Zweifel, dass du das hinkriegst. Ich mag Katzen und Hunde. Waren meine ersten Motive. Im Gegensatz zu Vögeln fliegen die wenigstens nicht davon.«

Aha! Das war der Beweis, dass mich das alte Schlappohr mit seiner Geschichte von fliegenden Hunden belogen hatte. Neugierig lugte ich durch das Gitter, ob Brutus sich jetzt schämte, aber außer stumpfsinnigem Schwanzwedeln war ihm keine Gefühlsregung anzusehen.

»Setz dich ruhig«, sagte Jana.

Marcel ließ sich auf dem Stuhl nieder, sie auf dem Bett. Das Gesicht mir zugewandt, schlug er ein Bein über und suchte Augenkontakt zu mir.

»Hallo, Tiger«, erdreistete er sich, mich anzusprechen.

»Pfft«, fauchte ich zurück. Damit waren die Fronten hoffentlich geklärt.

»Du bist ja ein ganz Wilder.«

Das wiederum machte ihn sympathisch.

»Viel Zeit hab ich nicht«, fuhr er fort. »War nur in der Nähe und konnte mir nicht verkneifen, auf dein Angebot einzugehen.«

»Du hast mir noch nicht verraten, was du studierst.«

Er verzog das Gesicht und schaute zur Zimmerdecke hoch. »Rechtspflege.«

»Hört sich ziemlich trocken an.«

»Das ist leicht untertrieben.«

»Wie bist du dazu gekommen? Du zeichnest …«

»Die alte Leier. Es war der Wunsch meines Vaters. Quasi auf dem Sterbebett hat er mich dazu verdonnert.«

Sie schwieg, um dann nachdenklich fortzufahren: »Verstehe. Mein Vater hat so was zum Glück nicht von mir verlangt.«

»Für meinen war mein Okay das Höchste.« Er betrachtete die Krallen an seinen Pfoten. »Komisch, du bist die Erste, mit der ich darüber spreche.«

Erneutes Schweigen.

»Gehst du gern ins Kino?«, fragte er.

»Kommt drauf an, was läuft.«

»Ich kann dir den *Hobbit* anbieten oder …«

»Prima, den wollte ich mir sowieso anschauen.«

»Samstag?«

»Ja – nein, geht nicht, da bin ich auf einer Geburtstagsparty.«

»Dann am Sonntag. Okay?«

Sie erhoben sich und verließen das Zimmer – mit Brutus. Ich war allein.

15

Allein zu sein war die beste Voraussetzung, um meinem Ärger Luft zu machen. Hm, was könnte ich anstellen? Ich musste bei meiner Wahl aufpassen, denn Menschen mochten Gut und Böse anders auslegen als Katzen. Ein paar Anhaltspunkte hatte ich aus ihren Bemerkungen und denen von Brutus entnehmen können. Die Frage war nur, wie nützlich dessen Ansichten waren. Nachdem ich einen Plan gefasst hatte, marschierte ich los. Weil es mir gelegen kam und ich sowieso musste, beschmutzte ich das Katzenklo.

Jana würde sich freuen. Was könnte ich als Nächstes tun? Mit allen Pfoten scharrte ich den Sand mitsamt meiner Hinterlassenschaft aus dem Kästchen. Sehr gut. Leider war auch ein wenig in Richtung meines Käfigs geflogen. Igitt, meine Behausung musste auf jeden Fall sauber bleiben.

Was noch? Es müsste etwas sein, das sie ärgerte. Ich visierte den Vorhang an und kletterte daran hoch. Im unteren Abschnitt passierte nichts, aber weiter oben ertönte das erste Klacken. Beim nächsten ließ ich ihn los und betrachtete mein Werk. Wunderbar, er hing zur Hälfte runter. Zu mehr fehlte mir der Mut, da ich nicht noch einmal darunter begraben werden wollte.

Was jetzt? Ach ja. Aufs Bett hüpfen und mit Genuss reinpinkeln. War zwar nicht viel gewesen, aber es sollte reichen, um bemerkt zu werden.

Böse sein machte müde. Ich ließ meinen Blick durchs Zimmer schweifen: Schrank, Tisch und Stuhl – alles unzerstörbar. Ein weißer Stapel auf dem Tisch erregte meine Aufmerksamkeit. Der musste unbedingt erkundet werden.

Also hinaufgehüpft. Flache weiße Blätter mit schwarzen unerklärlichen Zeichen darauf lagen übereinander. Sie rochen nach Holz und etwas Unbekanntem, schmeckten leicht süßlich und raschelten, wenn man sie mit der Pfote berührte. Je mehr ich dagegenstieß, umso stärker raschelten sie. Viel besser jedoch klang das Geräusch des Zerreißens. Ratsch! Ratsch! Ratsch! Hei, war das ein Spaß! Die Blätter, oder vielmehr das, was von ihnen übrig war, flatterten zu Boden. Leider deckten sie auch teilweise den Sand aus dem Katzenklo zu, aber das nahm ich in Kauf. Zufrieden betrachtete ich mein Werk.

Müdigkeit zupfte an meinen Augenlidern. Ein Schläfchen wäre jetzt gut, aber das Gefühl, noch nicht fertig zu sein, ließ mich nach weiteren Möglichkeiten Ausschau halten. Die Blumen vom Fensterbrett zu stoßen, würde sich bestimmt lohnen. Ich sprang hinauf.

Unten im Hof winkte Jana dem davonfahrenden Auto hinterher, während Brutus sich an einer Scheunenecke erleichterte. Keiner hörte auf mein Maunzen.

Als Oma aus dem Haus kam, drehte sich Jana um und umarmte sie.

»Warum strahlst du denn wie ein Honigkuchenpferd?«, fragte Oma.

»Nur so. Weil's ein schöner Maitag ist.«

»Kenn ich den jungen Mann?«

»Wohl kaum. Er heißt Marcel Hofmann.«

»Ist aber nicht aus der Gegend, oder?«

»Nein, glaube nicht.« Sie sah zur Ausfahrt hin. »Er erzählt wenig, hört lieber zu, was ich zu sagen habe.«

Omas Antwort ging im Krach des grünen Monsters unter und einen Augenblick lang glaubte ich, dessen schwarzes Maul wollte sie und Jana verschlingen. Opa kam auf sie zugetuckert. »Vorsicht«, wollte ich schreien, aber das Ungetüm bog im letzten Moment ab und verzog sich mitsamt Opa hinter die Scheune. Die Gackervögel stoben aufgeregt auseinander, weil sie sich wahrscheinlich genauso fürchteten wie ich.

»Und was ist mit Dennis?«, fragte Oma.

»Willst mich wohl mit ihm verkuppeln?« Jana strahlte Oma an, hob den Zeigefinger und wedelte damit vor Omas Nase herum. »Dennis ist wie ein Schmetterling, der von einer Blüte zur nächsten flattert.«

»Du hast selbst gesagt, dass er aus gutem Hause ist und später studieren will.«

»Oma! Ich will keine seiner Blüten sein.«

Oma winkte mit ihrer Pfote ab. »Schon gut. Wie geht's mit dem Kater voran?«

»Unverändert. Er ist nach wie vor ängstlich.« Jana betrachtete ihre Hände. »Irgendwas mache ich falsch.«

An den Menschenhänden musste was Besonderes sein, weil sie sie gar so gern herzeigten und anschauten. Mir war aufgefallen, dass eine ihrer Krallen sehr beweglich war und tiefer saß als bei uns Katzen. Wozu das gut sein sollte, entzog sich meiner Kenntnis. Ich schaute auf meine. Hm. Ich konnte mir damit zum Beispiel das Gesicht putzen. An meinem Auge hing ein winziger Krümel. Ich feuchtete meine Pfote mit der Zunge an, strich mir damit über die Wangen und weg war der Popel.

»Geduld, Futter und Spielen sind der Schlüssel zum Tierherzen«, sagte Oma.

Ich hielt mit dem Säubern inne. Jana nickte. »Ich möchte nur, dass es ihm gut geht und er lernt, wo sein Zuhause ist.«

»Das kommt schon. Gib ihm etwas Zeit. Hilfst du mir bei der Wäsche? Mein Rücken zwickt heute besonders arg.«

»Eigentlich wollte ich meine Studienarbeit abheften.«

»Das ist die über die Windparks, stimmt's? Die wird dem Rohleder sauer aufstoßen.«

»Davon erfährt er doch gar nichts. Die gebe ich ab, kassiere meine Note und fertig. Keke war so lieb, sie auszudrucken. Aber okay, dann helfe ich dir eben zuerst mit der Wäsche. Der Papierstapel läuft mir ja nicht davon.«

Die beiden gingen wieder ins Haus zurück. Jana konnte ihre Zeit ruhig für sich behalten. Was sollte ich damit? Soviel ich wusste, war sie genauso ein Nichts wie die Luft, konnte weder angefasst noch gerochen und erst recht nicht gefressen werden.

Das Gesagte ließ mir keine Ruhe. Mein Zuhause war draußen, und gut würde es mir erst wieder gehen, wenn sie mich in die Freiheit entließe. Unten auf dem Holzboden lagen die Blätterreste sowie der Sand aus dem Katzenklo verstreut, und das Bett roch deutlich nach meiner Hinterlassenschaft. Ich sollte zufrieden sein, denn mein Plan, mich als böse Katze darzustellen, war gut gelungen. Seltsamerweise fühlte ich mich dennoch ein bisschen mies. Die Blumentöpfe ließ ich unangetastet – genug angestellt für heute. Hoffentlich reichten meine Untaten aus, um rausgeschmissen zu werden.

Jana ließ sich zunächst nicht blicken, aber das war mir egal – Katzen waren geduldig.

Wo blieb sie nur so lange?

Ich legte mich hin und ließ meinen Schwanz baumeln – die einzige Bewegung im Zimmer. Wäre toll, wenn jetzt ein Snack vorbeitrippeln würde.

Nichts dergleichen geschah. Ich richtete mich auf und starrte zur Zimmerdecke hoch. Selbst die Spinne hockte bewegungslos in der Mitte ihres Netzes. Bildete ich mir das ein oder starrte sie zurück? Hatten Spinnen überhaupt Augen? Warum hatten sie viel mehr Beine als ich? Ich legte mich wieder hin und bewegte meinen Schwanz ein bisschen mehr.

Wo blieb Jana bloß?

Endlich Schritte. Die Frage war, wem sie gehörten. Ich horchte genauer hin: zweifelsfrei Janas – sowie Brutus' Trappeln. Wenn der mich gleich jagte, würde mein Rauswurf doppelt Spaß machen.

16

Endlich kam sie. Vor lauter Vorfreude pochte mein Herz laut. Die Tür öffnete sich und herein traten Jana und Brutus. Das Lächeln gefror in ihrem Gesicht, während Brutus weitermarschierte, als wäre alles in Ordnung.

Ich spannte meine Muskeln an – sollte ich Flucht oder Angriff wählen? Erst mal abwarten, sagte mein Innerstes.

Jana schlug sich die Hand vor den Mund, wobei ihr Blick durchs Zimmer wanderte.

Gleich würde sie aufschreien und mich rauswerfen.

»Tigerchen! Was hast du gemacht?«, sagte sie stattdessen ganz leise.

»Wieso, ist was kaputt?« Brutus fasste mich scharf ins Auge. Die am Boden verstreuten Blätter und der zur Hälfte abgerissene Vorhang ließen ihn kalt, aber das Bett erregte seine Neugier. Er stellte seinen Schwanz auf und schnüffelte vernehmlich darin herum. »Pfui, du Bettnässer.«

Mochte Brutus schimpfen, so viel er wollte, viel wichtiger war Janas Reaktion. Gleich – gleich würde es so weit sein.

Aber sie starrte nur mit weit aufgerissenen Augen auf die Schnipsel. Alle Farbe wich aus ihrem Gesicht, die Krallen immer noch auf die Lippen gepresst.

Mit gesträubten Rückenhaaren wandte sich Brutus mir zu. Gleich würde es losgehen.

Die folgende Stille war unheimlich und verdarb mir jede Lust auf einen Angriff. Dann doch lieber Rückzug. Ich schätzte den Abstand zwischen Fensterbrett und Käfig. Ein paar Sprünge, am Hundemaul vorbei – das müsste zu schaffen sein.

Als hätte er meine Absicht erahnt, schob sich Brutus genau vor die Käfigtür und blockierte sie. »Du hast mein Frauchen geärgert«, grollte er aus tiefer Kehle. »Hast sogar in ihr Bett gepisst. Was glaubst du eigentlich, wer du bist, dass du dich dermaßen danebenbenehmen kannst? Wenn hier einer das Recht dazu hat, dann ich.«

Jana bückte sich, sammelte die Schnipsel auf und legte sie auf den Tisch. Manche sahen noch heil aus, durch andere konnte man hindurchsehen. »Musste das sein, Tiger?«

Auf dem Tisch schob sie die Blätterteile hin und her und guckte gebannt darauf. Mit einem tiefen Seufzer gab sie dieses Spiel auf. Sie streckte sich und stemmte ihre Hände in die Hüften. »Vorhang, Katzenklo und Bett – du Schlingel, du.«

Irgendwie schämte ich mich, aber sie musste doch einsehen, dass ich rauswollte und das irgendwie zum Ausdruck bringen musste. Eigentlich würde ich jetzt gern gehen. War interessant bei euch, aber mir reicht's.

»Mach Platz, Brutus«, forderte ich.

»Das könnte dir so passen.«

Hilfe suchend schaute ich zu Jana, aber mit den zusammengezogenen Augenbrauen und den schmalen Lippen sah sie bedrohlich aus. Nein, von ihr konnte ich keine Unterstützung erwarten. Also wandte ich mich wieder an Brutus.

»Lass mich durch – bitte«, bettelte ich.

»Vergiss es.«

»Ich hab das doch nur gemacht, damit Jana mich freilässt.«

»Mir egal. Du hast mit uns unter einem Dach geschlafen, hast dich vollgefressen und dir den Hintern gewärmt. Wenn das der Dank dafür ist, hast du's nicht anders verdient. Sie ist der Herr im Haus, sie bestimmt, und damit basta.«

»Pah! Ich bin mein eigener Herr. Außerdem ist sie ein Frauchen. Und Opa hat wohl nichts zu sagen?«

Brutus' Unterkiefer klappte runter. »Hm. Wo du recht hast, hast du recht.«

Jana atmete laut aus. »Wie soll ich jetzt meine Arbeit ausdrucken? Keke ist beim Sport und unser Drucker hat den Geist aufgegeben. Was in aller Welt hast du dir nur dabei gedacht, Tigerchen?«

»Vermutlich nichts«, brummelte Brutus. »Katzen denken nicht, Katzen sind dumm.«

»Frechheit! Ich hab mir sehr wohl was dabei gedacht.«

Wir starrten uns an, keiner wollte weichen. Dieses Mal würde ich verlieren, das spürte ich. Sehnsüchtig schielte ich zu meinem gemütlichen Käfig hinüber.

»Hilft alles nichts. Tigerchen, ab in den Käfig. Für heute hab ich genug von dir. Brutus, lass ihn vorbei, hörst du?« Um ihrer Forderung Nachdruck zu verleihen, schlug sie mit der flachen Hand auf den Tisch. Uiuiui. Jetzt wollte ich wirklich in meinen Käfig.

Brummend zog sich Brutus zurück, aber nur so weit, dass ich knapp vorbeihuschen konnte. Puh, endlich in Sicherheit.

Die Käfigtüre wurde geschlossen. Auch gut, so konnte wenigstens keiner rein – und ich nicht raus.

Das Unternehmen »böse Katze« war damit beendet – der totale Reinfall. Das war das letzte Mal, dass ich Brutus, diesem Idioten, etwas glauben würde. Nicht nur, dass ich weiterhin gefangen war, zu allem Überfluss hatte ich auch Jana verärgert, was mich mein Abendessen kosten könnte.

»Dummhund. Jetzt sitze ich fest«, brummte ich.

»Dummkatze. War doch klar, wenn du dich derart danebenbenimmst.«

Ah so? Warum hatte er mir das nicht gleich gesagt? Ich

hockte da und sah Jana zu, wie sie sich am Bett zu schaffen machte. Prima, danach würde es frisch für neue Untaten sein, nur momentan war mir die Lust darauf vergangen. Sie hatte mich weder angeschrien noch geschimpft. Das musste einen Grund haben, aber welchen, erschloss sich mir nicht.

Nach dem Herrichten ihres Betts widmete Jana ihre Aufmerksamkeit dem Boden, und danach dem Kästchen, das sie an ihr Ohr presste. »Keke? … Stell dir vor … Nein, Dennis hat mich nicht geküsst … Der auch nicht … Allerdings ist er heute hier aufgetaucht … Ja, echt süß … Wir haben sogar den gleichen Musik- und Filmgeschmack … Er hat mich ins Kino eingeladen … Na ja, ein bisschen altmodisch halt …«

Oh weh, jetzt redete sie schon wieder mit sich selbst. Sie schien Spaß daran zu finden, denn sie kicherte ständig. »Deswegen rufe ich nicht an. Tigerchen hat einen Teil meiner Arbeit zerrissen … Genau. So ein Mist. Für 'nen Copyshop ist es zu spät … Leider nein? … Hab ich total vergessen, dass ihr heute spielt … Deine Eltern damit belästigen? Nee, lieber nicht … Dennis? Dann lieber Sabrina … Ach, die ist gerade bei dir? Na gut …«

Warum brabbelte sie in dieses Ding? Nach ein paar weiteren Sätzen nahm sie es vom Ohr, drückte mit ihren Krallen drauf herum und horchte wieder hinein. Ihre Gesichtsfarbe wechselte von Rot nach Weiß.

»Dennis? Jana hier … Natürlich … Ich brauch deine Hilfe. Könntest du mir meine LK-Arbeit schnell ausdrucken? … Bin eh schon zu spät dran. Verstehe. Leere Druckerpatrone, kein Papier … Alles easy. Bis morgen dann. Klaro, komm ich. Ciao.« Sie rollte mit ihren Augen und schaute nach oben – vermutlich suchte sie die Spinne.

Plötzlich durchlief sie ein Ruck. »Letzter Versuch, Tigerchen. Der muss klappen.«

Wieder beschäftigte sie sich mit dem Ding, dieses Mal beschleunigte sich ihr Atem und die Gesichtsröte kehrte zurück. Diese Farbwechsel waren echt lustig.

»Marcel?« Sie rieb sich die Handflächen an dem blauen Stoff, der ihre Beine umhüllte, und nickte lächelnd.

»Könntest du mir mal wieder aus der Klemme helfen? … Nein, keinen Platten.« Sie blies sich eine Haarsträhne aus der Stirn. »Tiger hat den Ausdruck meines Schulprojekts zerfleddert. Abgabetermin war letzte Woche … Cool. Sind aber dreiundfünfzig Seiten.«

Sie schloss die Augen. Anscheinend besserte sich ihre miese Laune. Hoffentlich hielt dieser Anfall noch eine Weile an, weil ich dann vielleicht doch noch was zu fressen bekommen würde.

»Die Datei kann ich dir schicken. Wie ist deine E-Mail-Adresse? … Marcel-Punkt-Hofmann-ät … Okay, hab ich. Und wie krieg ich dann das Ausgedruckte? … Ehrlich? Das wär echt super von dir. Du bist …« Sie verschluckte das letzte Wort, murmelte »Ciao« und legte das Kästchending neben sich ab. Als Nächstes ließ sie sich nach hinten aufs Bett fallen. Sofort kam Brutus zu ihr hochgehopst, was bei seinem schweren Körper urkomisch aussah.

Von meinem Platz aus konnte ich kaum sehen, was passierte, aber ich hörte Schleckgeräusche. Und sie schien ihn zu streicheln, weil sein Schwanz wild kreiste und er grunzende Laute von sich gab.

Und was war mit mir? Zum Neid gesellte sich Hunger.

17

»Die Warterei bringt mich um!« Jana erhob sich vom Bett, ging zu einem Regal und zog ein eckiges Ding daraus hervor, das sie aufklappte. »Vielleicht hilft ein Buch? Was meinst du, Brutus?«

Brutus meinte nichts. Sie setzte sich aufs Bett, vertiefte ihre Nase darin und linste nur gelegentlich zu diesem Gerät hinüber, das sie sich zuvor ans Ohr gehalten hatte. Brutus lag lang ausgestreckt und schnarchend neben ihr. Kein Wunder, denn das Buch verhielt sich ausgesprochen langweilig.

So hockte ich einsam und verlassen in meinem Käfig, wünschte, die Tür ginge auf und das Schüsselchen würde mit Futter gefüllt werden. Da nichts dergleichen geschah, sang ich mein Leid ins Zimmer.

»Du kannst jodeln, so viel du willst. Strafe muss sein«, sagte Jana streng.

»Recht hat sie«, sagte Brutus schläfrig.

»Mir geht's ja sooo schlecht«, klagte ich in den höchsten Tönen.

»Mein Gott, wie das nervt.« Sie klappte das Buch zu, streckte sich und sah auf das Ohrding. »Wird allmählich Zeit.«

Wo war Zeit? Ich sah nichts von ihr. Hoffentlich hatte sie was mit Futter zu tun. Tatsächlich stand Jana auf und öffnete die Käfigtür.

Brutus rutschte vom Bett. »Wegen mir hättest du ruhig länger eingesperrt bleiben können, vorzugsweise bis nach dem Fressen.«

»Dummschwätzer. Dann hätte ich eben später gefressen.«

»Fragt sich nur, was.«

Oho! Jetzt verstand ich. Ein Fauchen sollte ihm zeigen, was ich davon hielt. Aber zuerst mal ordentlich gestreckt, dann den Rücken durchgebogen und kurz geschüttelt – aaah! Jetzt ging's mir besser. Mit stolzgeschwellter Brust, den Schwanz hoch erhoben, marschierte ich hinaus. War vorhin was gewesen? Nein? Warum ist dann meine Schüssel noch leer? Ich setzte mich davor und legte meinen Schwanz neben einer meiner Hinterpfoten ab, hob die Schwanzspitze und senkte sie, hob sie, senkte sie.

Jana lachte auf. »Schon gut, Tigerchen. Ein schlechtes Gewissen ist bei dir wohl Fehlanzeige. Du hast Hunger, nicht wahr? Warte, gleich gibt's was.«

Tatsächlich quetschte sie kurz darauf Futter aus der Tüte in meinen Napf. Dieses Mal roch es nach Hühnchen und irgendwie auch nicht – jedenfalls äußerst appetitanregend. Beim ersten Bissen schüttelte ich kurz meinen Kopf, wie ich es bei einem Snack tun würde, um dann genüsslich das Dargebotene zu verschlingen. Ein Blick zur Seite – Brutus sabberte den Boden voll, wobei unklar war, ob er es auf mich, mein Fressen oder gar beides abgesehen hatte.

Jana beobachtete uns belustigt. »Komm, Brutus. Du kriegst dein Fressen unten.«

Der zögerte, sah sie nur aus traurigen Augen an. Erst als sie seinen Kopf streichelte, setzte er sich in Bewegung. »Tigerchen wird in der Zwischenzeit schön brav sein. Außerdem sind wir gleich wieder zurück.«

»Sie ist viel zu nachgiebig mit dir«, sagte Brutus beim Hinausgehen. »Wehe, du enttäuschst sie wieder.«

»Pfft.« Momentan war mir sowieso nicht nach Unfug zumute und gegen Gesellschaft hätte ich nichts einzuwenden gehabt. Leider schloss sich die Tür hinter den beiden und mir blieb wieder mal nur der Aussichtsplatz vor dem

Fenster. Aber zuerst mal ausgiebig geputzt, Futterreste vom Mäulchen gewischt und das Fell geglättet. Nun war ich bereit fürs Fensterbrett.

Unten auf dem Hof tappte Opa mit einem Eimer in der Hand herum, verfolgt von zwei aufgeregt quiekenden Schweinen. Er führte sie bis zu einem Zaun, öffnete das Tor darin und schüttete den Inhalt des Eimers in einen Trog.

Schweine waren mir egal; zu groß, um als Beute in Betracht zu kommen und für Katzen ungefährlich. Außerdem waren sie äußerst ungepflegt und steckten ihre Rüssel in jeden Dreck.

Brutus kam aus dem Haus gelaufen, gefolgt von Jana. Gemeinsam verschwanden sie in der Scheune. Ob Mami noch auf mich wartete? Wie lange war ich eigentlich weg? Ich konnte mich nicht erinnern.

Der laue Tag machte der kühlen Nacht Platz. Draußen auf dem Fensterbrett krabbelte ein Käfer. Zwar waren diese unruhigen Gesellen wesentlich kleiner als Schweine, ja sogar kleiner als Snacks, trotzdem sollte ich besser die Krallen von ihnen lassen. Die Gefahr, an einen grässlich schmeckenden zu geraten, war zu groß. Am schlimmsten waren die gelb-schwarz gestreiften. Sie brummten beim Fliegen und konnten auch hundsgemein stechen.

Eine Weile passierte nichts, aber dann fuhr Marcels Auto auf den Hof. Endlich war dort unten was los. Kaum hatte es angehalten, kam Jana aus dem Stall geflitzt, und wie nicht anders zu erwarten, Brutus im Schweinsgalopp hinterher. Kein Wunder, dass er keine Snacks fangen konnte. Bei dem Getrampel waren die längst in ihre Löcher verschwunden.

Ohne die Geschwindigkeit zu verringern, stürmte Jana auf das Auto zu und wurde erst kurz davor langsamer. Meine Güte, hatte die es eilig.

Marcel stieg aus und winkte mit einem Stapel weißer Blätter, die sie ihm sogleich aus der Hand nahm. Sie redeten miteinander, aber entweder waren sie noch zu weit weg, um etwas verstehen zu können, oder sie sprachen zu leise.

Während ihres Gesprächs schwenkte Jana ihren Körper hin und her, als wollte sie tanzen wie ein wild gewordener Snack. Marcel ließ sich dadurch jedoch nicht aus der Ruhe bringen. Unbeweglich stand er ihr gegenüber.

Inzwischen hatte Jana ihre Tanzversuche eingestellt und auch die Münder der beiden bewegten sich nicht mehr. Schweigend schauten sie sich an.

Ich hielt den Atem an. Was für ein seltsames Verhalten. Wollte er sie angreifen oder würde dies am Ende gar zu einem Kuss führen?

»Guten Abend!«, rief Opa vom Schweinegatter herüber, machte aber keine Anstalten, den beiden Gesellschaft zu leisten.

Wie vom Blitz getroffen wirbelte sie herum.

»Hallo!« Marcel winkte kurz, sagte etwas zu Jana und stieg wieder ins Auto.

Och, schade. Wäre bestimmt unterhaltsam gewesen, ihn hier im Zimmer zu haben. Eventuell hätte ich dann das Küssen aus der Nähe beobachten können.

Jana sah dem davonfahrenden Auto lange hinterher, bevor sie sich schließlich umdrehte. Von Weitem war ein anderes Auto zu hören. Heute ging's auf dem Hof zu wie hinter einem Snackloch. Dieses Auto war größer als Marcels oder Janas. Es funkelte tiefschwarz, rollte auf glänzenden Rädern und ganz vorne funkelte sogar ein Stern. Mitten im Hof hielt es an.

»Opa!«, rief Jana. »Wir haben Besuch!«

Die Arme vor der Brust verschränkt, stiefelte Opa dem Neuankömmling entgegen. Aha, er schützte seine Vorderseite. Folglich musste der Fremde ein Feind sein. Und ich saß hier oben fest – Mist.

Lauthals bellend musste Brutus sich neben Jana hinsetzen und wurde von ihr am Halsband festgehalten.

Oh, da unten tat sich was. Ich reckte meinen Hals, um ja nichts zu versäumen.

Auf der einen Seite stieg ein blonder junger Mann aus – Dennis; auf der anderen Seite einer, dem die feindliche Gesinnung anzusehen war. Zwischen buschigen Augenbrauen und einer gekrümmten Nase stierten schmale Augen auf Opa. Der Fremde ging leicht vornübergebeugt auf ihn zu, als wollte er ihn anspringen. Er musste krank sein, denn sein Kopf war völlig kahl. Mir sträubten sich die Haare bis zur Schwanzspitze, denn ich war überzeugt, dass er Böses im Schilde führte.

18

»Sieh an, der Bürgermeister höchstpersönlich!«, rief Opa. »Was treibt dich hierher? Es steht doch keine Wahl an, oder?«

Opa streckte dem rundlichen Mann die Hand entgegen. Der packte sie und schüttelte sie genauso heftig, als würde Mama einem Snack den Garaus machen.

Dennis hingegen war an der geöffneten Autotür stehen geblieben, hielt sich an ihr fest und wurde von Jana kühl von oben bis unten gemustert.

»Was ist jetzt mit dem Ausdruck deines Projekts?«, fragte Dennis. »Wir könnten das bei mir zu Hause machen.«

»Hat sich erledigt. Ich hab jemand anderen gefunden, der noch genügend Papier und volle Druckerpatronen hatte«, antwortete sie frostig.

»Na dann.« Er zog eine Grimasse und sah zu seinem Begleiter, der unentwegt Opas Hand schüttelte. Das sollte er mal bei mir probieren. Dem hätte ich längst eine verpasst.

»Grüß dich, Herbert.« Endlich ließ der Bürgermeister Opas Hand los und breitete die Arme aus, als beabsichtigte er, ihn zu erdrücken. »Ich wollte mich nur mal erkundigen, wie's dir geht.«

Trotz seines gutmütigen Tons wich Opa zurück. »Bestens. Aber um das zu erfahren, hättest du nicht extra hierherfahren müssen.«

»Ich war sowieso in der Gegend unterwegs und dachte, ich könnte mal bei meinem alten Freund Herbert vorbeischauen. Nicht wahr, Dennis?«

Dennis nickte kurz und starrte Jana an, die aber nur Augen für das Auto hatte. Eine seltsame Versammlung war das da unten. Die zwei Grüppchen standen sich richtig feindselig gegenüber. Fast sah es so aus, als wollten die beiden Eindringlinge unser Territorium beanspruchen.

»Also, meine Freunde suche ich mir immer noch selbst aus«, sagte Opa.

Die Mundwinkel des Bürgermeisters zuckten nach oben, während seine Augen stur auf Opa gerichtet waren. »Na, die Geschichte mit dem Milchhof ist doch längst vergessen, oder?«

»Die schon.«

Der Bürgermeister lehnte sich kurz zurück, bevor er sich wieder nach vorne beugte. »Du bist ein alter Dickschädel, Herbert, und nicht viel besser als die anderen Bauern.«

»Das ist halt so, wenn man mit der Erde verwurzelt ist.«

Oho, wie sollte das gehen? Opa konnte doch laufen, ganz im Gegensatz zu einem Baum oder Busch. Zum Glück trat Oma aus dem Haus und ich musste mir nicht länger darüber Gedanken machen.

»Guten Tag, Herr Rohleder. Wie geht es Ihrer Frau? Ich habe die Ilse schon ewig nicht mehr im Handarbeitsverein gesehen.«

Der Gesichtsausdruck des Bürgermeisters verdüsterte sich. Es war erstaunlich, wie vielfältig die Möglichkeiten der Menschen waren, das Gesicht zu verändern.

»Sie pflegt ihre Mutter«, sagte der Bürgermeister ohne jede Regung in der Stimme.

»Oh – «, setzte Oma an.

»Komm zur Sache, Alfons«, brummte Opa dazwischen.

Der Bürgermeister warf seinen Kopf zurück. »Also, ich habe gehört, dass die Bank deinen Kredit nicht verlängern will. Das ist sehr bedauerlich. Weil mir euer Hof aber am

Herzen liegt – äh, vielmehr meine ich, mir ist daran gelegen, dass ihr ihn behalten könnt – würde ich euch dringend raten, mein Angebot anzunehmen.«

»Welches Angebot?«, fragte Oma an Opa gewandt.

»Na, das … das …«

»Ich, beziehungsweise die Gemeinde, möchte euch die Senningshöhe abkaufen.«

»Und warum?« Oma trat einen Schritt auf Opa zu. Jetzt wurde es interessant. Opa blickte zwischen Bürgermeister und Oma hin und her, als wüsste er nicht, wen er mehr fürchten sollte. »Das kommt überhaupt nicht infrage«, rief Oma. »Nun sag doch was, Herbert!«

Opas Hände rutschten von der Brust und hingen jetzt kraftlos herunter. »Ohne Kredit müssen wir verkaufen.«

Oh nein, er hatte den Kampf um unser Territorium aufgegeben. Ohne das Halsband von Brutus loszulassen trat Jana einen Schritt vor. »Die Senningshöhe ist ein einzigartiges Biotop. Meine Leistungskursarbeit befasst sich mit den seltenen Blumen- und Vogelarten dort. Sie ist auch ein Refugium für Schmetterlinge und Insekten.«

»Das ist schön und gut«, sagte Opa streng, »aber die Senningshöhe kann nicht bewirtschaftet werden. Sie ist nutzlos für uns.«

»Ich will aber keinen Windpark in meiner Nähe haben«, sagte Oma bestimmt. »Die Dinger summen und brummen so laut, dass in weitem Umkreis die Tiere verscheucht werden. Außerdem erschlagen sie Vögel.«

»Das ist nun mal der Preis des Fortschritts.« Rohleder winkte ab. »Die neuen WKAs sind wesentlich leiser. Unser Dorf wird davon profitieren, und in die Gemeindekasse fließt zusätzliches Geld, das wir dringend brauchen. Mit dem Sankt-Florians-Prinzip kommen wir nicht weiter. Außerdem, denkt an eure Bürgerpflicht, die Energiewende und das Allgemeinwohl.« Er räusperte sich. »Irgendwo müssen die Dinger stehen, also warum nicht hier?«

»Die Einzigen, die davon profitieren, sind die Investoren«, erwiderte Jana.

Ein feines Lächeln glitt über das Gesicht des Bürgermeisters. »Ihr könntet euch ja auch beteiligen. Mit, sagen wir mal, fünfzig Riesen seid ihr dabei.«

Opa schnappte nach Luft, während Oma die Faust ballte. Die Weibchen der Menschen schienen kämpferischer zu sein als die Männchen. Mir, als Kampfkater, würde das nicht gefallen.

»Oder wir vermieten euch den Grund. Sagen wir mal, für einen Tausender pro Monat?«, sagte Jana. »Das Zufahrtsrecht kostet natürlich extra.«

Auf der Stirn des Bürgermeisters erschienen tiefe Falten. »Ich denke, ihr seid gegen Windräder?«

»Richtig, genauso wie die Hälfte des Dorfes den Dingern skeptisch gegenübersteht. Übrigens wäre der Eichberg, was Höhe und Lage anbelangt, viel besser geeignet.«

»Der gehört aber leider der Nachbargemeinde.«

»Na und? Ist doch für die Allgemeinheit und von wegen Bürgerpflicht und so.«

Der Bürgermeister machte eine wegwischende Handbewegung. »Mein Angebot steht. Denkt darüber nach. Mit dem Verkaufserlös könntet ihr locker den Hof sanieren.«

»Landverkauf ist Substanzverlust«, entgegnete Opa. »Das fällt jedem Bauern schwer.«

»Darauf kann ich keine Rücksicht nehmen. Man muss Prioritäten setzen«, knurrte der Bürgermeister.

»Daher weht also der Wind. Du hast wohl Angst, du könntest nicht wiedergewählt werden?«

»Unsinn! Ich sitz fest im Sattel.« Hatte ich es doch geahnt: Der Nacken des Bürgermeisters verfärbte sich rot.

»Dennis, kommst du? Ich muss noch zur Vorstandssitzung der Angler. Einen schönen Abend noch.« Er drehte sich um und stieg in sein Auto ein.

»Mach's gut, Jana«, verabschiedete sich Dennis. »Bis übermorgen?«

Jetzt war sie diejenige, die die Arme vor der Brust kreuzte. »Das muss ich mir noch mal überlegen.«

»Du hast's versprochen.«

»Ist es *dein* Wunsch oder der deines Vaters?«

»Meiner, weil ich … Komm einfach, okay?«

Sie nickte langsam. »Aber davor sehen wir uns ja erst mal morgen in der Schule.«

Das Auto stieß zurück, wendete umständlich und fuhr leise brummend vom Hof.

Oma stemmte die Hände in die Hüften. »Herbert! Was treibst du hinter meinem Rücken?«

»Nichts! Bei deiner Neugier ist es sowieso unmöglich, was zu verheimlichen. Abgesehen davon, habe ich gar nicht die Absicht zu verkaufen.«

»Das hat sich aber gerade anders angehört.«

»Alles Taktik. Der macht das nur, damit wir uns in die Wolle kriegen.« Er schien auf etwas herumzukauen. »Ich habe ihn neulich gefragt, wie viel die Senningshöhe seiner Meinung nach wert ist.«

»Das weißt du doch längst, weil die Gemeinde damals ein Baugebiet gesucht hat.«

»Bloß, dass wir damals keine finanziellen Probleme hatten. Da waren nämlich die Erzeugerpreise noch auf einem viel höheren Niveau.«

»Erst hieß es, Schweine bringen mehr, dann Kühe. Alles Blödsinn. Die Senningshöhe wird nicht verkauft und fertig.«

Schweigen folgte, bis Jana endlich sagte: »Prima, wenigstens darin sind wir uns einig. Die Senningshöhe ist unbedingt zu schützen. Wenn wir ein entsprechendes Gutachten hätten, könnten die sich ihren Windpark abschminken.«

»Und wir uns den Hof.«

»Außer Bank und Bürgermeister stecken unter einer Decke.«

»Du meinst …? Unmöglich, das könnte sich die Bank nie erlauben.«

Jana hob die Schultern und senkte sie wieder. »Reine Verschwörungstheorie.« Sie lachte hell auf. »Du wirst es schon richten, Opa.«

Mit einem »Komm, Brutus« verschwand sie unter mir im Haus.

»Ich wünschte, ich könnte dir genauso vertrauen wie sie«, grummelte Oma.

»Das wünschte ich auch.«

Opa drehte sich um und schlurfte mit gesenktem Kopf zu den Schweinen.

19

Nach kurzer Zeit kam Jana zurück in ihr Zimmer, dieses Mal ohne Brutus – kaum zu glauben. Fast wollte ich fragen, wo er denn abgeblieben sei, aber dann fiel mir ein, dass sie meine Sprache nicht verstand.

Jana legte den Stapel weißer Blätter auf den Tisch, genau dorthin, wo die anderen gelegen hatten, und blickte sich um. »Ach, wie schön, Tigerchen. Du hast ja gar nichts angestellt. Was für ein Fortschritt.«

Sie öffnete den Schrank und zog daraus ein Stoffstück hervor, das sie sich über den Oberkörper zog. Die Schranktür ließ sie halb offen stehen. Was da wohl sonst noch drin war?

Sie trug nun Blau. Wozu sollte das gut sein? Also, ich war mit meiner Fellfarbe zufrieden und wollte sie nicht andauernd wechseln. Als Jana auf mich zukam, behielt ich sie fest im Auge und spannte alle Muskeln an. Langsam streckte sie ihre Hand aus und bewegte sie auf mich zu.

»Vorsicht!«, rief eine innere Stimme.

»Probier's mal aus«, flüsterte eine andere. Brutus mochte es, wenn er angefasst wurde. Ihre Hand kam näher, näher, ganz nah. Gleich würde ich wissen, wie sich ihre Hand auf mir anfühlte.

Plötzlich ein schriller Ton. Zutiefst erschrocken, brachte ich mich mit einigen Sprüngen in Sicherheit.

»Verdammt noch mal«, schimpfte sie, »ich sollte einen anderen Klingelton einstellen. Das findest du auch, Tigerchen, oder? Wie wär's mit einem Miauen?« Sie holte das Ding, mit dem sie sich so gerne unterhielt, aus ihrer Tasche und presste es ans Ohr. »Hallo, Keke. Na, wie war's beim Sport? … Und, habt ihr gewonnen? … Hey, super.«

Als sie sich aufs Bett setzte, wusste ich, das würde ewig dauern. Vorsorglich schlich ich zur Käfigtür und nahm meine »Halb drinnen, halb draußen«-Position ein.

»Stell dir vor, Marcel war wieder hier«, plapperte sie weiter. Kichern. »Nein, ich hatte eher den Eindruck, er wollte mich küssen. Ist das nicht krass? … Na ja, du hast damals mit Bernd auch schon am ersten Abend rumgeknutscht … Du findest das normal? … Marcel hat mir meine Bioarbeit ausgedruckt. Er ist extra deswegen vorbeigekommen. Voll süß, oder?«

Nun spielte sie mit ihren Haaren, lachte und strahlte übers ganze Gesicht. »Ich glaube, mich hat's voll erwischt. Aber erst mal abwarten, wie sich die Sache weiterentwickelt … Genau, das sage ich auch immer. Dennis war auch hier … Ja, mit seinem alten Herrn. War ganz schön unverschämt, der Herr Bürgermeister. Der würde uns lieber heute als morgen vom Hof scheuchen. Dennis hat getan, als wollte er was von mir … Was? Mit der Moni? Bist du sicher? Ich dachte, das war Sarah? … Der sucht nur eine für seine Bumskoje … Auf seiner Geburtstagsfeier will er mir irgendwas anvertrauen … Hat er dich inzwischen eingeladen? … Super … Was ziehst du an?«

Ich verlor das Interesse. Ihr Selbstgespräch über Schuhe war wirklich nicht dazu geeignet, mir Abwechslung zu verschaffen. Langsam schlich ich aus dem Käfig. Der Stapel Blätter auf dem Tisch schien mir spöttisch zuzurufen: »Schau, Tiger, da bin ich wieder – blütenweiß und unversehrt.«

Draußen verabschiedete sich der Tag und überließ das Himmelszelt den roten Vorboten der Nacht. Ich sprang aufs Fensterbrett und wünschte, das Glas wäre weg. Für meine Freiheit hätte ich sogar einen Sprung in die Tiefe riskiert.

Moment. An der Scheunentür bewegte sich was. Ich hielt die Luft an. Eine dunkle Gestalt löste sich vom schwarzen Hintergrund: eindeutig eine Katze. Ich brachte meinen Kopf in eine andere Position, um besser sehen zu können. Geduckt schob sie ihren schlanken Körper ins Freie: Mama!

Ich sprang nach vorne und knallte mit dem Kopf gegen das Glas. Blödes Nichts. Verzweifelt rief ich nach ihr, aber sie schien mich nicht zu hören. Unbeirrt lief sie weiter. Schließlich huschte sie in den Schatten der Scheune, verschmolz mit der Dunkelheit, und fort war sie.

Trauer und Angst befielen mich, mein Herz pochte schmerzhaft. Wie sollte ich mich ohne sie in dieser gefahrvollen Welt zurechtfinden?

Jana beugte sich über mich und blickte ebenfalls hinaus. »Deine Mama kommt bestimmt wieder, weil sie hier Schutz und Futter findet.«

Das stimmte, aber Jana wusste nichts von Mamas Angst vor Menschen. Für sie war mein Verschwinden bestimmt nur ein weiterer Beweis für das Böse in ihnen.

»Muss schlimm sein für dich«, sprach sie weiter. »Eines Tages wird deine Mama weiterziehen, genauso wie meine. Dann wird es Zeit für dich, flügge zu werden.«

Flügge? Ich war doch kein Vogel. Misstrauisch beäugte ich sie.

»Hoffentlich macht die Bank keine Schwierigkeiten. Opa will morgen noch mal mit denen reden.« Jana sah mich aus ihren wunderschönen grünen Augen an. »Wenn sie uns den Kredit nicht umschulden, wird's echt schlimm.«

Etwas Unbestimmtes ging von ihr aus und drang in mein Innerstes ein, ohne dass ich mich dagegen wehren konnte. Es nahm mir die Angst und flößte mir Vertrauen ein. Sie stand nahe bei mir und hätte mich längst angreifen können, wenn sie gewollt hätte.

Janas Hand kam näher und näher, bis sie schließlich in Reichweite meiner Krallen war.

»Keine Angst, Tigerchen. Das wird schon werden«, sagte sie und zog sich wieder zurück.

Omas Stimme erscholl im Flur. Prompt klappte Jana die Schranktür zu und ging hinaus. Zu meiner Freude hatte sie die Zimmertür nur angelehnt gelassen. Als ich meine Pfote dagegendrückte, schwang sie auf. Endlich konnte ich raus. Vorsichtig spähte ich in den Flur. Keiner da, aber von unten drangen Janas und Omas Stimmen zu mir hoch. Dort war zwar die Haustür, aber die beiden würden meine Flucht vereiteln. Also entschied ich mich, die Treppe nach oben zu erklimmen, um zu erforschen, wohin sie führte. An ihrem Ende stieß ich auf eine offene Tür. Muffiger Geruch schlug mir entgegen.

Der düstere Raum musste sich direkt unter dem Dach befinden, denn die schrägen Wände ähnelten denen unter dem Scheunendach. Anstatt der Heuballen war er jedoch mit einer Unmenge Schachteln, Kisten und anderen, mir unbekannten Gegenständen angefüllt. Das Abenteuer, alles zu erforschen, durfte ich mir nicht entgehen lassen. Manche der Schachteln standen offen und luden zum Reinkuscheln ein. Ich sprang in eine, die mit Stoff ausgepolstert war, und machte es mir bequem.

Lange hielt ich es darin nicht aus, denn ein Schrank erregte meine Aufmerksamkeit. Als ich ihn betrat, empfing mich Dunkelheit und der Geruch von Holz, Stoff und Blumen, aber auch ein anderer, mir nicht vetrauter.

Ich angelte nach einem Stoffstück, das in erreichbarer Höhe hing. Ob es mich aushalten würde? Nein, lieber nicht ausprobieren. Viel Aufregendes gab der Schrank nicht her, ich sollte wieder hinaus.

Schritte polterten die Treppe hoch. Ich blieb im Schrank,

drückte mich in eine Ecke und hielt den Atem an. Durch den Türspalt sah ich Opa mit einer Schachtel in der Hand vorbeischlurfen. Es folgte ein Rumoren, als würde er sie irgendwo verstauen. Kurz darauf kehrte er mit leeren Händen zurück. Gleich würde ich meinen Erkundungsgang fortsetzen können.

»Verfluchte Unzucht, wer lässt denn die Schranktür offen? Sollen wohl Motten in die Kleider kommen?«, schimpfte er und schlug die Tür zu, dass es nur so krachte.

Danach stapfte er nach unten. Stille kehrte ein und ich war eingesperrt.

Kein Problem, ich konnte geduldig sein. Bald würde jemand kommen, um mich rauszulassen. Die Frage war nur, wann. Mein Magen erzählte mir, dass bald Fressenszeit war, aber draußen rührte sich nichts.

Hier drin war es stockdunkel und ausgesprochen einsam. Auch störte mich der eigenartige Geruch immer mehr. Er kitzelte so stark in meiner Nase, dass ich niesen musste. Vermisste mich denn keiner? Nichts geschah und mir wurden die Lider schwer.

Von Ferne hörte ich Jana nach mir rufen. »Hier bin ich!«, rief ich, so laut ich konnte. »Hier, hier!«

Doch mein Rufen blieb offenbar ungehört.

Was jetzt? Langsam reichte es mir. Ich kratzte an der Schranktür, aber sie rührte sich kein Stückchen. Allmählich wurde mir mulmig zumute. Die Abenteuerlust war mir gründlich vergangen.

Als Nächstes rief ich nach Mama, aber dann fiel mir ein, dass auch sie mich nicht hören konnte.

Irgendwo raschelte etwas. Verdammt, ich konnte nichts sehen. Ein Feind? Das Gebälk knackte bedrohlich. Mein Herz schlug gegen die Rippen.

»Kampfkater sind furchtlos«, schalt ich mich, aber die

Angst in mir hörte nicht darauf, sondern packte mich umso mehr.

Zum Hunger gesellte sich bald Durst. Wie lange steckte ich eigentlich schon hier drinnen fest? Und wo sollte ich mein Geschäft verrichten? Hoffentlich hielt ich es noch eine Weile aus.

Wäre ich doch im Zimmer geblieben – oder nach unten gegangen. Wie gern hätte ich mich von Jana einfangen lassen.

Entferntes Bellen weckte mich aus einem unruhigen Schlaf. »Brutus? Hier, hier bin ich!«

Eine Tür quietschte, Hundegetrappel, aufgeregtes Schnüffeln, menschliche Schritte. Die Hoffnung wuchs.

»Hilfe! Hierher«, schrie ich. »Bitte nicht weggehen!«

Jetzt waren die Schritte ganz nah.

Zusammenreißen, nur keine Panik zeigen! Gleißendes Licht fiel in mein Gefängnis. Brutus' feuchte Nase stupste mir ins Gesicht.

»Da bist du ja endlich. Was machst du denn da drin?«, fragte er.

Jana sagte dasselbe, packte mich und hob mich hoch. Bloß raus hier. Ich bin auch ganz lieb.

»Wenn Brutus nicht an der Speichertür gekratzt hätte, wer weiß, wann wir dich gefunden hätten.«

Sie trug mich die Treppe runter, zurück in ihr Zimmer. »Du wirst bestimmt Hunger und Durst haben, Tigerchen.«

Allerdings. Und erleichtern müsste ich mich auch mal.

»Du brauchst dich nicht zu bedanken«, sagte Brutus.

»Warum sollte ich? Ich habe nur einen kleinen Ausflug gemacht.«

»Ach so. Teilst du dein Fressen mit mir?«

»Katzen teilen nicht.« Trotzdem ließ ich zwei Bröckchen übrig.

»Später darfst du raus, aber nur unter Aufsicht«, sagte Jana lachend. »Damit du nicht noch mal in so eine Situation gerätst. Sonst finden wir eines Tages nur dein Skelett.«

Wieso? Ich konnte gut auf mich selbst aufpassen. Meine Flucht musste das nächste Mal unbedingt klappen.

20

Der darauffolgende Tag brachte Regen und Langeweile, die ich mir mit Hochhangeln am Vorhang vertrieb. Leider klackte er nicht mehr, seit Jana sich am Vorabend daran zu schaffen gemacht hatte. Allerdings konnte ich nun ungefährdet bis zur Zimmerdecke hochklettern, um von dort nach der Spinne zu angeln. Die zeigte sich davon unbeeindruckt, da meine Pfoten zu kurz waren, um sie erreichen zu können.

Nachdem ich zum wiederholten Male rauf- und runtergeklettert war, hoffte ich auf Abwechslung. Ich beobachtete die Spinne, aber die dachte nicht daran, sich zu mir herabzulassen.

Die Tür öffnete sich. Vorsichtshalber flitzte ich in meinen Käfig. Man konnte ja nie wissen. Tatsächlich rumpelte es zuerst vor und dann an der Tür. Opa und Oma trugen einen länglichen Gegenstand herein.

»Pass auf!«, rief Opa. »Mehr nach rechts.«

»Wie denn, wenn du nach links schiebst?«

Dieses unheimliche Ding wollte ich auf keinen Fall näher kennenlernen. Es wirkte bedrohlich und gab einen dumpfen Laut von sich, als es an der Tür entlangschrammte.

»Der wird ihm gefallen«, sagte Oma.

»Dahin?«

»Nein, dorthin.«

»Meinst du wirklich?«

»Mecker nicht, stell ihn einfach ab.«

Das Ungetüm erhob sich nun in einer der Ecken. Opa drehte es, aber Oma ruckte es in seine ursprüngliche Position zurück. Also für mein Empfinden arbeiteten die beiden wunderbar zusammen. Hey, Moment mal. Die würden es doch nicht hier zurücklassen wollen?

»Jana wird sich freuen.« Oma patschte in die Hände. »Raus jetzt, damit die Katze sich daran gewöhnen kann.«

Ich wartete, bis sie das Zimmer verlassen hatten, und wagte mich dann vorsichtig aus dem Käfig. Langsam, ganz langsam. Ich schnüffelte und lauschte, während das Monstrum bewegungslos in der Ecke stand. Es hatte eine entfernte Ähnlichkeit mit einem Baum und roch auch so. Dass es von oben bis unten mit einer Schnur umwickelt war, konnte nur eines bedeuten: Es war äußerst gefährlich und deshalb gefesselt worden. Das Ding stand auf einer Kiste mit einem großen Loch an der Seite, während oben, am anderen Ende, eine Art kleines Fensterbrett zu sehen war. Wozu das gut sein sollte, konnte ich mir beim besten Willen nicht vorstellen.

Zu meiner Erleichterung gab es keine Geräusche von sich. Vielleicht war es ja doch harmlos? Probehalber legte ich eine Pfote an den Stamm. Oh, was war das? Der fühlte sich ja richtig gut an: weich, aber dennoch hart. An dem könnte ich meine Krallen prima schärfen. Also Pfote draufgelegt und die Krallen reingedrückt. Nicht schlecht, genau die richtige Festigkeit. Das gleiche Spiel wiederholte ich mit der anderen Pfote. Jetzt mit beiden gleichzeitig und den Rücken dabei ordentlich durchgestreckt. Ah, welch eine Wohltat.

Meine Laune verbesserte sich schlagartig. Ich lugte durch das Loch ins Innere des Kastens – hm, leer. Mit dem Kissen aus dem Käfig könnte die Höhle ein richtig gemütliches Plätzchen werden. Jedenfalls war man von allen Seiten geschützt und das Loch ließe sich hervorragend verteidigen. Auf alles gefasst, schob ich mich Stück für Stück vorwärts, bis ich komplett drinstand. Nichts geschah.

Wieder draußen, betrachtete ich das Brett in luftiger Höhe genauer. Da hinaufzuspringen sollte für einen angehenden Kampfkater wie mich kein Problem sein. Schwupp, und schon saß ich oben. Von hier hatte ich einen tollen Überblick über den ganzen Raum und konnte sogar aus dem Fenster gucken. Der Tisch war leer, keine Blätter mehr. Schade. Aber zuerst musste ich ausprobieren, wie ich wieder runterkam.

Ging ganz einfach – also gleich wieder hinauf. Stolz erfüllte mich, eine derartige Leistung vollbracht zu haben. Von hier aus aufs Fensterbrett zu springen war ein Klacks. Brutus könnte das nie – trotz seiner Flügelohren. Ein klirrendes Geräusch unter mir ließ mich zusammenzucken. Plötzlich stand mir auf dem Fensterbrett mehr Platz zur Verfügung als zuvor, dafür lag jetzt die Pflanze auf dem Boden. Wie war sie nur dorthin gekommen?

Dass Pflanzen langweilig waren, hatte ich längst begriffen. Sie sprachen nicht und bewegten sich kaum, lebten aber trotzdem – irgendwie. Als Spielkameraden kamen sie daher nicht in Betracht. Zum Glück fuhr soeben Janas Häuschen auf den Hof. Hey, jetzt würde endlich Stimmung in die Bude kommen.

Ungeduldig erwartete ich ihr Kommen. Sogar das Kratzen der Hundepfoten erfreute mich dieses Mal. Ich sprang auf meinen Aussichtsplatz zurück und erwartete das Hereinkommen der beiden.

»Huch«, machte Jana. »Ein Katzenbaum!«

Aha, so hieß das Ding also. Jana würde sich ihre Krallen woanders schärfen müssen, da es kein Menschenbaum war. Hoffentlich würde sie nicht böse werden, weil ich hier oben thronte. Vorsichtshalber behielt ich den sicheren Käfig im Auge.

»Und schon in Besitz genommen – super«, sagte sie lächelnd. Da sie keine Anstalten machte, ihre Krallen zu schärfen, entspannte ich mich.

Brutus näherte sich und begann meinen Baum ausgiebig zu beschnüffeln. »Der Stamm bringt mich auf eine Idee.«

»Untersteh dich. Hier oben ist nur Platz für einen. Außerdem ist es ein Katzenbaum und kein Hundebaum«, rief ich erschrocken, weil ich zudem bezweifelte, dass mein Baum das Gewicht dieses wandelnden Fettsacks aushalten würde.

»Das meinte ich nicht.«

»Brutus, pfui!« Janas Augenbrauen wuchsen zusammen.

»War nur Spaß.« Brutus sah zu mir hoch. »Wie ist die Aussicht da oben?«

»Klasse. Wie ist sie unten bei dir?«

»Viel besser.«

Inzwischen kümmerte sich Jana um die abgestürzte Pflanze. »Wie ist das nur passiert, Tigerchen?«

Keine Ahnung. Einfach so. Betont teilnahmslos schaute ich aus dem Fenster, beobachtete sie unauffällig beim Scherbenaufsammeln und beim Hinaustragen des Pflänzchens. He! Und was war mit dem versprochenen Erkundungsgang durchs Haus?

Brutus legte sich aufs Bett. »Wenn du irgendeinen Unfug anstellst, belle ich Alarm und beiß dich in den Hintern.«

»Das versuch mal.«

»Gerne. Mal sehen, wie lange du brav bist.«

»Jedenfalls länger als du.«

Um seine Drohung zu untermauern, zog Brutus die Lefzen hoch und entblößte sein beeindruckendes Gebiss – nein, er gähnte.

»Bist vom vielen Faulenzen wohl müde geworden?«, stichelte ich von oben.

»Von wegen. Und alles, was du tust, ist, für Unordnung zu sorgen. Schäm dich.«

»Lasst mich raus, dann seid ihr mich los. Draußen ist es viel schöner.«

»Da lachen ja die Hühner. Du wärest ganz auf dich allein gestellt und müsstest dich selbst ernähren. Das Leben da draußen ist ein einziger Kampf.«

»Woher willst du das wissen?«

»Vor einem Winter ist uns eine Katze zugelaufen. Sie starb nach einigen Tagen. Selbst Frauchen konnte sie nicht retten. Und im Winter davor brachte sie ein Kätzchen vom Hof des Nachbarn mit. Seine Geschwister waren alle krank gewesen und auch das Kätzchen starb. Frauchen war tagelang todtraurig.«

Ich erschrak. »Das … das glaube ich nicht.«

»Ist aber wahr. Katzen in freier Wildbahn sind dem Tode geweiht. Wenn du draußen herumstreunst, erschießt dich entweder der Jäger oder du wirst vom Auto überfahren.«

»Meine Familie lebte in einer Katzenkolonie. Wir waren frei und wild, und Papa war der Stärkste von allen«, flunkerte ich. Er hatte sich nie um uns gekümmert und ich konnte mich nur vage an ihn erinnern.

»Bei uns Hunden ist es genauso. Alle Tiere hier auf dem Hof sind von der Fürsorge der Menschen abhängig. So ist das nun mal. Und deshalb solltest du dich gefälligst ohne viel zu murren hier einfügen.«

»Ohne menschliche Hilfe würdest du jedenfalls nicht überleben – ich schon!«

Brutus kniff beide Augen zu. »Wenn du meinst.«

»Wie ist das jetzt mit dem Küssen?«, fragte ich nach einer Weile.

»Warum?«

»Weil du gesagt hast, dass Küssen den Unterschied macht, ob man im Haus bleiben darf oder in der Scheune leben muss.«

»Hab ich das gesagt?«

»Leidest du an Gedächtnisschwäche?«

Brutus schüttelte den Kopf, dass seine Ohren nur so klatschten. »Quatsch. Aber mich kannst du mit deinen Beleidigungen nicht ärgern.«

Wie enttäuschend, denn er war der Einzige, mit dem ich streiten konnte.

»Wenn Jana glücklich ist, bin ich es auch.«

Weiter kam er mit seinen Ausführungen nicht, denn Jana kehrte zurück, in der Hand ein Töpfchen, in dem die Pflanze steckte. »Na, brav gewesen und Freundschaft geschlossen, ihr zwei?«

Freundschaft? Mit dem? Niemals!

21

Jana ließ die Tür ihres Zimmers offen stehen. Welche Verlockung. War das ihr Ernst? Durfte ich wirklich mit ihrer Erlaubnis und unter Aufsicht raus? Luft strömte herein, und mit ihr die inzwischen vertrauten Gerüche von Seife, Blumen sowie ein Hauch von Fett.

Einen sofortigen Rückzug im Hinterkopf behaltend, machte ich einen vorsichtigen Schritt vorwärts, wobei ich einen prüfenden Blick zu Brutus warf, der mich nicht aus den Augen ließ. Er wirkte angespannt, jederzeit zu einer Hetzjagd bereit. Sollte ich ihm dieses Vergnügen gönnen?

Nein, vorerst nicht. Mit dem Bewusstsein, mir diese Vergünstigung verdient zu haben, stolzierte ich an ihm vorbei. Mitten im Türrahmen hielt ich inne und sicherte den Flur in beide Richtungen: kein Feind in Sicht, Geräusche und Gerüche normal. Ich wusste genau, wo es nach draußen ging, aber mit Brutus im Nacken würde mir eine Flucht kaum gelingen. Das musste ich raffinierter anstellen.

Also bog ich in die entgegengesetzte Richtung ab. Brutus zottelte brav hinterher, während Jana mit verschränkten Armen stehen geblieben war.

Hach, wie aufregend! Endlich konnte ich die Welt erobern, selbst wenn es nur der Flur war. Ich marschierte an einer Reihe Türen entlang, von denen eine offen stand. Die Treppe auf den Speicher ignorierte ich. Der Steinboden und die Wände des kleinen Zimmers vermittelten einen kalten Eindruck. An einer Seite ragte ein Becken aus der Wand, an der gegenüberliegenden stand eine weiße Schüssel, niedrig genug, um, mit den Pfoten auf dem Rand, hineingucken zu können. Direkt daneben hing eine weiße Rolle, die ähnlich roch wie die neulich von mir zerstörten Blätter. Also nix wie hin und mit der Pfote ausprobiert, ob sie sich zum Spielen eignete. Tatsächlich, sie bewegte sich und zeigte mir jetzt ihre weiße Zunge. He, von dir lass ich mich nicht beleidigen. Mit ausgefahrenen Krallen wischte ich ihr eine. Als Antwort streckte sie die Zunge noch weiter raus. Frechheit. Hier, nimm das, und das, und das! Je mehr ich auf sie einschlug, umso länger wurde die Zunge. Stolz betrachtete ich mein Werk. Vor mir lag ein Berg tote Zunge.

»He, lass die Pfoten von unserem Klopapier«, rief Jana lachend.

Pah, von wegen Klopapier. Die hatte keine Ahnung. Ich huschte an Jana vorbei, auf die Treppe zu. Wider Erwarten setzte kein Geschrei ein, sondern Jana und Brutus folgten mir in respektvollem Abstand. Sein steil aufgestellter Schwanz verriet mir jedoch, dass er nur darauf wartete, dass ich Reißaus nehmen würde.

Elegant und lautlos glitt ich die Treppe hinunter, während Brutus hinter mir einen Mordslärm veranstaltete. »He, du tollpatschiger Lahmarsch, fang mich doch«, rief ich und spurtete los. Und schon ging die wilde Hatz los – ich vorneweg, Brutus keuchend hinterher –, bis sie in einem mir fremden Zimmer durch ein lautes »Pfui, Brutus!« abrupt beendet wurde. Wie vom Hammer getroffen brach er zusammen, kniff den Schwanz ein und setzte seinen treudoofen Hundeblick auf. Alter Spielverderber.

Hier drinnen gab es Allerlei zu sehen. Oma und Opa saßen sich auf zwei breiten, gemütlich aussehenden Säcken gegenüber. Ein kuscheliges Kurzhaarfell bedeckte den Boden und das viele Holz verlieh dem Raum einen angenehmen Waldgeruch.

»Pinkel bloß nicht auf den Teppich«, sagte Brutus. »Das gibt Ärger mit Oma.«

Den wollte ich mir nicht einhandeln. Außerdem hatte ich sowieso nicht vor, mich zu verewigen. Mir war eher nach Flucht zumute, denn ganz geheuer schienen mir die beiden nicht. Eine gewisse Spannung lag in der Luft, die sich genauso anfühlte, als würde ein entsetzlicher Sturm aufziehen.

»Was machen wir mit den Tieren, wenn wir hier rausmüssen?«, fragte Oma unvermittelt. »Und was wird aus dem Hof?«

»Willst du das wirklich wissen?«, antwortete Opa.

»Sonst hätte ich nicht gefragt.«

»Unser feiner Bürgermeister will ihn abreißen lassen. Angeblich soll hier ein Gewerbegebiet entstehen. Da kommt es auf ein paar Windräder auch nicht mehr an.«

»Das geht nicht so einfach«, sagte Jana leise. »Da gibt's Raumordnungs- und Planfeststellungsverfahren und was weiß ich noch alles.«

»Na und? Wir müssen raus, und unsere Viecher auch, so oder so. Ums gleich zu sagen: Was ich nicht verkaufen kann, geht zum Schlachter.«

Brutus machte sich klein. »Auweh.«

»Mensch, Opa!«

»Das hier ist ein Bauernhof und kein Streichelzoo, Jana. Wir Bauern wissen wenigstens, wo Steaks, Hamburger und Eier herkommen. Den Hund nimmt mein Bruder. Der hat einen Zwinger, und die Katze lässt du frei. Die soll selbst schauen, wie sie zurechtkommt.« Opa schaute mit verkniffenen Lippen in die Runde, seine Hautfarbe wechselte ins Rötliche, wodurch die weißen Fellstückchen auf dem Kopf erst so richtig zur Geltung kamen. »Das Getue um das Katzenvieh stinkt mir sowieso schon lange. Ist doch gleich, ob die sich wie die Karnickel vermehren. Hauptsache, sie halten die Mäuse und Ratten kurz.«

Jana biss sich auf die Unterlippe. »Und ihr?«

»Wir suchen uns ein hübsches Altersheim, was sonst?«

»Mal den Teufel nicht an die Wand.« Oma klatschte mit der Hand auf den Tisch, sodass ich mich schnell nach einem Zufluchtsort umsah. Unter einem Tischchen im Eck wurde ich fündig. Lediglich meine Neugier hielt mich im Zimmer, denn auch Brutus glotzte mit schreckgeweiteten Augen zu den beiden.

»Wir gehen nirgendwohin. Wir sind da, wo wir hingehören. Wenn die sich an unserem Hof vergreifen, werden sie mich kennenlernen«, rief Oma mit fester Stimme.

Opa sprang auf und stapfte zur Zimmertür. »Was mit dem Hof geschieht, bestimme immer noch ich!«

Außer mir sah ihm keiner nach, als er aus dem Zimmer stürmte. Irgendwo im Haus knallte eine Tür zu.

»Das könnt ihr nicht machen«, sagte Jana, die Krallen beider Hände eingezogen, sodass sie ganz rund aussahen.

Oma rieb sich die Augen. »Uns gegenüber ist Opa stur wie ein Esel, nur wenn es darum geht, den Hof bei der Bank zu verteidigen, ist er weich wie Pudding. Aber keine Angst, ich werde ihm den Schneid, den sie ihm abgekauft haben, schon wieder einbläuen.«

Das hörte sich alles schlimm an. Das Zimmer schien dunkler als zuvor zu sein, die Luft dicker. Auch Brutus mochte den Druck spüren.

»Gut so«, sagte Jana. »Es wird sich was finden. Fragt sich nur, was.«

»Den Hof kriegen die nur über meine Leiche.« Endlich fiel Omas Blick auf mich. »Nanu, hat Tiger Ausgang?«

»Ja, er soll das Haus kennenlernen. Übrigens, vielen Dank für den Katzenbaum. Das war echt eine Superidee.«

»Den hat Opa besorgt. Er tut nur so, der alte Brummbär. Er macht sich halt große Sorgen, was aus dem Hof und den Tieren werden soll. Die alte Tina zum Beispiel hat ihr Gnadenbrot redlich verdient.«

»Wer ist Tina? Hoffentlich keine Katze«, fragte ich Brutus.

»Eine Kuh.« Er saugte die Backen ein und sah damit richtig leidend aus. »Sie ist älter als ich.« Jetzt waren die Backen wieder draußen.

»Manchmal kann er mit seinen Äußerungen ganz schön verletzend sein«, sagte Jana.

»Er meint es nicht so.« Oma wischte sich mit einem Tuch über die Augen. »Morgen triffst du Dennis, nicht wahr?«

»Hm, er gibt 'ne Geburtstagsparty. Keke kommt auch.«

»Vielleicht kannst du ihn mal ein bisschen aushorchen, was sein Vater plant.«

Jana wiegte ihren Kopf hin und her. »Mal sehen. Ich kann's ja mal probieren. Es wäre gut, wenn wir jemanden hätten, der uns über unsere Rechte aufklärt und wie alles zusammenhängt.«

»Wie meinst du das?«

»Na, zum Beispiel welche Genehmigungsvoraussetzungen für eine WKA erforderlich sind, und was man dagegen tun kann; oder wie ein Biotop oder ein Naturschutzgebiet ausgewiesen werden. Ich habe eine ungefähre Ahnung ... Moment! Da fällt mir jemand ein, den ich fragen könnte.« Jana bückte sich zu Brutus runter und streichelte ihn. »Du bleibst bei uns und Tigerchen auch – versprochen.«

»Trotzdem wär es gut, wenn du dich vorsorglich schon mal nach einer neuen Bleibe für dich und deine Viecher umschauen könntest«, sagte Oma.

»Das hört sich wie aufgeben an.«

»Wir sollten auf alles vorbereitet sein.«

»Bist ein schlaues Köpfchen, Oma.«

Sie schüttelte ihr weißes Haar. »Nein, nur eine alte Leitkuh mit ein bisschen Lebenserfahrung.«

Jetzt war ich komplett verwirrt. Ich dachte, Oma wäre ein Mensch? Selbst bei näherem Hinsehen konnte ich weder Hörner noch ein Euter entdecken.

Brutus seufzte. »Was für ein Jammer. Aber von Menschen und ihren Sorgen verstehst du nichts. Als Katze bist du nur an Fellpflege, Mäusen und am Herumalbern interessiert. Wir Hunde hingegen dienen unseren Herren und erhalten als Dank regelmäßig Fressen und ein Dach über dem Kopf. Deswegen sind wir Hunde euch Katzen so haushoch überlegen.«

»Angeber. Ich kann dir ja ab und zu mal einen Snack vorbeibringen. Aber nur, wenn du mir dann dienst.«

Jana schloss Oma in die Arme. »Kommt Zeit, kommt Rat. Auf geht's, ihr zwei! Fressi, Fressi!«

Brutus sprang auf seine Pfoten und hopste wie ein wild gewordenes Kaninchen um sie herum. »Fressen gibt's, Fressen gibt's!«

Er hatte seinen Kummer offensichtlich vergessen – ich nicht.

An der Haustür blieb Jana stehen. »Das darf doch nicht wahr sein!«

22

»Hallo«, sagte Marcel und grinste verlegen.

Hey, die Haustür stand offen! Aber bevor die Freiheit winkte, würde ich an ihm vorbeimüssen. Zwar war es schön, ihn wiederzusehen, aber wer garantierte mir, dass er mich nicht schnappen würde?

Er hielt eine Mappe hoch. »Darf ich reinkommen? Ich möchte dir was zeigen.«

»Natürlich.« Jana trat zurück und die Tür klaffte jetzt sogar noch weiter auf. War das Absicht?

»Da ist ja die Mieze«, sagte Marcel und lachte mich an.

»Tiger ist ein richtiger Lausbub. Der hat nur Unfug im Sinn«, lachte Jana. »Schön, dass du vorbeischaust. Mach schnell, ich glaube, er will raus.«

»Wieso darf er das nicht?«

Rums – die Tür flog zu und mein Fluchtversuch war dahin. Jana ging Richtung Küche und gab Marcel ein Zeichen, ihr zu folgen. »Weil er sonst auf Nimmerwiedersehen verschwinden würde. Er muss noch ein paar Tage im Haus bleiben, bis er sich eingewöhnt hat. Was willst du mir zeigen?«

»Na ja, ich dachte mir, bis Sonntag ist es noch lange hin und ich könnte dir in der Zwischenzeit das hier vorbeibringen.« Er sah ihr lange in die Augen. »Ich muss leider gleich wieder los, aber das war mir wichtig.«

Er zog ein Blatt Papier aus der Mappe und hielt es so vor sich hin, dass er mich dennoch betrachten konnte. Unsicher blieb ich mitten im Raum stehen, suchte nach einer Rückzugsmöglichkeit, während Brutus es sich unter dem Küchentisch bequem machte.

»Hm, da fehlt noch was«, sagte Marcel.

Er legte das Papier auf den Tisch und kritzelte mit einem kurzen Stäbchen darauf herum. Jana trat zu ihm und beugte sich darüber.

»Das ist ja … echt Wahnsinn! Toll, wie du Tigerchen hingekriegt hast!«, rief sie.

»Für den Hausgebrauch reicht es.« Er hielt das Papier wieder hoch. »Für dich.«

Ihre Augen schimmerten feucht, als sie es entgegennahm. »Das lasse ich mir einrahmen.«

»So gut ist es auch wieder nicht. Das nächste wird besser.«

»Doch, doch, es ist super. Du hast wirklich Talent.«

Er warf einen Blick auf sein Handgelenk und richtete sich auf. »Sorry, der Job ruft. Bis übermorgen dann.«

Über Janas strahlendes Gesicht huschte ein Schatten. »Warte, ich bring dich raus.«

Und fort waren die beiden. Ich blieb mit Brutus zurück, der mittlerweile unter dem Tisch hervorgekrochen war. »So ein Saftladen. Nichts zu fressen, und das in der Küche.«

»Du denkst immer nur an das Eine.«

»Stimmt nicht, ich denke auch an Schlafen und Spielen und Schmusen und Gassigehen. Aber jetzt ziehe ich mich erst mal in Janas Zimmer zurück.«

Ausnahmsweise folgte ich ihm nach oben. Morgen war auch noch ein Tag. Aber dann …

Am nächsten Morgen durfte ich Jana in den Raum begleiten, den sie Bad nannte. Ohne sie hätte mir das Erforschen des Zimmers allerdings mehr Spaß gemacht.

Nachdem sie ihr Nachtfell abgelegt hatte, drehte sie an einem glänzenden Knauf und plötzlich regnete es aus der Wand. Selbst mein warnendes Miauen hielt sie nicht davon ab, sich mitten hineinzustellen. Wasser konnte krank machen und sogar töten. Und wenn es regnete, bestand die Gefahr, Feinden zum Opfer zu fallen, weil man sie wegen des Rauschens nicht hören konnte. Jana schien deswegen aber keine Bedenken zu haben. Ihr schien es sogar zu gefallen. Je mehr sie an sich herumrubbelte, umso stärker schäumte sie, sodass ich schon befürchtete, sie könnte sich auflösen. Aber nicht nur sie verblüffte mich, sondern auch Brutus, weil er sich ungeniert direkt neben mir ablegte.

»Nanu? Heute keine Lust auf eine Nachspeise?«

»Nein. Ich muss auf Jana aufpassen, damit ihr unter der Dusche nichts zustößt.«

Das machte Sinn, weshalb ich ihn gewähren ließ. Eigenartiges Gefühl, einem Hund zu vertrauen.

Jana fuhr sich mehrere Male mit einer klitzekleinen Mistgabel durch die nassen Haare. Fast fühlte ich mich versucht, ihr meine Zunge anzubieten, aber dazu hätte unser Verhältnis enger sein müssen.

Als sie damit fertig war, steckte sie sich einen ebenso kleinen Stallbesen in den Mund und begann, ihn wie wild hin und her zu bewegen. Schaum trat ihr vor den Mund. Entsetzt sprang ich auf. Auweh, das sah gar nicht gut aus. Bestimmt eine ganz schlimme Krankheit.

»Warte nur, bis du mit Zähneputzen dran bist«, brummte Brutus augenzwinkernd.

»Ich? Niemals!« Das war bestimmt genauso unangenehm, wie den Hintern zu reinigen.

Alles in allem hatte der Tag recht unterhaltsam begonnen. Nachdem sich Jana ein anderes Fell übergezogen hatte, blickte sie mich streng an. »Du musst hierbleiben, obwohl du dich bisher ganz manierlich benommen hast. Aber sicher ist sicher, mein Kleiner. Jetzt sind erst mal die Pferde dran. Keke kommt zum Ausreiten.«

Damit war der Spaß zu Ende. Die Tür von Janas Zimmer

schloss sich hinter den beiden und mir blieb nur die Spinne an der Decke als Unterhaltung übrig.

Halt, der Baum zum Krallenschärfen und Klettern war ja auch noch da. Als ich damit fertig war, schaute ich nach draußen, denn dort passierte meistens etwas.

Später kam Keke auf ihrem Zweiradgestell angestrampelt und verschwand sofort im Stall. Die beiden führten ihre Pferde ins Freie und schwangen sich auf Sättel. Bisher kannte ich die Pferde nur von unten und hatte vor ihren großen Mäulern und den staksigen Beinen einen Riesenrespekt. Dennoch würde es mich reizen, einmal dort oben zu sitzen und den Ausblick zu genießen. Die Mädchen ritten vom Hof und ich schaute ihnen nach, bis ihr Gelächter sowie das Getrappel der Hufe in der Ferne verhallt waren. Also mit mir dürften sie so was nicht machen. Wie unterwürfig musste man sein, um jemanden auf seinem Rücken zu dulden. So schnell könnten die gar nicht schauen, wie sie im Dreck landen würden.

Das war's – nix mehr los da unten. Ein Schläfchen wäre jetzt recht.

Hufgetrappel und Pferdeprusten weckten mich. Die Reiterinnen sahen aus, als hätte sie dieses Herumgetragenwerden enorm angestrengt, denn ihnen hing ihr Kopffell wirr ins gerötete Gesicht. Sie glitten von ihren Tieren und befreiten sie von den Sätteln. Während Keke beide Pferde festhielt, zog Jana eine endlos lange grüne Schlange aus dem Stall. Von Mama wusste ich um deren Gefährlichkeit. Prompt begann sie, Gift zu spucken, und zwar in einer Menge, dass ich meinte, sie wollte Jana damit ersäufen. Aber die kämpfte tapfer mit dem Ungetüm und hielt den speienden Kopf von sich weg. Der Strahl traf die Pferde, was denen jedoch nichts auszumachen schien. Zwar waren sie jetzt pitschnass, aber wenigsten hatte die Schlange ihr ganzes Gift verspritzt, was sie anscheinend nicht überlebt hatte. Jana ließ den schlaffen Körper fallen und führte die Pferde hinüber zur Koppel, wo sie den Rest des Tages verbringen würden.

Erneut stellte sich Langeweile ein, die erst mit dem Hereinstürmen der beiden Mädchen endete. Kichernd und miteinander quatschend, beachteten sie mich kaum, waren hauptsächlich mit dem Wechseln von Überziehfellen beschäftigt. Zu meinem Bedauern war ihr Besuch bei mir recht kurz.

Als ich Brutus aufforderte, mich zu jagen, erntete ich nur ein »zu müde«. Im Vergleich zur Scheune war das Leben im Haus wirklich nicht toll und das Fressen hätte Jana mir auch draußen servieren können.

Es war bereits dunkel, als Jana zurückkehrte. Sie war sehr schweigsam, saß mit den Händen im Schoß auf dem Bett und schaute mich nachdenklich an. »Tut mir leid, war bestimmt öde für dich heute.«

Das stimmte allerdings. Ich beobachtete sie mit zusammengekniffenen Augen. Eigentlich sah sie harmlos aus, wirkte sogar verletzlich. Nein, von ihr ging keine Gefahr aus. Zögerlich machte ich einen Schritt auf sie zu.

Ein schwaches Lächeln als Antwort umspielte ihre Mundwinkel. Also gut, noch einen. »Na, Tigerchen?«

Ein weiterer. Sie blieb regungslos sitzen, während ich mich immer näher an sie heranwagte. Ich hob meinen Schwanz, als Zeichen meiner Freundschaft.

Jana bewegte ihre Hand in meine Richtung und streckte ihre Finger aus. »Willst du an mir schnüffeln?«

Die roten Krallen an den Fingern rochen scheußlich, der Rest von ihr jedoch angenehm. Nur allzu gerne hätte ich gewusst, wie sich eine Berührung von ihr anfühlte. Brutus hatte dabei immer genüsslich gegrunzt, also müsste sie wohltuend sein. Konnte ich es wagen?

Einer ihrer Finger näherte sich meinem Näschen, und Jana begann, mich am Kinn zu kraulen. Hm, tat nicht weh – im Gegenteil. Ihre Hand näherte sich meinem Hals – sollte ich das zulassen? Unwillkürlich duckte ich mich flach auf den Boden, die Hand zog sich zurück. »Für heute reicht's«, sagte sie. »Ging schneller als gedacht. Bist halt ein schlaues Kerlchen, nicht wahr?«

Natürlich, schließlich war ich eine Katze. Langsam richtete ich mich auf und war stolz, so mutig gewesen zu sein.

Jana öffnete ein Schränkchen, entnahm ihm einen runden Gegenstand und stupste ihn an, sodass er in meine Richtung rollte. Sie beschleunigte ihn mit einem Finger, behielt aber den Faden, der dem Ding entsprang, in der Hand.

Hurra, zum Angriff! Ich holte aus und schlug meine Krallen in das weiche Flauschding. Die Kugel rollte davon. Na warte, dich krieg ich! Wild entschlossen, sie zu fangen, sprang ich ihr hinterher. Hab ich dich, du Kugel!

Ihr Ohrending meldete sich heute mit einem viel angenehmeren Ton. »Hi, Keke.« Wie üblich redete sie mit dem Kästchen, lachte, verzog das Gesicht, lachte erneut. »Hach, bist du auch schon zu Hause? … Zu viele Leute für mich … Morgen Nachmittag treffe ich Marcel wieder. Freue mich echt riesig drauf. Ja … Nein … Ja …« Sie fuhr sich mit den Fingern durch die Haare. »Das ist alles nicht so einfach … Klar halte ich dich auf dem Laufenden. Ciao, Keke.«

Sie legte das Ding weg und blieb eine Weile sitzen. Diese wunderschönen grünen Katzenaugen. Sie straffte ihre Schultern.

»Und dass ich Dennis aushorche, kann Oma vergessen. Ich bin doch keine NSA-Agentin«, sagte sie aufgebracht. Keine Ahnung, wovon sie sprach.

»Dann müssen wir uns halt was anderes ausdenken«, fügte sie hinzu. »Aber jetzt geht's erst mal in die Heia. Musst nicht in den Käfig zurück. Soll ich dir dein Kissen in die Katzenbaumhöhle legen? Dann kann ich gleich den Käfig wegpacken.«

Sie zerrte das Kissen daraus hervor und stopfte es durch das Loch der Kiste.

Anschließend trug sie den Käfig aus dem Zimmer und kehrte kurz darauf ohne ihn zurück. Was aus dem wohl geworden war?

23

Den neuen Tag nannte Jana Sonntag, und ich fragte mich, ob der Name was mit der Sonne zu tun haben könnte, die heute so reichlich schien. Eigentlich genau das Richtige zum Herumtoben und Durchs-Gras-Flitzen oder um sich ein schattiges Plätzchen zum Dösen zu suchen.

Nur leider saß ich zusammen mit der Spinne, die in ihrem Netz ebenfalls auf bessere Zeiten wartete, im Zimmer fest. Jana kam und ging, Brutus trabte rein und raus, und ich beobachtete alles vom Hochsitz des Katzenbaums aus. Unten trat Opa aus dem Haus. Auf dem Rücken trug er ein schwarz in der Sonne glänzendes schmales Rohr, das von der Mitte aus in ein breiter werdendes Holzteil überging. Irgendwie wirkte das Ding bedrohlich.

Hinter ihm lief heftig wedelnd Brutus, der vollkommen aus dem Häuschen zu sein schien. Gemeinsam verschwanden sie um eine Hausecke und kamen erst, nachdem ich ein Nickerchen eingelegt hatte, wieder zurück. Kurz darauf trat Brutus im Gefolge von Jana zu mir herein. Während sie es sich auf dem Bett bequem machte, tapste Brutus auf mich zu, streckte seinen eh schon langen Körper noch mehr und riss sein Maul zu einem Gähnen auf. Mit einem gewissen Unbehagen schaute ich auf seine Zahnreihen und roch seinen müffeligen Atem. Endlich klappte er es wieder zu. »Opa und ich waren heute auf der Jagd«, tönte er.

Neid stieg in mir auf, denn Jagd bedeutete Spaß und meistens einen vollen Bauch. »Und, habt ihr ein paar Snacks erlegt?«, bohrte ich nach.

»Hauhauhau.«

»Was ist daran so komisch?«

»Du glaubst doch nicht im Ernst, dass sich ein Mensch mit einer Maus zufriedengäbe.«

Warum nicht? Menschen waren merkwürdige Geschöpfe und immer für Überraschungen gut. »Was habt ihr dann gejagt?«

»Nix, weil gerade Schonzeit ist. Trotzdem nimmt Opa sein Gewehr mit – für alle Fälle.«

»Wieso für alle Felle, wenn die Tiere doch geschont werden sollen?«

Brutus verdrehte die Augen. »Herrje, bist du schwer von Begriff. Er nimmt das Gewehr mit, um jeder Situation gewachsen zu sein. Du hast doch deine Krallen auch immer dabei, genauso wie ich meine Zähne.«

»Aha.« Das stimmte allerdings.

»Könnte ja eine Sau daherkommen oder ein Fuchs oder ein krankes Wildtier.« Er hob eine Hinterpfote, als wollte er sich kratzen.

Schweine und Füchse hatten wohl keine Schonzeit? Ich blinzelte ihn an. »Und das Ding, das er auf dem Rücken trug?«

»War ein Gewehr. Gaaaaanz gefährlich, sag ich dir. Macht einen Riesenknall. Wumm! Mir klingeln danach oft die Ohren. Schlimm.«

»Wozu ist das gut?«

Die Pfote hob sich erneut. In mir keimte der Verdacht, dass er das immer dann tat, wenn er nicht weiterwusste. Ich nahm mir vor, das weiterhin zu beobachten.

»Nach dem Knall darf ich ihm entweder die Beute bringen oder, wenn sie zu schwer ist, ihn hinführen.«

»Die fallen von dem Lärm einfach tot um?« Ich starrte ihn fasziniert an. Ob das auch bei Snacks funktionierte? Das nächste Mal würde ich ihnen einen lauten Katzenschrei entgegenschmettern.

»Vermutlich«, sagte Brutus. »Bei mir wirkt es jedenfalls nicht, ich halte den Lärm aus.«

Jetzt war mir nach Kratzen zumute. Brutus legte sich flach auf den Boden und schlief ein, ließ mich mit meinen Gedanken über die Jagd allein.

Etwas später spielte Jana mit mir Wollkugelfangen. Auch der Kratzefinger kam wieder zum Einsatz. Irgendwann wurde sie des Spielens müde und ich durfte mit hinaus auf den Flur – ein Höhepunkt des Tages.

Wieder zurück im Zimmer, stand Jana am Fenster. Ich war ihr auf dem Fensterbrett ganz nahe, konnte die Wärme spüren, die von ihren nackten Armen ausging. Ihr Kopffell fiel lose über die Wangen, im Gesicht ein angespanntes Lächeln. Als sie das Nichts des Fensters berührte, zitterten ihre Finger ein wenig.

»Ach, Tigerchen. Jetzt dauert es nicht mehr lange. Bald kommt er.« Ich konnte ihre wachsende Unruhe regelrecht spüren. Wahrscheinlich fühlte sie sich wie ich, wenn ich auf einen Snack lauerte.

Anstatt einer Maus tauchte unten jedoch ein fahrendes Häuschen auf. Jana beugte sich vor und sagte: »Nanu?«

Irgendwie sah es merkwürdig aus: Ihm fehlte das Dach und es glänzte feuerrot. Darin saß ein Mensch mit blondem Haarschopf – Dennis.

Jana griff an einen Hebel des Fensters und schob mich beiseite – plötzlich war das Glas weg. Frische Luft wehte herein. Welche Freude! Ich streckte meinen Hals, um dieses Wunder zu genießen. Wie hatte sie das nur gemacht?

»Hallo, Dennis! Was machst du denn hier?«, rief sie nach unten.

»Dir mein neues Auto zeigen. Supergeil, oder?«

»Zum Geburtstag? Wow.« Ihre Hand fuhr vor meine Brust. »Bloß nicht rausspringen, Tiger.«

Die Höhe war nicht das Problem, eher der harte Boden da unten. Zwar begrünte ein Busch die Hausecke, aber er war zu weit weg, um ihn mit einem Sprung erreichen zu können.

»Wen hast du denn da?«, rief Dennis zu uns hoch.

»Mein Katerchen. Heißt Tiger.«

»Passt gut. Wird der noch größer?«

»Ja, denke schon.«

Dennis lachte. »Komm runter, wir machen eine Probefahrt.«

»Im Prinzip gern …« Sie nahm das Ans-Ohr-halte-Ding und guckte darauf. »Sorry, geht nicht. Ich werde gleich abgeholt.«

»Dann komm wenigstens runter und schau ihn dir an«, rief Dennis winkend. »Keke kann warten. Und wenn sie kommt, können wir sie ja mitnehmen.«

Jana blickte in die Ferne, seufzte leicht und fasste ans Fenster. »Vorsicht, Tiger. Ich mach das Fenster lieber zu, bevor du auf dumme Gedanken kommst.«

Ich doch nicht. Schade, ohne das gläserne Nichts hatte es mir besser gefallen, aber wenigstens ließ sie es ein bisschen gekippt. Mit ihrer Übervorsichtigkeit erinnerte Jana mich an Mama. Sie verließ den Raum, um gleich darauf unten auf Dennis zuzugehen. Sie besahen sich das Auto von allen Seiten, wobei sie auf dieses und jenes deutete und offensichtlich viele Fragen stellte. Wahrscheinlich machte sie ihn auch darauf aufmerksam, dass das Dach fehlte, was er ihr aber nicht übel zu nehmen schien. Sein Gehabe erinnerte mich an unseren Gockel, wenn der versuchte, seine Hennen zu beeindrucken.

Obwohl er ihr die Autotür aufhielt, kam sie dieser Aufforderung nur zögerlich nach, und als er losfuhr, stieß das Auto einen Schrei aus, als hätte ihm jemand auf den nicht vorhandenen Schwanz getreten. Puh, war ich froh, hier oben in Sicherheit zu sein. Prompt kam Opa hinter der Scheune hervorgerannt und schüttelte den Kopf. Das Gewehr hatte er abgelegt.

Das war's dann wohl für heute. Jana hätte wenigstens die Tür auflassen können, damit ich auf Entdeckungsreise gehen könnte. Vielleicht gab es ja irgendwo einen geheimen Ausgang. Opa hatte mittlerweile Brutus aus dem Haus geholt. Diese ewigen Bevorzugungen hatte der alte Speichellecker keinesfalls verdient. Wenn hier einer Fortschritte machte, dann war das ich, und so was gehörte belohnt.

Am besten, ich besuchte das Kissen in meiner Höhle oder fing Flöhe. Aber nicht mal auf die war Verlass. Die hatten sich still und heimlich verkrümelt. Huhuhu, alle durften raus, bloß ich nicht.

Ein Auto fuhr vors Haus – dieses Mal eines mit Dach. Marcel stieg aus und schaute sich suchend um.

24

Na, so was. Ich dachte, Jana hatte auf Marcel gewartet, und nun war sie fortgefahren.

Marcel ging zuerst in die Scheune, stand dann vor dem Haus und schaute zu mir hoch, ich zu ihm runter. Nachdem wir uns eine Weile angestarrt hatten, unterbrach er die Blickverbindung – und hatte somit verloren.

Oma trat aus dem Haus, in der Hand ein weiß-blaues Tuch. »Kann ich Ihnen helfen?«, fragte sie.

»Ich suche Jana … Äh, Marcel Hofmann ist mein Name.« Er streckte ihr die Hand entgegen. »Ich war schon mal hier.«

Oma zögerte kurz, schüttelte sie ihm dann – aus welchem Grund auch immer. »Habe schon von Ihnen gehört. Eigentlich müsste sie hier sein.« Oma drehte sich um und blickte ebenfalls zu mir hoch. »Jana!«

»Fortgegangen«, antwortete ich.

»Hier draußen ist sie jedenfalls nicht«, sagte Marcel.

»Sie wird sicher bald wieder auftauchen.« Oma warf ihm einen skeptischen Blick von der Seite zu. »Seid ihr verabredet?«

»Sozusagen.«

»Aha.« Oma legte das Tuch von einer Hand in die andere. Gleich würde sie es ihm um die Ohren hauen. Offenbar brauchten die Menschen Gegenstände, um sich verteidigen zu können. Wir Katzen waren da mit unseren Krallen wesentlich besser gerüstet.

Sie tat nichts dergleichen. Schade, das wäre eine tolle Abwechslung gewesen. »Ihr Auto steht noch da, also kann sie nicht weit sein. Vielleicht ist sie bei den Pferden auf der Koppel. Wenn Sie wollen, können Sie im Haus auf sie warten?« Ihre Hand deutete in meine Richtung. Oh ja, hier oben bei mir, bitte.

»Nicht nötig. Ich vertrete mir solange hier draußen die Beine.«

»Wenn Sie meinen.« Sie schaute ihm auf die Füße. »Für einen Bauernhof ist das aber das falsche Schuhwerk.«

»Ich pass schon auf, wohin ich trete«, sagte er lachend. »Wo geht's zur Koppel?«

»Die ist dort hinten«, sagte sie. »Können Sie gar nicht verfehlen.«

Dennis' Auto näherte sich der Einfahrt, und jetzt wurde mir auch klar, warum es kein Dach hatte: Damit man sofort erkennen konnte, wer drin saß.

Marcels Mundwinkel rutschten nach unten, die von Oma nach oben.

»Da ist sie ja, mit ihrem Freund Dennis«, sagte sie.

»Ah so?«, machte Marcel. »Sie sind befreundet?«

»Schon ewig.«

Schneidig fuhr das Auto einen Bogen und hielt direkt vor Oma und Marcel an.

Jana stieg aus und eilte auf Marcel zu. »Hallo, Marcel! Sorry, dass du warten musstest.«

Hinter ihr schälte sich Dennis aus dem Auto und blieb neben ihm stehen.

»Kein Problem.« Marcel stand steif wie eine Mistgabel.

»Dennis hat mir sein neues Auto gezeigt. Echt cooles Gerät.«

Marcel nickte. »Sieht stark aus.«

»Hallo, Marcel«, sagte Dennis. »Wusste gar nicht, dass Gerichtsvollzieher auch sonntags arbeiten.«

»Tun sie auch nicht. Ich bin privat hier.« Marcel wandte sich Jana zu. »Bist du so weit?«

»Ihr kennt euch?«, fragte Jana.

»Na klar. Er arbeitet im Büro des Gerichtsvollziehers Burkhardt. Hatte neulich erst mit ihm zu tun.« Dennis zog seine Hände aus der Hose. »Schaust dich wohl schon um, was es hier zu holen gibt? Den Antrag zur Zwangsvollstreckung habt ihr ja bereits vorliegen.«

Marcel zuckte zurück, Jana drehte sich Dennis zu und Oma ließ das Tuch fallen. Dort unten war ja richtig was los.

»Was sagst du da, Dennis?«, zischte Jana. »Er arbeitet für einen Kuckuck-Kleber?«

»Genau, und euer Hof steht bereits auf der Abschussliste.«

Jana wirbelte zu Marcel herum, eine tiefe Falte zwischen den Augenbrauen. »Stimmt das, Marcel?«

Dem klappte der Mund einige Male auf und zu. »Ich … Ich … Ja, aber …«

Sie stampfte mit dem Fuß auf. »Deswegen also?«

»Du glaubst, ich … Das ist ja nicht zu fassen.« Auch Marcels Stimme war jetzt lauter. Sein Körper wippte leicht vor und zurück, wobei er Dennis feindselig anstierte. Gleich würde er ihn anspringen und ihm einen Prankenhieb verpassen.

Doch ich wartete vergeblich darauf.

»Sag bloß, der da ist dein Freund?«, fauchte er Jana an.

»Lenk nicht ab. Du hast mich angelogen!«

»Wenn hier einer gelogen hat, dann du.«

Mit zusammengekniffenen Lippen blickte er zu Oma, aber die schüttelte nur den Kopf.

»Sachen gibt's. Der Gerichtsvollzieher – dass ich das auf meine alten Tage noch erleben muss.«

»Gelogen? Ich? Dass ich nicht lache!«, rief Jana, beide Hände erhoben, die Handflächen Marcel zugewandt. »Du hast mein Vertrauen missbraucht!«

»Inwiefern?« Marcel trat näher an sie heran. »Das ist eher

umgekehrt, weil du mir verschwiegen hast, dass du einen Freund hast.«

Sie winkte ab, ihre Wangen schimmerten rot. »Hau ab! Und lass dich hier nie wieder blicken!«

Sie stürzte ins Haus. Gleich würde sie bei mir sein, und dann könnte ich ihr zeigen, was ich in Sachen Trösten draufhatte.

»Gehen Sie, bitte«, sagte Oma und folgte Jana nach.

Schritte polterten die Treppe hoch, eine Tür knallte – vermutlich die des Badezimmers.

Unten auf dem Hof standen Dennis und Marcel sich weiterhin gegenüber.

»So, wie es aussieht, bist du bei Jana abgemeldet«, sagte Dennis feixend. »Aber mit dem Gerichtsbeschluss kannst du ja wieder herkommen. Viel ist bei denen sowieso nicht zu holen – alles alter Ramsch.«

»Arschloch«, zischte Marcel. »Ich will ihnen helfen, und du vermasselst alles.«

»Selber Arschloch. Ich will doch nur, dass Jana aus dieser Bruchbude rauskommt.«

»Erstens ist das keine Bruchbude und zweitens ist der Hof erhaltenswert.« Marcel stapfte los. »Aber euch ist das scheißegal. Hauptsache, ihr macht Profit.«

»Mach deine Arbeit, und das Problem löst sich von selbst.«

Marcel winkte ab. Ohne sich noch einmal umzudrehen, stieg er in sein Auto und fuhr weg, während Dennis zu seinem ging. Er schaute zum Haus, als wartete er auf irgendein Zeichen, fuhr dann aber ebenfalls davon.

Auf dem Hof machte sich Ruhe breit – wie nach einem Sturm.

25

War das soeben ein Streit gewesen? Den hatte ich mir bei Menschen heftiger vorgestellt. Einmal hatte ich Gelegenheit gehabt, einen Kampf zwischen Katern zu beobachten. Dabei war es ordentlich zur Sache gegangen. Da kamen die Krallen der Vorder- und Hinterpfoten gleichermaßen zum Einsatz und Bisse wurden verteilt, dass die Fetzen nur so flogen. Und erst das Kampfgeschrei. Das war wenigstens was gewesen. Aber das hier? Mau, ziemlich mau.

Gut, laute Stimmen hatte es hier auch gegeben, aber wie ein richtiger Kampf ausgetragen wurde, wussten die Menschen offenbar nicht – obwohl das Ergebnis dasselbe war: Die unterlegenen Männchen schlichen vom Kampfplatz.

Vom Feld hinter der Scheune kommend, näherten sich Opa und Brutus. Opa wischte sich mit einem Tuch über die Stirn, während Brutus die Zunge fast bis auf den Boden hing.

»Emma!«, rief Opa.

Wer war das denn? Statt einer fremden Person kam Oma aus dem Haus geschlurft. Sollte sie am Ende mehrere Namen haben?

»Wo hast du gesteckt? Nie bist du da, wenn man dich braucht«, sagte sie.

Opa setzte sich auf die Bank vor dem Haus und hob einen Fuß, der in einer Art Becher steckte. »Wo schon? Auf dem Acker. Hilf mir lieber aus den Stiefeln.«

»Der Gerichtsvollzieher war hier.«

Der Fuß samt Stiefel sank wieder nach unten. »Was?«

»Ja. Er wollte Jana abholen.«

»Die ist nicht pfändbar. Ich glaube, du bringst was durcheinander.« Opa schüttelte den Kopf. »Außerdem, seit wann arbeiten die sonntags?«

»Keine Ahnung, wann die arbeiten, jedenfalls war er da.« Oma bückte sich und griff nach Opas Fuß. »Schmeiß die alten Treter auf den Mist, wenn du nicht mehr rauskommst.«

Sie umfasste den Stiefel, schwang ein Bein darüber und drehte sich gleichzeitig, während Opa das andere Bein anzog und ihr einen Tritt in den Hintern versetzte. Unglaublich. Oma zerrte verzweifelt an dem Stiefel, bis sie ihn schließlich von Opas Fuß gestreift hatte.

»Hat er was Schriftliches dagelassen?«, fragte er und wackelte mit seinen Fußkrallen.

»Nein. Du brauchst dringend neue Stiefel.« Sie nahm den anderen in die Hand und bot Opa erneut ihr Hinterteil zum Dagegentreten an. »Verschweigst du mir etwas?«

Opa ächzte, als er mit seinem Fuß erneut gegen Omas Hintern trat. »Wieso sollte ich. Du weißt doch, dass wir pleite sind.«

Der Stiefel flutschte vom Fuß. Oma drehte sich um, das Gesicht knallrot. »Hätte nicht gedacht, dass sie so schnell sind.«

»Ich auch nicht.« Mühsam erhob sich Opa. »Der kommt garantiert wieder. Der Burkhardt ist ein sturer Hund.«

»Der, der hier war, heißt aber Hofmann.«

»Haben die einen Neuen eingestellt? Mir soll's recht sein. Alles die gleichen Halsabschneider. Ohne Gerichtsbeschluss braucht der hier gar nicht anzutanzen, sonst fliegt er hochkantig vom Hof.«

»Mir brauchst du das nicht sagen.«

»Das sag ich auch dem Burkhardt direkt ins Gesicht. Der soll sehen, wo er in Zukunft seine Karpfen herkriegt. Von uns jedenfalls nicht.«

Die beiden verschwanden im Haus. Ein Karpfen wäre jetzt lecker. Mama hatte mir mal ein Stück mitgebracht.

Viel Zeit zum Nachdenken blieb mir nicht, denn Jana warf sich aufs Bett. Ihre Schultern bebten und sie schluchzte so heftig, dass ich selbst ganz traurig wurde. Vorsichtig schob ich mich an sie heran.

Eine Pfotenlänge von ihrem Kopf, den sie ins Kissen vergraben hatte, streckte ich mich aus und berührte mit meinen Schnurrhaaren ihr Ohr. »Hallo«, miaute ich.

Schniefend drehte sie mir ihr Gesicht zu. Fast wäre ich erschrocken vom Bett gesprungen, so rot und aufgedunsen sah es aus. Ihre grünen Augen glänzten feucht, Tränen rannen über ihre Wangen.

Unentschlossen, wie ich mich verhalten sollte, blieb ich an meinem Platz. Ihre Hände im Auge behaltend, näherte ich mich ihrem Kopf erneut und leckte ihr eine Träne von der Wange. Hm – salzig.

Ihr Schluchzen hörte auf.

Mal sehen, ob mein Schnurren sie aufheitern könnte. Wenn ich ihr zeigte, dass es mir gut ging, würde sie sich vielleicht auch besser fühlen.

»Ach, Tigerchen«, sagte sie, von Schluchzern unterbrochen, »wenn du wüsstest. Willst mich wohl trösten?«

Deshalb war ich hier. Ich schnurrte lauter, und tatsächlich stoppte der Tränenfluss.

»Bist ein liebes Katerchen.«

Richtig. Auf alle Fälle lieber als jeder Hund. Wo war Brutus eigentlich?

Hoffentlich weit weg. Plötzlich ein Kratzen an der Tür. Ich ahnte, wer da kam, um die Stimmung zu verderben. Sie erhob sich und öffnete die Tür.

Brutus kam atemlos hereingewackelt. »Schön, dich wiederzusehen, Frauchen!«, japste er. »Was ist passiert?«

Er hockte sich auf den Boden und trommelte mit seinem Schwanz darauf herum, als wollte er Snacks erschlagen. Zu allem Überfluss begann er auch noch, ihre Hände abzuschlabbern. Da konnte ich mit meinem zarten Zünglein natürlich nicht mithalten.

»Was hat sie?«, fragte er. »Wer hat ihr was zuleide getan? Wer, wer?«

Jana streichelte ihn und legte sich dann wieder hin. Ihre Finger tasteten nach mir. Als Zeichen meines Einverständnisses rieb ich kurz mein Schnäuzchen an ihnen.

»Das war ganz lieb von dir, Tiger.«

»Und was ist mit mir?«, fragte Brutus enttäuscht. »Ich war auch ganz lieb.«

Als hätte sie ihn verstanden, griff sie nach einem seiner Ohrlappen und ließ ihn zärtlich durch ihre Hand gleiten. »Du natürlich auch, mein lieber Brutus. Was würde ich ohne euch zwei bloß anfangen?«

Das hörte sich gut an. Ich schnurrte ein bisschen lauter. Erneut näherten sich ihre Finger und wieder rieb ich meine Wange an ihnen. Behutsam strich sie an ihr entlang bis hinter meine Ohren und begann mich dort sanft zu kraulen. Aaaah! Welche Wonne. Das war fast so angenehm wie Mamas Zunge, wenn nicht sogar besser. Daran könnte ich mich gewöhnen.

Moment! War ich gerade im Begriff, meinen Vorsätzen untreu zu werden? Sie war viel zu nahe an mir dran. Zack, biss ich sie in den Finger. Nicht sehr, nur so viel, dass sie merkte, wie weit sie gehen durfte.

»Bist du wahnsinnig geworden?«, schimpfte Brutus. »Sie ist gut zu dir und du schnappst nach ihr?«

»Dieses Rumgeschmuse ist mir zuwider. Schließlich bin ich ein Kampfkater.«

»Ja, ja. Und ich bin ein Kampfhund.«

Ich war beeindruckt. »Ehrlich?«

»Absolut.« Er entblößte sein imposantes Gebiss. »Hast du mehr zu bieten?«

»Keinen Streit, hört ihr?«, fuhr Jana dazwischen. »Vielleicht war ja alles nur ein Missverständnis? Wie kommt er bloß darauf, dass Dennis mein Freund sein könnte?«

Das hat Oma ihm gesteckt, hätte ich ihr am liebsten geantwortet, blinzelte sie aber nur an.

Sie zwickte die Augen ebenfalls zusammen, als hätte sie mich verstanden. »Wenn sogar du dich ändern kannst, kann das vielleicht auch ein Mann?«

Ändern? Ich mich? Niemals. Bevor ich mich zu Ende wundern konnte, griff sie nach dem Reinsprech-Ding.

»Mist, jetzt sind wir abgemeldet«, sagte Brutus. »Wenn die erst mal am Telefonieren ist, hört sie so schnell nicht wieder auf.«

»Telefonieren nennt man das also, wenn man Selbstgespräche führt?«

»Hauhauhau. Sie unterhält sich mit jemandem.«

»Und wie soll das gehen?«

Seine Hinterpfote hob sich und näherte sich dem Ohr. »Sie spricht hinein und das Telefon antwortet ihr.«

»Ach so.«

Die Hinterpfote senkte sich wieder, ohne zum Einsatz gekommen zu sein.

»Ist mir längst bekannt«, log ich.

»Na dann, gute Nacht.« Brutus legte sich auf die Seite und schlief augenblicklich ein.

Schade, denn ich hätte gern mehr über dieses ominöse Telefon erfahren, ohne jedoch meine Unwissenheit einzugestehen. Eines war allerdings klar: Jana glücklich war mir viel lieber als Jana traurig. Ich sollte ihr helfen. Aber wie?

26

»Was meinst du mit helfen?«, fragte Brutus, als ich ihm meine Absicht mitteilte. Nach der abendlichen Fütterung hatte Jana uns beide allein gelassen. Regen klopfte ans Fensterglas, während das Licht aus der Lampe den Raum erhellte. Janas Bett war immer noch warm. Vom Fußende aus tapste ich zum Kissen und legte mich darauf. Aha, jetzt verstand ich, warum die Menschen es als Unterlage für ihren Kopf benutzten.

Brutus indes knabberte an seiner Vorderpfote herum; ein seltener Versuch, sich zumindest ein bisschen zu pflegen. Ein Lehmbatzen fiel zu Boden. Was Reinlichkeit anbelangte, war er genauso unbelehrbar wie sein Herr. Vorhin hatte ich die beiden gesehen, als sie, dreckig wie die Säue, vom Acker gestapft waren. Oma hatte nur abgewunken und dieses Mal ihren Hintern nicht hingehalten, sodass Opa die Stiefel selbst runterziehen musste.

»Na, einfach helfen«, wiederholte ich.

»Katzen helfen nur sich selbst, Hunde ihrem Herrn.«

Da waren wir also wieder beim alten Thema. Dieser Hund würde mich nie verstehen. »Warum sollte ich einem Herrn dienen? Wir Katzen sind unabhängig und kommen prima ohne die Menschen zurecht.«

»Wirklich? Wobei willst du Jana denn helfen?«

Gute Frage. Ich blinzelte ihn an. Irgendwas war vorhin geschehen, denn seitdem war die Fröhlichkeit aus ihrem Gesicht gewichen. »Sie ist traurig.«

»Das sind Menschen gern; oder auch mal zornig.«

»Ich hatte nicht den Eindruck, dass ihr dieser Zustand gefällt.«

»Na ja, sie sind halt oft ohne Grund traurig, denn eigentlich geht es ihnen gut. Sie haben ein Dach überm Kopf, stets Futter auf dem Teller und immer ein warmes Plätzchen zum Schlafen.«

»Fehlt nur ab und zu mal ein bisschen Spaß.«

»Stimmt, den braucht man auch. Das hört sich an, als hättest du dazugelernt.«

»Das hab ich nicht nötig, weil ich, wie alle Katzen, bereits makellos geboren wurde. Wie kommst du darauf?«

»Na, weil du zuerst niemandem helfen wolltest.«

Snackmist, er hatte recht. Eigentlich sollte meine Hilfe für Jana eine einmalige Sache sein, weil sie sich so lieb um mich bemühte, selbst wenn sie dabei manches falsch machte. Trotzdem würde dies meiner Natur widersprechen.

Nachdenklich schaute ich zu Brutus runter. Der hatte seine Pfotenpflege beendet und blickte jetzt gierig auf meine Futterschüssel. Hunde und ihre Fresssucht – dagegen war man machtlos. Er erhob sich und wackelte darauf zu. Dummerweise hatte ich ein Futterstückchen übrig gelassen, das er nun genüsslich einsaugte. Igitt, der ganze Futternapf würde nach Hund stinken. Mit seiner Nase schob er sie vor sich her, bis sie klappernd an der Wand zum Stillstand kam.

»Nimm gefälligst deinen Schlabberlappen aus meiner Schüssel!«, rief ich.

Er hielt kurz inne. »Ausnahmsweise helfe ich mir mal selbst.«

»Ich denke, Hunde helfen nur anderen?«

»Eben. Dadurch haben wir Vorteile.«

Das soll einer kapieren. Aber halt! Lag darin nicht die Lösung meines Problems? Helfen und Dienen waren offenbar zwei verschiedene Dinge. Wenn ich Jana half, half ich mir im Grunde genommen selbst. Damit würde ich leben können.

Anscheinend war Brutus mit dem Leeren meiner Futterschüssel fertig, denn er drehte sich um, legte den Kopf schief und brachte sich in die Hinter-dem-Ohr-kratz-Position.

»Wir dienen zwar keinem, helfen den Menschen aber indirekt.«

»Und wie zum Beispiel?«

»Indem wir Snacks ins große Nichts befördern.«

»Was weißt du schon vom großen Nichts?«

»Meine Mama hat mir davon erzählt.« Als wir meine Brüder und Schwestern zurücklassen mussten, hatte ich sie gefragt, warum sie sich nicht mehr bewegten. »Sie gehen ins große Nichts«, hatte Mama geantwortet. Aber ich sollte mir keine Sorgen machen, denn schließlich hätte eine Katze sieben Leben. Sie würden wiederkommen, prächtiger und stärker als je zuvor.

In welchem Leben ich war, hatte sie nicht verraten. Manchmal hatte ich mich schon gefragt, ob dieses mein letztes sein könnte.

»Wir Hunde kommen in den Hundehimmel. Ihr Katzen könnt gern ins große Nichts gehen, solange ihr euch von unserem Himmel fernhaltet.«

»Pah.« Ich stutzte, irgendwie waren wir vom Thema abgekommen. »Lenk nicht ab, Dicker. Wir waren beim Helfen.«

Er entblößte einen Fangzahn. »Ich bin nicht dick. Etwas ungünstig gebaut vielleicht, aber nicht dick.«

»Ansichtssache.«

»Dachte ich mir doch, dass du Ärger suchst. Besonders ernst scheint es dir mit dem Helfen nicht zu sein, sonst hättest du mich soeben nicht beleidigt.«

Herrje, war der Kerl schwer von Begriff.

»Wer redet denn von dir? Ich will Jana über ihre Traurigkeit hinweghelfen.«

Brutus senkte den Kopf. »Wenn sie traurig ist, bin ich es auch.«

»Oh Mann.« Ich richtete meine Augen nach oben. »Also, was könnten wir tun?«

»Ich tröste sie, indem ich mich an sie ranschmuse, was sie veranlasst, mich zu kraulen. Das wirkt immer beruhigend.«

»Ja, auf dich.« Ich konnte mir gut vorstellen, dass das Streicheln auf mich die gleiche Wirkung ausüben würde, ähnelte es doch Mamas Fellpflege. Lediglich auf das Ablecken meines Hinterteils konnte ich verzichten.

»Auf Jana auch.«

Das viele Nachdenken machte müde. Ich gähnte.

»He, du Schlafmütze, was gedenkst du zu tun?«, fragte Brutus.

»Das kommt darauf an, warum sie unglücklich ist.«

»Vielleicht hat sie Hunger.«

»Meinst du? Das wäre einfach. Hilf mir nach draußen und ich bringe ihr einen Snack.«

»Einen was?«

»Eine Maus.«

Brutus starrte vor sich hin und seine Hinterpfote zuckte, als wollte er sich wieder kratzen. »Hab ich bei ihr noch nie auf dem Teller gesehen. Ich glaube, sie würde ein Kaninchen von mir bevorzugen.«

Davon würde sie bestimmt eher satt werden. Prima, dann könnte ich den Snack selbst vertilgen. »Hab noch nie ein Kaninchen gegessen.«

»Wenn die kleinen Flitzer nicht gerade in ihrem Bau unter der Erde hocken, rennen sie mir meistens davon.« Brutus schob seine Brust vor und reckte den Kopf. »Mit Herrchens Flinte klappt es jedoch super. Er lässt sie knallen und sie fallen vor Schreck tot um. Für mich ist es dann ein Leichtes, sie aufzusammeln und ihm zu bringen.«

»In Ordnung, wir machen es folgendermaßen: Du versuchst, ein Kaninchen zu fangen, und ich hole ihr einen Snack. Dann hat sie Vor- und Nachspeise.«

»Guter Plan.« Er watschelte zur Tür. »Nur – wie stellen wir es an, dass du hier rauskommst?«

»Das Gleiche könnte ich dich fragen, da wir beide eingesperrt sind.«

27

Leider wurde aus unserem Plan nichts, denn als Jana zurückkam, ergab sich keine Gelegenheit zu entwischen. Aber bei ihrem Hinausgehen konnte ich zumindest beobachten, wie man die Tür öffnete.

Ich sah ganz genau hin. Zuerst legte sie ihre Hand auf ein geschwungenes Metallstück an der Tür, drückte es nach unten und zog sie auf. Beim Hereinkommen senkte es sich wie von selbst und die Tür öffnete sich auf wundersame Weise. Irgendwie bestand ein Zusammenhang zwischen Niederdrücken und Aufgehen.

»Keke, endlich!«, rief Jana ins Telefon. »Wo hast du nur gesteckt? … Ach so. Sorry, aber euer Basketball-Turnier hab ich total verschwitzt. Wie habt ihr gespielt? … Unentschieden? Na ja, besser als verloren … Hihi … Nein, von Marcel hab ich nichts mehr gehört … Genau, ich werde ihn fragen, oder besser gesagt zur Rede stellen … Wehe, wenn das stimmt … Freilich tut's weh. Da trifft man endlich mal einen, der …« Sie wischte sich über die Augen, nickte und zupfte an ihrem Haar. Die Pause nutzte ich, um mich ganz vorsichtig an sie anzuschmiegen. Einmal Ohrkraulen, wenn's recht ist.

»Stell dir vor, Tigerchen schmust gerade mit mir. Hast du übrigens schon den neuen Sportflitzer von Dennis gesehen? Der gibt an wie der Gockel auf dem Mist … Marcel glaubt, ich hab was mit ihm …«

Und so weiter und so fort. Ich genoss ihr Streicheln in vollen Zügen. Hm-mmm-mmm. Selbst wenn ich irgendwann mal freikommen sollte, würde ich darauf kaum verzichten wollen.

Sie legte das Telefon beiseite und ging aus dem Zimmer. Darauf hatte ich nur gewartet, denn meine neuen Erkenntnisse wollte ich sogleich ausprobieren. Mit der Hand auf dem Metallstück der Tür drehte sie sich zu mir um. »Ich muss kurz weg, meine Mama besuchen. Vielleicht kann sie uns eine Geldspritze geben. Immerhin war es auch mal ihr Zuhause. Bleibt schön brav, ihr zwei.«

Die Tür fiel zu.

»Herrje, wenn sie kurz sagt, dauert es immer ewig«, jammerte Brutus.

»Wieso? Ich kann uns die Tür öffnen.«

»Du? Und wie soll das mit Pfoten funktionieren? Außerdem bezweifle ich, dass die Klinke etwas mit dem Öffnen der Tür zu tun hat.« Skeptisch schaute er zu dem besagten Ding hoch. »Arme Jana. Jedes Mal, wenn sie von ihrer Mutter kommt, ist sie tieftraurig. Wirst sehen.«

»Vielleicht ist es heute ja anders, weil Mamas ihren Kindern immer helfen.«

»Das bezweifle ich. Janas Mama ist im Zorn von uns weggegangen. Es hat viel Streit und Geschrei gegeben – vor allem mit Oma. Die arme Jana war damals ganz betrübt.«

Ich warf ihm einen unsicheren Blick zu. »Sie wird sich besser fühlen, wenn wir ihr mal was Ordentliches zum Fressen bringen.«

»Ach, so schlecht ist es gar nicht. Am besten schmeckt mir das von Opa. Der bevorzugt Fleisch – genau wie ich.«

»Frisst Jana denn keines?«

»Weiß nicht. Hab ich noch nie gesehen.«

»Wie auch. Wir sitzen hier oben und sie frisst unten.« Ich schätzte den Abstand vom Boden zur Klinke. Das müsste zu schaffen sein.

Also, Pfoten unter den Körper geschoben, das Gewicht auf die Hinterbeine verlagert und – losgeschnellt.

Ich langte nach der Klinke, rutschte ab und landete wieder da, wo ich hergekommen war.

»Aha«, machte Brutus. »Das hätte ich auch gekonnt. Wenn mich meine trüben Augen nicht täuschen, ist die Tür immer noch zu.«

»Pfft. Das war ein Probesprung.«

»Ach so.«

Neuer Versuch. Was Mensch kann, muss Katze auch können. Ich schnellte mich vom Fußboden ab, umklammerte die Klinke, aber meine Krallen fanden keinen Halt. Gleich würde es wieder abwärtsgehen.

Irgendwie schaffte ich es dennoch, oben zu bleiben. Als sie sich senkte, rutschten meine Pfoten ab und der Boden hatte mich wieder. Mist.

Eine meiner Krallen schmerzte. In meiner Höhle würde ich mich am besten darum kümmern können.

»Donnerwetter!«, rief Brutus. »Du hast es geschafft! Du hast es tatsächlich geschafft!«

Die Türe stand jetzt einen Spalt weit offen. Ich marschierte hin und auch Brutus konnte seine Neugier nicht zügeln. Vorsichtig schob er seine Nase in den Spalt. »Juchuh! Freiheit!«

Als er hinausstürmte, folgte ich ihm sofort. Toll. Ich, der Kampfkater Tiger, hatte es geschafft. Die Welt stand mir offen.

An der Haustür fand unsere Freiheit ein schnelles Ende.

»Die auch!«, rief Brutus.

Bedrohlich erhob sie sich vor mir, wirkte massiv und fest. Die Klinke war größer als die von Janas Tür, ließ sich dafür wahrscheinlich schwerer bewegen.

Aus dem hinteren Raum erklang Omas Stimme: »Was soll aus all unseren Tieren werden?«

»Tu nicht so, als wüsstest du nicht, dass sie geschlachtet werden.«

Nun hatte ich meine Bestätigung – der Bauer war böse. »Glaubst du mir jetzt? Sie werden uns alle umbringen.«

Brutus sank in sich zusammen. »Oje, oje. Dabei habe ich ihnen doch immer treu gedient.«

»Solange du ihnen nützlich bist, hast du nichts zu befürchten, aber wenn sie dich nicht mehr brauchen, werfen sie dich weg wie einen alten Lappen.« Ich starrte zur Klinke hoch. Das Ding musste doch zu bewegen sein. Mal sehen, ob ich Jana dann einen Snack bringen würde. Aber erst mal raus hier.

Mit einem dumpfen Schlag erreichte ich die Klinke, klammerte mich daran fest, wie ich es zuvor getan hatte, doch sie ruckte kein bisschen. Noch mal!

Brutus stützte sich derweil mit seinen Vorderpfoten an der Tür ab und versuchte seinerseits, das Ding nach unten zu drücken. Seine Pranke landete scheppernd darauf – rutschte ab. Wieder nix.

»Leise, Brutus, sonst kommt Opa«, flüsterte ich.

»Ist da jemand an der Haustür?«, fragte Oma.

»Ich schau mal nach.« Opas Schritte schlurften heran.

»Schnell weg!« Ich sprang die Treppe hinauf, das aufgeregte Hecheln von Brutus im Nacken. Nix wie rein in Janas Zimmer.

»Puh, das war knapp.« Die Tür stand sperrangelweit auf. »Wir müssen sie schließen – schnell.«

»Und wie?«

»Na, einfach zudrücken, du Dummhund.«

Brutus rammte seinen Kopf gegen das Holz. Klick, und zu war sie. Jetzt waren wir wieder genauso weit wie zuvor.

Von unten kam Opa die Treppe hochgestapft. Meine Haare sträubten sich bis zur Schwanzspitze.

»Stell dich schlafend!« Ich flitzte in meine Katzenhöhle,

während Brutus sich auf der Bettdecke einrollte und seinen Kopf unter das Kissen schob.

Ich blinzelte durch das Loch der Katzenhöhle zur Tür. Langsam wurde sie aufgedrückt und Opa schob seinen weißen Kopf herein. »Jana?«

Brutus wedelte freudig. Guter Täuschungsversuch, so zu tun, als wäre alles in Ordnung.

Opa deutete auf den armen Kerl, der immer kleiner zu werden schien. »Was hast du mit deinen Dreckpfoten in Janas Bett zu suchen? Sie verwöhnt dich viel zu sehr. Ab sofort wohnst du wieder im Zwinger. So weit kommt's noch! Von jetzt an werden andere Saiten aufgezogen. Und wo steckt eigentlich der Kater?«

Ich drückte mich in die hinterste Ecke meiner Höhle und wünschte mich in den Käfig zurück. Opa suchte das ganze Zimmer ab, ließ zum Glück aber meine Höhle aus. Ich hätte ihm auch nicht geraten, seine Nase hier reinzustecken.

»Hoffentlich ist er nicht abgehauen. Komm, Brutus, bei Fuß – aber ein bisschen flott.«

Wie ein geprügelter Hund schlich Brutus davon. Womöglich würde ich ihn nie wiedersehen.

»Mach's gut«, flüsterte er mir im Vorbeigehen zu.

Traurigkeit stieg in mir auf, war er mir doch mit der Zeit ans Herz gewachsen – irgendwie. Was für ein Schlamassel. So hatte ich mir das Ende unseres Ausbruchversuchs nicht vorgestellt. Hoffentlich würde Jana bald zurückkommen.

28

Ich sprang aufs Fensterbrett. Es dauerte nur einen kurzen Moment, bis sich meine Augen an die Dunkelheit draußen gewöhnt hatten. Vergebens suchte ich nach einem Lebenszeichen von Brutus.

Die Warterei auf Jana zog sich hin und die Angst um Brutus und mich machte mir das Atmen schwer. Endlich fuhr Janas Auto auf den Hof. Was würde sie dazu sagen, dass Brutus uns für immer verlassen hatte und weder Snack noch Kaninchen zu ihrer Aufmunterung bereitstanden?

Wir waren Versager, und zwar auf der ganzen Linie. Unten ging sie auf die Haustür zu.

»Halt, mein Fräulein«, sagte Opa und verstellte ihr den Weg, die Hände in die Hüften gestemmt. »Nicht so schnell.«

Mir fuhr der Schreck in alle Glieder. Er würde ihr doch nichts antun wollen? Sie verlangsamte ihre Schritte. »Ich würde gerne in mein Zimmer gehen.«

»Wo hast du dich herumgetrieben?«

Jana strich sich mit den Fingern durchs Haar und wiegte ihren Oberkörper leicht, als sie antwortete. »Bei meiner Mutter.«

»Ausgerechnet bei der. Bieten wir dir nicht alles, was du brauchst?«

»Doch, doch. Nur –«

»Willst du zu ihr ziehen?«

Das Herumfummeln an ihren Haaren verstärkte sich. Merkwürdig, dass sie gerade jetzt das Bedürfnis verspürte, sich zu putzen. »Quatsch. Ich wollte sie einfach nur mal besuchen.«

»Würde sie dich aufnehmen, wenn wir hier dichtmachen müssen?«

Heftig schüttelte Jana ihren Kopf, sodass ihre Mähne hin und her wogte. »Eher campiere ich im Wald.«

Ein hilfloses Schulterzucken folgte und schon rannte sie ins Haus, während Opa ihr mit gebeugtem Rücken hinterherblickte.

Das musste ich unbedingt auch mal ausprobieren. Also Schultern hoch und runter – leider hob und senkte sich mein ganzer Körper mit. Komisch, wozu sollte das gut sein? Nur allzu gern hätte ich Brutus gefragt, aber der war wahrscheinlich längst im katzenfreien Hundehimmel.

Lange konnte ich nicht darüber nachdenken, denn Jana stürmte zu mir herein. Mit einem lauten Knall, schlug sie die Tür zu, wobei ihre Augen gefährlich funkelten, fast wie die einer ärgerlichen Katze.

Jedes Mal, wenn Mama ordentlich in Rage gewesen war, hatte ich mich ganz klein gemacht, weshalb ich auch jetzt lieber auf dem Fensterbrett sitzen blieb. Ich setzte eine Unschuldsmiene auf, während ich Jana aus dem Augenwinkel beobachtete. Sie setzte sich hin, schniefte kurz und blickte sich suchend um. »Wo ist Brutus?«

Dass diese Frage kommen würde, hatte ich befürchtet. Ihre Augen folgten meinem Blick nach oben.

»Was? Dort? Da täuschst du dich, mein Kleiner. Vermutlich ist er bei Opa.«

Sie verließ mich und kam aber sofort wieder. Also hatte sie von Brutus' Schicksal erfahren. Oje, ihre Augen liefen schon wieder über. Da half nur ganz viel schnurren. Ich sprang vom Fensterbrett und zu ihr aufs Bett. Ohne dass es von mir gewollt war, stellte sich mein Schwanz auf, denn eigentlich freute ich mich auf ihre Zärtlichkeiten. Genüsslich rieb ich meinen Kopf an ihrer Hand.

»Ach, Tigerchen, das Leben kann so beschissen sein.«

Eine lustige Vorstellung. Wenn das stimmte, sollte man es am besten vergraben, notfalls im Katzenklo. Loch gebuddelt, zugescharrt und weg war dieses stinkende Etwas.

Ich schnurrte lauter. Sanft glitten ihre Finger über mein Fell. Aaah, bitte mehr. Ja, genau da.

Ihr Atem beruhigte sich. Also war ich doch zu was nutze. Wenn das Brutus sehen könnte. Ihr Schoß würde bestimmt ein gutes Plätzchen zum Entspannen abgeben – Wärme von unten und Streicheln von oben. Ob sie mein unverschämtes Vordringen zulassen würde? Behutsam stieg ich zuerst auf ihr Bein, um meinen auserwählten Ruheplatz zu begutachten.

»Mensch, Tigerchen, du machst Fortschritte. Und das ausgerechnet jetzt.«

Ich kringelte mich ein. Genüsslich ballte ich meine Pfote, sodass meine Krallen hervortraten. Dich würde ich so schnell nicht wieder loslassen. Ein wenig Bauchtreten gefällig? Immerhin war ich nach Brutus' Abgang ihr einziger Trost.

»Was wohl aus deiner Mama geworden ist? Ich hab sie schon eine ganze Zeit lang nicht mehr gesehen.«

Ich auch nicht. Ein Hauch von Traurigkeit flatterte in meinem Bauch, doch ich wollte tapfer bleiben. Schon bald würde ich meine neu erworbene Fähigkeit des Türöffnens einsetzen, um abzuhauen und Mama vor Opas bösen Absichten zu warnen. Leider müsste ich dann ohne Janas gemütlichen Schoß auskommen, aber beides zusammen ging nun mal nicht. Mama und ich wären zwar erneut auf der Flucht, aber einen Abschiedssnack würde ich Jana vorher noch vorbeibringen – den hatte sie sich verdient.

»Ihr Katzen habt es da einfacher«, flüsterte Jana. »Eure Mamas stehen zu euch, selbst wenn sich eure Wege getrennt haben. Damals, als Paps starb, hat sie nur kurz getrauert, und schwuppdiwupp, kam sie mit einem Neuen daher, der ihr gleich ein Kind machte. Das ist bei euch ähnlich, aber deine Mama mag dich wenigstens noch.«

Ich zwinkerte verständnislos. Also meine Mama würde mich immer lieb haben. Was anderes konnte ich mir gar nicht vorstellen.

»Nachdem Paps seinen Kampf gegen den Krebs verloren hatte, war sie einfach abgehauen. Er ist auch nie zum Arzt gegangen, und als er die Schmerzen nicht länger aushielt, war es zu spät. Als Bauer hat er um jeden Weißkittel einen großen Bogen gemacht, verstehst du?«

Kampf gegen den Krebs? Keine Ahnung, wovon sie sprach, aber das war ich ja gewöhnt. Doch die Weißkittel konnte ich auch nicht leiden.

Sie angelte nach einem Tuch auf dem Tisch und schnäuzte sich damit die Nase. Das möchte ich auch können.

»Mit dem Neuen ist sie später auf und davon, hat meine Brüder und mich einfach sitzen lassen. Sie würde es in diesem Scheißkaff nicht mehr aushalten, hat sie gesagt. In der Stadt wäre wenigstens was los.«

Ich blickte zu ihren Ohren hoch, ob sie das Telefon daran hielt, weil sie für gewöhnlich nicht so viel mit mir, sondern eher mit dem Kästchen sprach. Nein – keines da.

Unbeirrt redete sie weiter auf mich ein. »Ich glaube, Mama kotzte die Arbeit auf dem Hof an. Mir macht sie Spaß, und es wäre echt schlimm, wenn wir den Hof verlassen müssten. Von meinen Brüdern kann ich keine Hilfe erwarten, die leben ihr eigenes Leben, weißt du? Mamas Neuer verdient zwar genug Geld, um den Hof retten zu können, aber der denkt nur an sich selbst, und Mama ist es wurscht, was aus dem Hof und uns wird.« Ihre Stimme wurde fester und lauter. »Weggeschickt hat sie mich, wie einen Bettler.«

Jana biss sich auf die Unterlippe. Faszinierend. Anscheinend hatte sie Hunger.

»Und Marcel und Dennis … Vielleicht wäre es vernünftiger, Dennis den Vorzug zu geben. Mühe genug gibt er sich ja.«

Was gibt's da zu überlegen? – Selbstverständlich Marcel.

»Aber jetzt ist sowieso alles aus«, seufzte Jana. »Morgen lasse ich dich frei, okay?«

Genug gestreichelt. Als ich mich erhob, zog sie ihre Hand weg. So gehörte sich das: Die Katze bestimmt, wann Schluss mit Schmusen ist. Heute Nacht würde ich einen neuerlichen Ausbruchsversuch wagen, um ihr einen Aufmunterungssnack zu bringen, und dann nix wie ab durch die Mitte – zusammen mit Mama natürlich.

29

Eines hatte ich bei meinem Fluchtplan nicht bedacht: Um die Klinke zu erreichen, würde ich ganz nahe an Janas Bett vorbeimüssen. Aber für einen Anschleichmeister wie mich sollte dieses Problem lösbar sein. Geschmeidig schob ich mich an ihr vorbei und lauschte nach ihrem Atem – alles normal. Sorgfältig auf die Verteilung des Gewichts achtend, bewegte ich mich vorwärts, bis ich meine Absprungstelle erreicht hatte. Hinterbeine angespannt, das Ziel anvisiert und …

»Bist ein liebes Katerchen«, sagte Jana, ihre Hand besuchte meinen Rücken. Och, wie gemein. Mich unbemerkt zu verdrücken, konnte ich somit vergessen.

Jetzt wurde mein Ohr gekrault.

»Meine Lieblingsstelle«, schnurrte ich.

»Hach, das Leben könnte so schön sein, wenn manches anders wäre«, seufzte sie.

Das stimmte; zum Beispiel wenn ich frei wäre, es keinen Opa gäbe und Brutus noch unter uns weilte. Schluss mit dem Geschmuse. Schlaf du jetzt und lass mich endlich in Ruhe ausbrechen.

Ich musste Mama unbedingt von den Zärtlichkeiten erzählen, die von menschlichen Händen ausgehen konnten. Vielleicht würde ihr das auch gefallen.

Janas Hand rutschte von meinem Rücken, ihr Atem ging wieder langsam und regelmäßig. Erneut brachte ich mich in Absprungstellung, zielte auf die Klinke und drückte mich ab. An dem glatten Türgriff fand ich keinen Halt und plumpste auf den Boden. Gut, dass Brutus das nicht gesehen hatte.

Die aufkommende Enttäuschung unterdrückte ich, denn es galt, mich und Mama zu retten, und Jana vielleicht einen Abschiedssnack zu bringen.

Hoffentlich hatte sie meinen Aufprall nicht gehört. – Nein, sie schnarchte leise.

Fahles Mondlicht fiel auf die geschwungene Klinke, die aussah wie ein Mund, der sich mit seinem unverschämten Grinsen über meine Fehlversuche lustig machte. Pah. Ich fasste den Feind ins Auge und stieß mich erneut ab. Dieses Mal klammerte ich mich fest. Die Klinke senkte sich und nach einem schwachen Klicken öffnete sich die Tür einen Spaltbreit. Hach, war ich gut!

Stolz marschierte ich hinaus auf den kühlen Flur. Abenteuer, ich komme. An der Treppe hielt ich inne und lauschte ins Dunkle. Von unten dröhnte ein eigenartiges Knurren zu mir hoch. »Chrrr … Chrrr … Chrrr …« Wartete dort unten ein Ungeheuer auf mich? Oder Opa mit einem Messer?

Es wurde Zeit, dieses Schreckenshaus für immer zu verlassen.

Stufe für Stufe näherte ich mich meinem Ziel. Die Haustür ließ ich außer Acht, da sie unüberwindbar war, ich folgte vielmehr dem Knurren. Meine Nackenhaare sträubten sich und selbst mein Schwanz wurde buschig, als ich weiterschlich. Alle Muskeln angespannt, war ich bereit, jederzeit davonzusausen, sollte sich etwas rühren. Ohne Zwischenfall erreichte ich die Tür, hinter der dieses unheimliche Geräusch entstand. Schnell vorbeigehuscht, ebenso am Zimmer mit dem weichen Bodenfell, und dann bis ans Ende des Flurs. Hier gab es eine Tür, die kleiner als die Haustür war, und in der ein silbernes Ding unter der Klinke steckte. Keine Ahnung, wozu das gut sein sollte.

Ich sprang hoch, und dieses Mal senkte sie sich sofort. Nanu, was war das? Die Tür blieb zu. Verblüfft landete ich auf meinen Pfoten. Enttäuscht setzte ich mich auf meinen Hintern. Das sollte einer verstehen.

»Geh auf!«, schimpfte ich die Tür, aber sie blieb verschlossen.

Leise Schritte näherten sich. Wer war das? Hoffentlich nicht Opa. Panik wollte mich ergreifen. Jana – zum Glück. Bewegungslos blieb ich sitzen.

»Willst du raus, Tiger?«

»Ja, natürlich«, antwortete ich.

»Weißt du was? Ob morgen oder heute, das spielt keine Rolle.« Sie griff nach dem silbernen Ding unter der Klinke und drehte es. »Wir wären sicher gute Freunde geworden, Tigerchen, aber mir bleibt keine andere Wahl.«

Was passierte jetzt? Sie wird mich doch nicht …? Die Tür schwang auf. »Bleib in der Nähe, damit ich dich weiterhin füttern kann.«

Mal sehen. Zuerst werde ich Mama suchen, dir dann einen Snack bringen, damit du wieder fröhlich wirst, und dann die große, weite Welt erkunden.

An der Türschwelle zögerte ich kurz. Endlich hatte ich erreicht, was ich wollte. Schwupp, und draußen war ich.

Die Nacht umfing mich mit unangenehmer Kühle. Ich flitzte in den Garten, dessen Blumen ihre Farben verloren hatten. Um mich herum raschelte es, dass es eine wahre Freude war – Snacks auf Futtersuche.

In der Haustür erkannte ich Janas Umrisse. Sie beobachtete mich. »Du kriegst deinen Snack – versprochen«, maunzte ich.

Das Rascheln der Snacks verstummte. Klar, die hatten meine Anwesenheit mitgekriegt. Jana verschmolz mit dem schwarzen Hintergrund und gleich darauf schloss sich die Tür. Ich schüttelte mich, um die Gerüche des Hauses loszuwerden. Sie würden mich beim Jagen verraten.

Zuerst trabte ich Richtung Scheune, um Mama wiederzusehen, ging dann aber in einen flotten Galopp über. Plötzlich erscholl hinter der Scheune ein unheimliches Heulen. Kein Zweifel, dort war jemand in Not.

Wohin zuerst? Zu Mama oder dem Heulen nach? Erst mal nachsehen, was los war, dann konnte ich mich immer noch entscheiden.

30

Schon beim Näherkommen erkannte ich die Stimme: Brutus! Ich rannte zu ihm. Er war in einem großen Käfig gefangen, an dessen hinterer Seite ein Häuschen stand, das eher einer Kiste glich. Kaum erblickte er mich, kratzte der Ärmste wie verrückt an dem Metallgeflecht, dass es nur so schepperte.

Kurz vor ihm hielt ich an. Brutus in einem Käfig – wer hätte das je für möglich gehalten? »Was machst du denn da drinnen? Ich hab dich im Hundehimmel vermutet«, sprudelte es aus mir hervor. Peinlich, peinlich, denn Brutus könnte jetzt meinen, ich freute mich, ihn wiederzusehen.

»Herrchen hat mich eingesperrt, huhuhu«, heulte er. »Dabei hab ich gar nix Böses gemacht.«

»Mit Herrchen meinst du den Opa, stimmt's? Sei lieber froh, dass du noch lebst.«

»Hä?«

»Er wollte dich töten.«

»Nie und nimmer. Morgen früh holt er mich wieder raus, wirst sehen.«

»Dir ist nicht zu helfen.«

»Wieso?«

»Weil man dir einen Tritt geben kann und du dich dafür sogar noch bedankst.« Der arme Irre war unbelehrbar, aber nun gut. »Soll ich versuchen, dich zu befreien oder willst du lieber drinbleiben?«

»Hmpf. Verrate mir erst mal, wie du freigekommen bist.«

»Jana hat mich rausgelassen.«

»Da wird der Hund in der Pfanne verrückt.«

»Du sprichst in Rätseln.«

»Das sagt man, wenn was Unerwartetes passiert.« Er legte sich nieder, sodass ich nun auf ihn herabsehen konnte. »Gehst du jetzt Mäuse jagen?«

»Klar«, antwortete ich. Das hätte ich beinahe vergessen. »Aber zuvor muss ich bei meiner Mama vorbeischauen.« Nicht nur, um sie wiederzusehen, sondern auch, damit sie mir beim Fangen von Snacks helfen würde. Allzu viel Erfahrung hatte ich nämlich noch nicht. Das wollte ich Brutus jedoch nicht auf die lange Nase binden. »Du bist sicher, dass dir nichts zustoßen wird?«

»Herrchen würde mir nie was zuleide tun«, sagte er im Brustton der Überzeugung. »Gelegentlich mal einen Klapps – oder zwei.«

Das wäre nichts für mich. Dem hätte ich längst die Freundschaft gekündigt. »Das tut doch weh?«

»Ich bin hart im Nehmen.«

Angeber. Ich an Brutus' Stelle hätte Opa längst in den Hintern gebissen. »Soll ich ihn für dich kratzen, so richtig quer übers Gesicht?«

»Nein, um Hundehimmels willen, nein! Herrchen meint es nicht so. Im Grunde hat er mich ja lieb.«

Nicht überzeugt davon, schaute ich auf den großen Käfig, in dem er steckte. »Deshalb hat er dich hier draußen eingesperrt.«

»Das ist ein Zwinger, mein neues Zuhause.« Er ließ seinen Schwanz traurig hängen. »Eigentlich gefällt es mir hier drin überhaupt nicht. Ist so verdammt einsam und außerdem bitterkalt.«

Kalt war es nicht, eher kühl. Außerdem stand im Hintergrund ein kleines Häuschen, in das er sich zurückziehen konnte. Aber das mit der Einsamkeit glaubte ich ihm. »Soll ich dir jetzt raushelfen?«

Brutus legte den Kopf schief und blickte nach oben zum Türschloss. Seine Augen glänzten im Mondlicht, während seine weißen Atemwölkchen in der kalten Luft verpufften. »Du kannst es probieren. Die Tür hat eine Klinke.«

Ach ja, jetzt sah ich sie auch. Kleinigkeit. Zuerst ein prüfender Blick: Distanz? – Passt. Ohne Anlauf hüpfte ich hoch und erwischte die Klinke auf Anhieb. Klick, und die Tür sprang auf. Ha, ich bin der Größte!

Die Tür flog so heftig auf, dass ich mit dem Rücken gegen die Scheunenwand geschleudert wurde. Ich schüttelte mich, um festzustellen, ob ich mich verletzt hatte, aber alles schien in Ordnung zu sein.

»Frauchen! Frauchen!«, rief Brutus und stürmte an mir vorbei, tanzte einmal im Kreis herum und galoppierte Richtung Bauernhaus.

»Warte! Du musst ihr erst noch ein Kaninchen fangen!«, rief ich ihm hinterher – vergebens. Als ich um die Ecke lugte, verschwand seine Schwanzspitze gerade im Haus.

»Da bist du ja!«, rief Jana. »Wie bist du aus dem Zwinger gekommen? Egal, mach aber leise, damit Opa es nicht bemerkt. Hast du Tigerchen gesehen?«

Ein Klappen folgte und die Tür war zu. War das der Dank für all meine Mühen? Wie ärgerlich, hier draußen vergessen worden zu sein. Ich sollte eine Maus fangen. Nein, besser zwei. Eine für mich und eine für Jana. Eigentlich eine blöde Idee. Vielleicht würde sie sich über eine Futtertüte mehr freuen?

Oben im Heuboden gab es Snacks zuhauf, und Mama würde mir bestimmt helfen, einen zu fangen.

In der Scheune stampfte ein Pferd, ein anderes schnaubte. Sehen konnte ich sie nicht, weil sie sich zur Ruhe gelegt hatten. Flugs erklomm ich die luftige Holztreppe nach oben und lauschte. Im Heu raschelte ein Snack – sonst nichts.

Wahrscheinlich war Mama auf Mäusefang. An Heuballen vorbei tastete ich mich mit meinen Schnurrhaaren vorwärts. Merkwürdig, ihr Geruch fehlte. Sonst war er immer da gewesen, aber jetzt roch es nur nach Heu, Snacks und Pferd.

Das gab's doch gar nicht. Weder auf den Balken noch in unserer Lieblingsecke – nichts. Sie hatte mich verlassen.

Und jetzt?

Ich machte mich ganz klein, wickelte meinen Schwanz um die Hinterbeine. Die Welt war so überwältigend groß und überall konnten Gefahren lauern. Wie sollte ich mich ohne sie nur darin zurechtfinden?

Ein Snack flitzte an mir vorbei. Die Gelegenheit war günstig. Vielleicht würde Mama ja zurückkommen und meine Ängste waren völlig unbegründet. Der Snack trippelte jetzt auf mich zu. Vor der Scheunenwand stoppte er, schnüffelte zuerst am Boden und dann in der Luft. Konnte der mich etwa riechen? Unmöglich, denn der Wind blies mir ins Gesicht. Der Snack bewegte sich auf die Wand zu, in der ein kleines Loch sein Leben retten würde. Gleich würde er darin verschwunden sein. Glücklicherweise stoppte er und ergriff mit beiden Vorderpfoten ein Getreidekorn. Igitt, wie konnte man so was nur fressen? Ich meinte, sogar ein Schmatzen zu hören.

Jetzt bist du fällig. Der erste Snack, den ich selbst fangen würde. Speichel sammelte sich in meinem Maul. Das Teilen mit Jana würde mir schwerfallen, obwohl das Tütenfutter auch nicht zu verachten war.

Ich duckte mich, spannte die Hinterpfoten an. Jetzt!

»Komm runter!«, bellte Brutus unten im Stall. Da sauste mein Abendfressen davon. Maßlos enttäuscht, stieg ich die Stufen zu dem Störenfried runter.

»Komm mit rein, die Nacht wird kalt«, empfing er mich schwanzwedelnd.

»Und was ist mit der Maus? Beinahe hätte ich sie erwischt. Du mit deinem albernen Gekläffe hast alles verdorben.«

»Vergiss sie, Jana hat schon gegessen. Wir lassen uns eine neue Überraschung für sie einfallen.«

»Warum kommst du eigentlich nicht mit hoch?«

Brutus zögerte. »Weil ich zwischen den Stufen durchsehen kann.«

Aha. Brutus hatte Höhenangst. Mich störte das nicht. Ein weiterer Punkt, in dem wir Katzen den Hunden haushoch überlegen waren.

»Tigerchen?«, rief Jana von der Tür her.

Selten in meinem Leben war ich so schnell geflitzt.

31

»Wegen dir muss die arme Jana traurig bleiben«, sagte ich zu Brutus und ließ mir die Sonne auf den Rücken scheinen. Wir lagen auf der blanken Erde, was viel angenehmer war als auf dem harten Steinboden, der den Rest des Hofes bedeckte.

Hach, wie schön, einfach draußen sitzen zu können und dennoch die Rückzugsmöglichkeit ins Haus zu haben – allerdings nur, wenn mir jemand die Haustür aufmachte. Das Problem war, dass sie außen keine Klinke, sondern eine Kugel hatte. Wie sollte ich daran Halt finden? Aber zur Not konnte ich mich ja auf den Heuboden zurückziehen. Dort war wenigstens für Unterhaltung gesorgt, denn es raschelte und knisterte unentwegt. Nur Mama fehlte, sie war nicht zurückgekehrt.

»Ich tue mein Bestes, sie aufzumuntern.« Brutus legte sich auf die Seite.

»So siehst du aus. Wenn man dich anschaut, fallen einem die Augen zu.«

»Das musst gerade du sagen.«

»Wir Katzen sind nachts aktiv.«

»Behaupten kann man viel. In der Dunkelheit sieht's ja keiner.«

»Und du bist zu keiner Tages- und Nachtzeit aktiv. Was ist nun mit dem Aufmuntern?«

»Später. Ist gerade so schön.«

Damit hatte er recht. Die Luft war heute frischer als in den Regentagen zuvor und ein blauer Himmel strahlte über dem Hof. Richtig gemütlich. Brutus' Faulheit kam mir gelegen, denn eine ordentliche Katze schläft tagsüber die meiste Zeit. Trotzdem hielt ich nach Mama Ausschau, bislang leider ohne Erfolg.

Dafür stolzierte der Gockel eifrig zwischen seinen Hennen hin und her, die ebenso geschäftig auf dem Erdboden herumpickten.

»Meine Hennen, meine Hennen«, rief er unentwegt.

»Mein Korn, mein Korn«, antworteten sie.

Wie öde.

»Vielleicht mag sie ein Hühnchen?«, fragte ich.

»Bist du des Wahnsinns? Zum einen wissen wir ja nicht mal, ob sie Fleisch frisst, und zum anderen bekämst du riesen Ärger mit Oma.«

»In Ordnung, ich werde es mir verkneifen.«

»Hühner und Vögel sind pfui, merk dir das.«

Wieso eigentlich? Sie sahen doch richtig appetitlich aus; vor allem wenn sie flatterten. Ich stellte mich auf meine Pfoten. »Keine Angst, ich übe nur ein bisschen Anschleichen.«

»Soso«, sagte Brutus, ohne sich zu rühren.

Tief geduckt schlich ich auf das Gackervolk zu. Eine Henne hatte sich von den anderen abgesondert und näherte sich mir mit ruckendem Kopf.

»Mein Korn, Katz da, mein Korn, Katz da.«

»Pfoten weg!«, rief Brutus. Die Henne blieb stehen.

Im selben Moment stürmte ich los. Unter lauten Hilferufen flatterte sie auf und alle anderen mit ihr, nur ein paar Federn blieben zurück.

»Wirst du wohl meine Hühner in Ruhe lassen?«, schrie Oma aus dem Fenster. »Warte nur, ich komme dir gleich mit dem Besen.«

»Oh, oh«, sagte Brutus. »Bleib besser hier bei mir.«

Wollte er mich etwa vor Oma beschützen? Das ginge

dann doch zu weit. Trotzdem ließ ich die Haustür nicht aus den Augen. Zu meiner Erleichterung blieb sie zu. »War doch nur Spaß.«

»Ich hatte dich gewarnt.«

»Hast du einen besseren Vorschlag, womit ich mich beschäftigen könnte?«

Genüsslich stöhnend rieb er seine Nase im Dreck, drehte sich auf den Rücken und streckte seinen Bauch der Sonne entgegen. So viel Vertrauen wollte ich auch mal haben. Was, wenn Opa aus dem Busch gehüpft käme und ihn in dieser wehrlosen Position erwischte?

»Frag mich später. Jetzt ist erst mal Fellpflege und ein Nickerchen angesagt.« Er räkelte sich und strampelte dabei mit seinen Pfoten in der Luft. »Ah! Das mag ich.«

»Du bist langweilig.«

»Und du, junger Hüpfer, hast keine Ahnung von den angenehmen Seiten des Lebens.«

Hoffnungslos. Er zwinkerte mir auffordernd zu, es ihm gleichzutun. Also gut, sollte er seinen Willen haben. Sorgfältig leckte ich mir übers Fell. Igitt, mein Mäulchen war voller Haare. Angeekelt spuckte ich sie aus. Ich sollte vorsichtig damit sein, sonst stünde ich eines Tages nackt da.

In flotter Fahrt bog ein Auto in den Hof ein. Brutus fuhr auf seine Pfoten hoch. »Wer kommt? Wer kommt?«

»Schau an, das Ohne-Dach-Auto«, sagte ich.

»Oh nein, Dennis. Der mag keine Hunde.«

»Vielleicht mag er Katzen?«

»Wer keine Hunde mag, mag auch keine Katzen.«

»Woher willst du das wissen?«

»Das war schon immer so.«

Das bezweifelte ich. Hunde und Katzen waren völlig verschieden, da konnte man leicht den einen mögen und den anderen nicht. Ich zum Beispiel mochte Katzen, aber keine

Hunde – außer Brutus vielleicht ein bisschen, aber der zählte nicht.

Dennis' Auto stieß wieder mal einen lauten Schrei aus, woraufhin Jana in der Haustür erschien. Wahrscheinlich hatte sie sich genauso erschreckt wie ich und wollte dem armen Ding zu Hilfe eilen. »Hallo, Dennis. Was gibt's?«

Er verzog seinen Mund zu einem breiten Grinsen. »Wollte nur mal kurz vorbeischauen. Hab gehört, du bist auf der Suche nach einer Studentenbude?«

Sie trat vollends heraus und rieb sich über die Arme. »Stimmt.«

»Heißt das, ihr gebt den Hof auf? Das wäre saustark. Dann kannst du endlich tun und lassen, was du willst.«

»Das hat nichts mit dem Hof zu tun. Es ist nur einfacher, wenn man in der Nähe der Uni wohnt.«

»Ah so.« Dennis nickte.

»Und du bleibst doch bei deinen Eltern?«

»So weit kommt's noch. Nein, die mieten mir ein Drei-Zimmer-Apartment. Das hab ich dir aber schon mal erzählt.«

Jana rollte die Augen. »Sicher eine ganz billige Absteige.«

»Für ihren einzigen Sprössling können sie ruhig was springen lassen.«

»Neues Auto, Wohnung, was kommt als Nächstes?«

Er schaute sie von oben bis unten an. »Etwas fehlt mir noch.«

Eine leichte Röte überzog Janas Wangen. »Und das wäre?«

»Ist nicht schwer zu erraten.« Er zeigte seine Zähne. Gleich würde er zubeißen, aber uns würdigte er keines Blickes. Damit war er bei mir unten durch.

»Ich komm nicht drauf. Wieso hattest du eigentlich so viele Mädchen zu deiner Geburtstagsfete eingeladen? Ich kam mir vor wie in einem Bienenstock, so sind sie um dich herumgeschwirrt.«

Er winkte ab. »Was kann ich dafür, wenn die alle auf mich scharf sind? Und beleidigen wollte ich keine. Das ist alles ganz harmlos. Eigentlich suche ich was Festes – für länger.«

»Wirklich?«

»Ich hab auch schon die Richtige gefunden.«

»Darf man den Namen der Glücklichen erfahren?«

»Dreimal darfst du raten.«

»Ich kenn sie also?«

»Sie steht direkt vor mir.«

»Wenn er weiter so sehr mit seinem Kopf rumwackelt«, knurrte Brutus, »fällt er ihm runter.«

Mein Urteil über den Kerl stand fest. »Das wäre kein allzu großer Schaden.«

Jana trat zurück, die Arme schützend vor der Brust verschränkt. »Dennis … Ich glaube nicht, dass wir zusammenpassen.«

»Das findet sich schon mit der Zeit. Du könntest bei mir wohnen – umsonst.«

Sie zog die Luft scharf ein. »Und wo sollen unsere zukünftigen fünf Kinder schlafen? Bei dir scheint es im Schnelldurchgang übers Bett direkt ins Altenheim zu gehen. Schon mal was von Romantik gehört, und dass sich eine Beziehung entwickeln muss?«

Eine kräftige Röte überzog nun seinen Kopf. »So hab ich das nicht gemeint.«

»Wie sonst?«

Er zeigte ihr seine Handflächen. »Äh, anders. Ehrlich. Ich hatte eher an eine kleine WG gedacht, weil ich die Bude selbst finanziere und du zuverlässig bist.«

»Ich dachte, dein Vater bezahlt?«

»Nun … das wird er nicht ewig tun. Außerdem möchte ich irgendwann mal auf eigenen Beinen stehen.«

»Ich kann's mir ja mal überlegen.« Ihre Stimme klang jetzt weicher. »Dürfen Hund und Katze mit an Bord?«

»Ähm. Denke schon – wenn sie stubenrein sind.«

»Das sind sie.«

»Du weißt ja, wie Vermieter …«

»Was denn, keine Eigentumswohnung? Du enttäuschst mich.«

»Ist ja nur für einen begrenzten Zeitraum.« Seine Unterlippe trat kurz vor. »Hund und Katze sind sicher okay. Müssen halt im Zimmer bleiben. Schau sie dir an und entscheide dann. Wie wär's morgen nach der Schule?«

»Könnte gehen.«

Er winkte mit den Fingern. »Würde mich echt freuen. Und ohne Hintergedanken. Ehrlich.«

Janas Augenbrauen trafen sich. »Bis morgen dann.«

Er fuhr derart rasant vom Hof, dass kleine Steinchen davonflogen, was Jana mit schmalen Augen verfolgte. »Habt ihr das gehört? Der und keine Hintergedanken – dass ich nicht lache.«

»Bevor ich zu dem gehe, haue ich lieber ab«, sagte ich. »Noch einmal lasse ich mich nicht in einem Zimmer einsperren. Das wäre das Letzte.«

»Also ich gehe dahin, wo Frauchen hingeht.«

Das alte Schlappohr blieb unverbesserlich.

32

»Hi, Keke«, sagte Jana zu ihrem Telefon und wedelte dabei mit der freien Hand in der Luft herum. Sie stand immer noch bei uns vor der Scheune. Eine warme Brise wehte Blütenblätter direkt vor meine Pfoten. Eifrig versuchte ich, eines zu fangen, aber niemand nahm davon Notiz. Jana starrte angestrengt ins Nichts, Brutus auf Jana, und ich auf dieses Blatt, das sich in meinen Krallen verfangen hatte. Da es nicht fressbar war, schüttelte ich es wieder ab.

Röte zeigte sich auf Janas Wangen und ihre Augen funkelten gefährlich, ähnlich denen einer Katze kurz bevor sie angriff. »Nein, das hat Marcel nicht … Der rührt sich nicht mehr.« Sie stampfte mit einem Fuß auf. »Besonders ernst kann es ihm ja nicht gewesen sein … Ihn anrufen? Kommt gar nicht infrage. Immerhin hat er mich belogen … Weil ich was mit Dennis haben soll? … Nee, da wär erst mal eine Entschuldigung fällig. Was denkt der sich eigentlich?«

Eine längere Pause entstand, in der Jana nachdenklich den Kopf wiegte und nervös auf und ab marschierte.

»Du hast ja recht«, sagte sie schließlich. »Aber wegen Marcel hab ich dich nicht angerufen. Es geht um Dennis. Er hat mir angeboten, mit bei ihm in seiner Studentenbude zu wohnen.«

Zwar blieb Jana endlich stehen, dafür zwirbelte sie jetzt eine Haarsträhne zwischen ihren Fingern. Komische Angewohnheit.

»Na ja, vielleicht ist Dennis gar nicht so übel«, sagte sie. »Kann sein, dass er mein Rettungsanker ist, wenn hier alles den Bach runtergeht.«

Oh, oh, das waren keine guten Aussichten. Ein Hochwasser wäre das Letzte, was ich mir hier wünschte.

»Ich dürfte sogar Brutus und Tiger mitnehmen … Nein, die Pferde natürlich nicht. Und ich fürchte, Dennis hätte auch was gegen Schweine in seinem Schlafzimmer.«

Zwar beendete sie das Gespräch mit einem Kichern, machte aber trotzdem keinen fröhlichen Eindruck. Seltsam, entweder man war gut gelaunt oder nicht.

Mal sehen, ob sie ein Spielchen aufmuntern könnte. Das Blütenblatt war fort, aber zum Glück blies der Wind eine Flaumfeder an mir vorbei. Nachdem ich mich vergewissert hatte, dass Jana herschaute, sprang ich dem weißen Fliegeding hinterher, verpasste es, hüpfte höher und griff abermals ins Leere.

Na bitte, ihre Mundwinkel bewegten sich nach oben. Zeit, der Feder den Garaus zu machen. Ich setzte erneut an – wieder nichts.

Jana lachte nun lauthals. Wenigstens das hatte ich erreicht. Würdevoll schritt ich auf Brutus zu.

Der frotzelte: »Knapp daneben ist auch vorbei.«

»Pah. Das war Absicht.«

»Wer's glaubt.«

»Glaub, was du magst.« Ich legte mich hin und rollte mich auf den Rücken. »Bist halt ein dummer Hund.«

»Wuff«, bellte er beleidigt.

Jana steckte das Telefon weg und musterte uns. »Ich glaube, ich reite heute mal auf die Senningshöhe. Was meint ihr? An so einem schönen Tag macht ein Ausritt besonders viel Spaß – den Pferden übrigens auch.«

»Aber mir nicht«, sagte Brutus, »weil ich hierbleiben muss.«

An den Riesentieren hatte ich wenig Interesse und ich erwartete auch nicht, dass Jana mich in ihr Vorhaben miteinbeziehen würde. Ich könnte mich in der Zwischenzeit auf die Suche nach Mama begeben oder einen Snack fangen. Einfach faul sein wäre auch nicht schlecht, darin entwickelte ich mich allmählich zu einem wahren Könner.

Aber erst mal beobachtete ich, wie Jana ein weißes Pferd, das mit kleinen schwarzen Flecken übersät war, aus seiner Box zog. Es sah aus, als hätten sich alle Fliegen des Stalls auf seinem Fell versammelt. Neugierig näherte ich mich und setzte mich mitten in die Stallgasse, genau vor die Hufe des Monsters.

»Der ist aber verdammt groß«, sagte ich.

»Ist eine Stute, also ein Weibchen«, antwortete Brutus. »Im Grunde ist sie eine ganz Liebe. Bloß wenn sie läufig ist, wird sie biestig.«

Da sie stand und nicht lief, konnte ich beruhigt sitzen bleiben. Jana bürstete über den Pferdehintern, was sich die Stute ohne zu murren gefallen ließ. Sie senkte ihren Hals, spitzte die Ohren und prustete Luft aus ihren riesigen Nasenlöchern.

Hatte Brutus mit »läufig« vielleicht was anderes gemeint? Vorsichtshalber räumte ich doch das Feld.

Brutus lachte. »Feigling.«

»Geh du halt hin.«

»Wieso sollte ich? Ich bin doch nicht lebensmüde.« Er setzte sich, was bei seinem langen Kreuz und den kurzen breiten Pfoten jedes Mal urkomisch aussah. »Ein Hund sucht sich seinen Gegner mit Bedacht aus – möglichst einen schwächeren.«

»Mich meinst du aber nicht damit, oder?« Ich spreizte meine Pfoten. »Ich kann dir ja noch mal eine verpassen – sozusagen als Gedächtnisauffrischung.«

»Reiz mich lieber nicht, sonst vergesse ich meine gute Erziehung.«

Als Antwort zeigte ich ihm meine Krallen. »Komm her, wenn du dich traust.«

Das Geräusch eines in den Hof fahrenden Autos ersparte Brutus eine Reaktion darauf. Sofort warf er sich herum, um nachzusehen, wer da kam. »Kenn ich dich?! Was willst du hier?! Kommt alle her, ein Fremder!«

Gelassen schlenderte ich ihm hinterher.

Dem schwarzen Auto entstieg ein dürrer Mann mit einer komischen Kopfbedeckung.

»Oh, oh, das sieht nach Ärger aus«, sagte Brutus. »Hut, Krawatte, Anzug. Wenn jemand so angezogen ist, führt er meist was Böses im Schilde – wie zum Beispiel der Postbote.«

Unbeeindruckt von der Aufmachung des Dürren, vergrößerte ich vorsorglich den Abstand zu ihm. Fremde auf dem Hof verursachten bei mir – und offensichtlich auch bei Brutus – Unbehagen.

Der Dürre wartete an der Autotür, während auf der anderen Seite ein Mann ausstieg, den ich sofort erkannte: Marcel! Über den würde sich Jana gewiss freuen.

Brutus bellte zur Warnung ein Mal laut in Richtung des Dürren und lief dann auf Marcel zu. Der bückte sich, tätschelte dessen breiten Kopf und lächelte zu mir herüber.

»Na, Brutus. Was ich jetzt tun muss, wird mir dein Frauchen nie verzeihen.«

He, warum sprach er nicht mit mir? Und worum ging es überhaupt?

»Dabei würde ich ihr ja gerne helfen, aus dem Schlamassel rauszukommen«, fuhr Marcel fort. Unterm Arm hielt er eine Mappe aus Kuhhaut.

»Hm, riecht das Leder gut«, sagte Brutus. »So richtig zum Reinbeißen.«

Hunde hatten einfach keinen Geschmack. Ein schwaches

»Hallo« ließ mich herumfahren. Jana stand hinter mir, die Pferdebürste in der Hand, die Lippen schmal.

»Hallo, Jana. Wie geht's?«, antwortete Marcel. Er klang irgendwie traurig. Vielleicht hatte er Hunger und brauchte dringend einen Snack.

»Also, Herr Hofmann, ich muss schon bitten«, fuhr der Dürre mit hoher Stimme dazwischen. »Das ist wohl kaum der geeignete Zeitpunkt für private Konversation.«

»Was soll das?«, fragte Jana.

»Ist der Herr Moser da? Er muss uns den Empfang eines Schreibens bestätigen.«

33

Das hörte sich bedrohlich an. Ich beobachtete die Menschen genau. Marcel schaute auf seine Schuhe, der Dürre schob sein Kinn vor, und Jana verschränkte ihre Arme vor der Brust, während Brutus leise knurrte. Konnten Menschen nicht friedlich zusammenleben?

»Was für ein Schreiben? Sind Sie etwa unser neuer Postbote?«, fragte Jana mit höherer Stimme als sonst.

»Nein.« Der Dürre räusperte sich. »Mir ist das alles andere als angenehm, das können Sie mir glauben. Die Zustellung soll persönlich erfolgen. Deshalb bin ich hier.«

Jana kräuselte Stirn und Nase. »Jetzt dämmert mir, wer Sie sind!« Sie deutete auf Marcel. »Das ist nicht dein Ernst, oder?«

»Leider doch.« Er zog seinen Kopf ein, indem er die Schultern hochzog. »Ich kann nichts dafür. Lass es mich erklären.«

»Da gibt's nichts zu erklären. Das war von Anfang an ein abgekartetes Spiel.«

»Was wäre denn anders, wenn ich nicht hier wäre? Die Bank kündigt euch das Darlehen auch ohne mich.«

»Du willst mir doch nicht weismachen, dass du damals zufällig auf der Straße warst, die zu unserem Haus führt.«

Marcel klappte der Mund auf und zu. »Das … das war wirklich reiner Zufall.«

»Das kannst du deiner Großmutter erzählen. Und lass dich hier auf dem Hof nicht mehr blicken.« Brüsk drehte sie sich um und stapfte Richtung Pferd. Richtig zornig sah sie aus mit ihrem zusammengekniffenen Mund und den Falten auf der Stirn. Womöglich war sie läufig, weil sie doch sonst immer ganz lieb war.

»Moment! Was ist jetzt mit dem Hofbesitzer?«, fragte der Dürre erneut. »Ich bin schließlich nicht zu meinem Vergnügen hier.«

»Suchen Sie ihn doch selbst! Ich hab keine Ahnung, wo er ist.«

»Es handelt sich um einen Gerichtsbeschluss, dessen Empfang er quittieren muss.«

»Jana«, meldete sich Marcel erneut, »ich weiß, du bist sauer auf mich, aber was sein muss, muss sein. Danach könnt ihr ja sofort Widerspruch einlegen.«

»Der ist aber nur zulässig, wenn der Schuldner belegen kann, wie er seine Verbindlichkeiten innerhalb der nächsten sechs Monate zu begleichen gedenkt«, sagte der Dürre.

»Das würde euch erst mal ein wenig Luft verschaffen«, sagte Marcel.

Janas Augen wurden schmal. »Auf wessen Seite stehst du eigentlich?«

»Auf keiner. Ich mache meinen Job und versuche, euch zu helfen.«

Der Dürre trat zwischen Jana und Marcel, wobei er ihr den Rücken zukehrte. »Also ich muss schon sagen, Herr Hofmann, etwas mehr Professionalität hätte ich mir schon gewünscht.«

»Gegen eine Aufklärung über die Rechtslage spricht nichts – hab ich zumindest im Studium gelernt.«

»Ja, dem Schuldner gegenüber, aber nicht irgendwem. Herr Moser ist der Adressat des Gerichtsbeschlusses. Und jetzt halten Sie gefälligst den Mund, wenn Sie nicht wollen, dass Ihr Verhalten negative Auswirkungen auf Ihre Abschlussbeurteilung hat.«

Marcel zuckte zurück. »Nee, nee, alles klar.«

»Ich hol meinen Opa«, sagte Jana. »Bin gleich wieder da.«

Mit hängenden Schultern ging sie ins Haus. Sie tat mir richtig leid und auch Brutus schaute betrübt aus seinem Fell; aber das tat er ja meistens.

Kurz darauf erschien Opa mit hochrotem Kopf im Türrahmen. Er musterte den Dürren, als wollte er ihn jeden Moment anspringen und auffressen. Viel war an dem allerdings nicht dran, um satt zu werden.

»Was kann ich für Sie tun?«, sagte Opa endlich.

Der Dürre streckte sich und hielt ihm die Ledermappe hin. »Burkhardt mein Name. Ich bin in meiner Funktion als Gerichtsvollzieher hier. Bitte bestätigen Sie den Empfang des Vollstreckungstitels und der Vollstreckungsklausel.«

Opa japste nach Luft wie ein Fisch auf dem Trockenen.

»Angriff oder Flucht? Ich bin bereit, Herrchen«, murmelte Brutus.

Das konnte ja heiter werden. Obwohl Opa manchmal richtig ekelig sein konnte, tat er mir dennoch leid. Mit geballten Fäusten brach es aus ihm hervor. »Sie können sich ihre Voll… Dingsbums sonst wohin stecken!«

»Wenn Sie meinen«, antwortete der Dürre seelenruhig. »Ich mache Sie allerdings darauf aufmerksam, dass das am laufenden Verfahren nichts ändert. Herr Hofmann, geben Sie dem Herrn Moser die Empfangsbestätigung.«

Marcel beeilte sich, dem Opa ein Papier auf einem Brettchen sowie ein längliches Plastikröhrchen unter die Nase zu halten. »Unterschreiben Sie bitte.«

Zögernd griff Opa danach, wobei seine blauen Augen feucht schimmerten. Nachdem er tief Luft geholt hatte, kritzelte er damit auf dem Papier herum.

»Da habt ihr, was ihr wollt.«

Er machte auf dem Absatz kehrt und stiefelte ins Haus

zurück. Ich hätte schwören können, er war kleiner und sein Rücken runder geworden.

»Schade«, sagte Brutus, »den Burkhardt hätte ich gern in den Hintern gebissen.«

»Dass die Leute nicht einsehen, dass sie an ihrem Unglück selbst schuld sind.« Der Dürre schüttelte seinen Kopf und starrte mich an. So eine Unverschämtheit. Meine Haare stellten sich auf und ich fauchte ihn an, was Brutus veranlasste, ebenfalls zu knurren.

»Manchmal geraten sie aber auch unverschuldet zwischen die Mühlsteine der Justiz«, sagte Marcel.

»Unsinn. Die Gläubigerbank will nur zu ihrem Recht, sprich, zu ihrem Geld kommen.«

»Und was aus den Menschen wird, oder wie hier, auch aus den Tieren, ist denen vollkommen wurscht. Hauptsache, ihre Interessen werden gewahrt. Ich glaube allerdings, dass hier auch noch andere Dinge eine Rolle spielen.«

Der Dürre winkte ab. »Die Hintergründe interessieren mich nicht, sondern lediglich, wie der Gläubiger zu seinem Geld kommt. Und Einspruch einlegen verzögert den Prozess nur. Woher soll der Herr Moser denn das Geld bekommen, um seine Schulden zu begleichen?«

»Es könnte ihm jemand etwas leihen.«

Die Mundwinkel des Dürren zuckten. »Wem, diesem alten Sturschädel, der mit seinem Geschwafel über schützenswerte Biotope ständig gegen Gemeinderatsbeschlüsse wettert?«

»Wenn sie aber doch schützenswert sind?«

»Seit wann haben Bauern einen Sinn für die Umwelt? Wer nutzt denn das Land und die Tiere aus bis zum Gehtnichtmehr?«

»Da gibt es einige, die im Einklang mit der Natur wirtschaften.«

»Sie sind ein Träumer und sollten sich ernsthaft überlegen, ob Rechtspflege der richtige Job für Sie ist. Diese Diskussion führt zu nichts. Sie fahren uns jetzt ins Büro zurück, dort wartet Arbeit auf uns.«

Marcel warf einen sehnsüchtigen Blick zum Haus, drehte sich um und stieg zusammen mit dem Dürren ins Auto ein. Ich war richtig erleichtert, dass er ihn mitnahm. Nicht auszudenken, was wir mit ihm angestellt hätten, wäre er länger geblieben.

»Das war's dann wohl mit einem lustigen Tag. Jetzt haben alle schlechte Laune«, brummte Brutus. »Mich eingeschlossen.«

»Hoffentlich geht sie nicht zu diesem Dennis.«

»Das fehlte noch. Der hat keinerlei Hundeverstand.«

»Wusste gar nicht, dass ihr überhaupt einen habt.«

»Pah.«

»He, das ist mein Lieblingswort«, maulte ich. Ohne weiter darauf einzugehen, drehte mir Brutus seinen langen Rücken zu und marschierte zur Haustür, um daran zu kratzen. Was aus mir werden würde, kümmerte ihn nicht.

Egal, ich würde auch ohne ihn gut zurechtkommen, denn ich hatte ja meine Freiheit. Was brauchte eine Katze mehr?

Außer ein wenig Liebe vielleicht – und einen Snack.

34

Jana stand am Zaun und beobachtete die beiden Schweine, wie sie grunzend in der Erde wühlten und fürchterlich dabei schmatzten. Was sie vertilgten, war mir unklar, aber einmal vermeinte ich, eine Made gesehen zu haben. Igitt, waren die überhaupt genießbar? Diese Schweine fraßen offenbar alles, was sie vor den Rüssel bekamen.

»Na, Tigerchen«, sagte Jana traurig. »Unsere Tage hier sind gezählt. Dich werde ich schon irgendwo unterbringen. Notfalls kommst du eben mit zu Dennis, aber was mache ich mit Lucy und Lilly?«

Ich sah zu ihrem Ohr hoch, aber sie hielt kein Telefon dagegen, sie schien wirklich mit mir zu sprechen. Leider hatte ich keine Ahnung, was aus denen werden sollte.

»Ob die im Tierheim auch Schweine aufnehmen?«, sprach Jana weiter. »Und was wird aus den Hühnern ... den Pferden? Die Besitzer werden begeistert sein, wenn sie sich einen neuen Stall suchen müssen. Und was wird aus Schneestern und Flocke?«

Die schmelzen im Frühjahr, also kein Problem. Sie sollte lieber mal fragen, was aus der Katze wird. Das ist doch am allerwichtigsten. Was sollte dieses trübsinnige Gerede überhaupt? Der Tag war doch warm und sonnig, gelbe und rote Wiesenblumen wiegten sich im Wind und gelb-schwarze Brummer flogen umher.

»Dass Marcel mich derart hintergehen würde, hätte ich nie gedacht. So etwas Gemeines. Am Schlimmsten aber ist, dass mir der Blödmann nicht mehr aus dem Kopf geht.«

Ich schaute mir ihren Kopf genauer an. Hm, wenn er da

drinnen einmal festsaß, wie sollte er da wieder rauskommen? Aus den Ohren womöglich, oder den Nasenlöchern? Ich marschierte auf ihre nackten Beine zu und rieb meinen Kopf und mein Fell an ihnen. Ah, wie angenehm.

»Ich hätte dich Schmusemieze nennen sollen.«

Das fehlte noch. So ein Name war was für kleine Mädchen. Tiger passte viel besser zu einem Kampfkater wie mir. Genug geschnurrt, ich wollte Jana glücklich sehen, und das würde ich am besten dadurch erreichen, indem ich ihr endlich den versprochenen Snack brachte – selbst wenn sie ihn verschmähte, was ich aber nicht glaubte. Immerhin waren Snacks was anderes als Fleisch aus der Tüte. Sie waren Beute, und diese mit ihr zu teilen, war das beste Geschenk, das ich ihr machen konnte.

Also wohin? In den Stall? Nein, dafür war es hier draußen viel zu schön. Außerdem käme ich dort bei meinem alten Zuhause vorbei, und das würde mich nur traurig stimmen. Bei den Schweinen welche zu finden, war unwahrscheinlich. Und auf der Wiese …? Genau, dort müssten sie sich tummeln.

Eine gewisse Unsicherheit überkam mich, würde es doch die erste Jagd ganz ohne Mamas Hilfe sein. Probehalber fuhr ich meine Krallen aus – prima. Ich sprang in die Luft, um meine Sprungkraft zu testen – auch prima. Jetzt fehlten nur noch die Snacks.

Zwar krabbelte und kratzte es an allen Ecken und Enden, doch sobald sie mich wahrnahmen, waren sie, schwuppdiwupp, wie von Erdboden verschluckt. Ich prüfte die Windrichtung, setzte mich mitten auf die Wiese und wartete geduldig auf eine günstige Gelegenheit.

Jana ging in den Stall und kam einige Zeit später wieder heraus, während Oma den Hof fegte. Kein Anzeichen eines Snacks.

Da saß ich nun und wartete regungslos; eine tödliche Gefahr für alle Snacks, die sich aus ihren Löchern heraustrauten.

Das Dumme war, sie trauten sich nicht. Es war zum Verzweifeln. Ein Schmetterling torkelte vorüber. Spielerisch angelte ich nach ihm.

»Was machst du da?«, brummte Brutus.

Der Schmetterling flatterte davon. Immer diese Störungen. Ich nahm wieder meine Lauerposition ein. »Mäuse fangen.«

»Wie viele hast du schon?«

»Hab ja gerade erst angefangen.«

»Wenn du weiter so herumhüpfst, wirst du keine kriegen.«

»Was verstehst du denn davon? Ich wollte mir nur die Beine vertreten.«

»Soll ich dir helfen?«

»Wenn du willst«, antwortete ich grantig, da mir die Lust aufs Jagen vergangen war.

Prompt begann er mit seinen breiten Pfoten in der Erde herumzubuddeln, ähnlich wie die Schweine, nur dass er dabei seine Schnauze nicht benutzte.

»Hör auf«, rief ich. »Du vertreibst sie ja alle.«

»Tue ich nicht! Ich hör eine.«

Alles, was ich hörte, war Brutus, der wie verrückt in der Erde scharrte und dabei hechelte, als hätte er eine Hetzjagd hinter sich. Jetzt biss er sogar ins Erdreich. Ob der auch Maden fraß?

»Du, Brutus, was soll das werden?«

»Ich lege ihr Nest frei.«

»Aha.« Wozu ein Nest ausgraben, wenn es nur um eine einzelne Maus ging? Das erschien mir viel zu viel Aufwand. Ich legte mich hin und gähnte herzhaft.

Völlig außer Atem gesellte sich Brutus zu mir. »Mist, ich glaube, sie sind ausgezogen.«

»Na toll. Besonders erfolgreich bist du aber auch nicht.«

»Wir sollten uns endlich was einfallen lassen, wie wir Jana helfen können.«

»Mit einem Snack?«

»Du und deine blöden Mäuse. Die helfen in diesem Fall nicht. Ich hatte mal Gelegenheit, Janas Bruder und seine Freundin beim … na ja, wie soll ich sagen … bei einer Art Hoppe-Reiter-Spiel zu beobachten. Ich meine, Jana und Marcel gehören zusammen und sollten es auch mal spielen.«

»Und was ist daran Besonderes?«

Brutus zog die Stirn in Falten. »Die Einzelheiten erspare ich mir, außerdem bist du noch zu jung dafür.«

Ich guckte nach oben ins Blau des Himmels. »Zu jung also? Und du zu alt, hm?«

»Also, wenn ich wollte, dann …«

Hufe klapperten auf dem harten Boden. Jana führte das weiße Pferd zusammen mit seinem Fohlen in den Stall.

»Alles, was wir brauchen, ist eine zündende Idee«, sagte Brutus.

»Zündeln? Nein danke. Warten wir's ab.«

»Deine Ruhe möchte ich haben. Ich will nicht ins Tierheim. Dort ist es schrecklich.«

»Wieso? Hört sich doch gemütlich an.«

»Kleine, süße Katzen finden leichter ein neues Frauchen oder Herrchen, aber einen alten Hund wie mich will keiner.«

Jetzt verstand ich, warum Brutus so betrübt war. »So alt bist du auch wieder nicht.«

»Als Jagdhund bin ich nur noch bedingt einsatzfähig. Das Tierheim soll mit Katzen überfüllt sein. Es gibt einfach zu viele von denen.«

»Woher willst du das denn wissen?«

»Meine Ohren funktionieren noch hervorragend, und außerdem verstehe ich die Menschensprache – ein bisschen.«

»Groß genug sind sie ja, aber dass du besser als ich hören kannst, wage ich zu bezweifeln.«

Janas Stimme ertönte vom Hof her. »Fressi, Fressi!«

»Ui! Das hab ich gehört!« Brutus warf sich in einer Geschwindigkeit herum, die ich ihm gar nicht zugetraut hätte, galoppierte in Richtung Haus und ließ mich mit dem mauslosen Erdloch allein stehen. »Mit Geduld und Ausdauer fängt man jeden Snack«, hatte Mama mal gesagt, aber nur wenn kein Hund in der Nähe ist.

Hungrig lief ich ihm hinterher.

35

»Was für ein Unglück«, jammerte Oma. »Jetzt haben wir den Salat.«

Ich schaute auf den Wohnzimmertisch, aber da war nichts von dem Grünzeug zu sehen, dafür lockten ein verführerisch duftender Kirschkuchen und daneben ein Schüsselchen mit Sahne. Wir saßen alle im Wohnzimmer, und sogar Keke war vorbeigekommen und hatte mir ein Leckerchen mitgebracht. Leider auch eines für Brutus, der langgestreckt in der Mitte des Raumes neben mir lag und seine Pfoten bewegte, als würde er nach einem Snack graben.

Opa hielt ein Blatt Papier in den zitternden Händen. »Kaum zu glauben, die haben es wirklich getan.«

»Warst du bei der Bank?«, fragte Jana.

»Die haben mich behandelt wie den letzten Dreck.«

Oma riss die Augen auf. »Bist du etwa direkt aus dem Stall dorthin, ohne dich zu waschen? Kein Wunder, dass sie die Nase gerümpft haben.«

Es stimmte, er roch nach Pferdemist. Für uns Katzen undenkbar, da wir bei der Jagd geruchlos sein mussten. Wenn Brutus oder ich so stinken würden, hätte uns Jana vor die Tür gesetzt.

»Die feinen Herren sollen sich nicht so haben. Mit wie viel bin ich denn bei denen in Verzug? Das ist ein Klacks im Vergleich zum Wert des Hofes«, schnaubte Opa.

»Wenigstens die Gummistiefel hättest du ausziehen können.«

Opa betrachtete den Dreckbatzen an einem der Absätze. »Den hätte ich bei denen im Büro abstreifen sollen.«

»Zieh sie sofort aus. Wie oft soll ich dir noch sagen, dass deine dreckigen Sachen in unserer guten Stube nichts zu suchen haben.«

»Ja, ja, schon gut.« Opa erhob sich, warf das Papier auf den Tisch und stapfte hinaus. Der Dreckbatzen fiel ab und blieb vor der Tür liegen.

»Was will eine Bank mit einem Bauernhof anfangen?«, fragte Keke leise.

»Keine Ahnung«, antwortete Jana.

Keke legte einen Finger ans Kinn. »Die wollen euch so unter Druck setzen, damit ihr die Senningshöhe verkaufen müsst.«

»Meinst du?«

Keke lehnte sich im Sessel zurück, zog die Beine an und knabberte an einem ihrer Finger – wieder eine Art Fellpflege. »Mein Dad sagt, dass die Gemeinde jetzt gar kein öffentliches Genehmigungsverfahren mehr anstreben will.«

»Das wär das Allerletzte.«

»Aber praktisch für unseren Bürgermeister. Jetzt hat er freie Hand.«

Jana verzog ihren Mund zu einer Schnute. »Wir bräuchten jemanden, der uns Geld leiht oder für uns bürgt.«

»Leider ist mein Dad zurzeit selbst knapp bei Kasse. Du weißt ja, dass der Start-up für sein neues Business nicht so toll war. Mom meckert die ganze Zeit, weil sie jetzt alles aus der eigenen Tasche bezahlen muss.«

»An euch hab ich dabei auch nicht gedacht. Wenn wir einen besseren Familienzusammenhalt hätten, wüsste ich, an wen ich mich wenden könnte.« Eine Wolke von Traurigkeit überschattete Janas Gesicht. Zeit, um ihren Schoß als Ruheplätzchen zu erobern.

»Wie wär's mit Lotto spielen?«

»Ich bin der geborene Verlierer.«

»Kennen wir irgendeinen reichen Geldsack zum Heiraten?«

»Nee.«

»Wie wär's mit Dennis? Der ist echt cool.« Keke kicherte. »Aber der steht ja auf dich.«

Janas Blick wurde starr. Hatte ich was falsch gemacht? Nein, sie sah über mich hinweg. Ich sprang auf ihren Schoß und stellte meinen Schwanz steil auf, um ihr meine freundliche Gesinnung zu zeigen, woraufhin sie ihre Hand auf meinen Rücken legte. Endlich verzog sich ihr Mund zu einem Lächeln. Genau so gehörte sich das.

Opa kam zurück und ließ sich in seinen Sessel plumpsen. Er trug jetzt bequem aussehende Latschen, aber dennoch hingen seine Mundwinkel nach unten.

»Das hilft uns alles nicht weiter«, meldete sich Oma zu Wort. »Ich ziehe jedenfalls nicht aus, selbst wenn der Rohleder hier mit einem Bagger auftaucht. Das erinnert mich an alte Zeiten. Wir haben damals leer stehende Häuser besetzt und sind selbst der Polizeigewalt nicht gewichen.«

»Echt?«, fragte Keke.

»Du auch, Opa?«

»Ich war kein Revoluzzer.«

Oma richtete den Blick zur Decke, schob dabei das Kinn vor.

»Wir folgen Marcels Vorschlag und erheben Einspruch«, sagte Jana.

»Und was soll das bringen?« Opas Gesichtsfarbe wechselte wieder mal ins Rötliche.

»Du solltest was gegen deinen Bluthochdruck unternehmen«, maulte Oma.

Opa winkte ab. »Mit weniger Ärger am Hals wäre der ausgezeichnet.«

»Es würde uns Zeit verschaffen. Vor Ablauf der Einspruchsfrist von zwei Wochen können die sowieso nichts machen. Das sollte aber da drin stehen.« Jana zeigte auf das Papier. »Gib mal her.«

»Cool«, sagte Keke. »Vielleicht will er euch ja wirklich helfen.«

»Wer?«

»Na, der Marcel. Immerhin gibt er dir gute Tipps, was er nicht tun bräuchte, oder? Vielleicht hat er ja noch mehr Tricks auf Lager.«

»Du weißt auch nicht, was du willst. Erst möchtest du mich mit Dennis verkuppeln und jetzt mit Marcel.«

»Eine kluge Frau hat eben mehrere Eisen im Feuer.«

»Ich bin nicht klug.«

»Nein, aber intelligent und ehrlich.«

»Pah.« Während Jana auf das Papier stierte, hörte sie auf, mich zu streicheln. Auch gut, dann musste ich eben selbst aktiv werden. Ich erhob mich, stellte beide Vorderpfoten auf ihren Bauch und begann, ihn ordentlich zu kneten. Jana ließ sich davon nicht beirren, starrte weiter auf das weiße Blatt. Nanu, ist wohl nicht genug? Vielleicht ein bisschen Kralleneinsatz gefällig?

»Aua, Tiger! Du tust mir weh.«

Na also, ging doch. Jetzt hatte ich ihre volle Aufmerksamkeit.

Keke kicherte erneut. »Was sich liebt, das kratzt sich.«

Wenigstens lachte nun auch Jana und sie begann, mich wieder zu streicheln.

Oma erhob sich. »Zwei Wochen gehen schnell vorbei. Aber wenigstens tut mal einer etwas. Mag jemand noch ein Stück Kuchen? Sonst räume ich ihn ab, damit er nicht trocken wird.«

»Ja, ich! Mit viel Sahne, wenn's recht ist.« Schade, dass sie mich nicht verstanden hatte, denn sie trug beides aus dem

Zimmer. Das war schlimmer, als vergebens auf einen Snack zu lauern.

»Später gibt's was für dich«, flüsterte mir Jana zu. Laut fuhr sie fort: »Ich vermute, es wird eine Weile dauern, bis das Gericht über den Einspruch entschieden hat.«

Brutus winselte im Traum und strampelte immer schneller mit den Pfoten. Eigentlich sollte er wissen, dass die Snacks längst ausgezogen waren. Er hielt die Augen geschlossen und zuckte ab und zu mit seiner Nase.

Auch Keke betrachtete ihn mit einem Blick, der durch ihn hindurchzugehen schien. »Frag doch Marcel.«

»Mensch, Keke!«

»Ist doch wahr.« Sie blinzelte Jana an. »Der Mann will euch helfen. Das würde ich ausnützen.«

»Hast ja recht. Vielleicht sollte ich ihn wirklich um Rat fragen.«

»Dennis würde ich an deiner Stelle aber trotzdem nicht vernachlässigen.« Keke rutschte auf die Sesselkante vor und streichelte Brutus. »Na, was fängst du gerade?«

»Ich?« Brutus schaute verwirrt und streckte sich zu seiner ganzen Länge. »Hm … Kaninchen.«

Und schon war er wieder eingenickt. Ich sprang runter von Janas Schoß und folgte Oma in die Küche, da nicht auszuschließen war, dass sie nicht doch ein Herz für Katzen hatte und von den Leckereien ein Stückchen zu Boden fallen lassen würde.

36

»Das ist das trostloseste Wochenende seit Jahren«, seufzte Jana, während sie durchs Fenster nach draußen blickte.

Brutus lief zur Zimmertür. »Komm, Gassi gehen. Die Sonne scheint – juchhe!«

Was nun? Trostlos oder Juchhe? Ich sprang aufs Fensterbrett und fand Brutus' Jauchzer viel zutreffender.

Gegenüber im Kräutergarten schnippelte Oma an einigen Pflanzen herum, das Hühnervolk hatte – unter Aufsicht seines Hahns – Ausgang, und eine Schwalbe zischte im Tiefflug vorbei.

Also meiner Meinung nach war es draußen viel schöner als drinnen.

»Wenn dieser Sturkopf nur endlich nachgeben würde«, sagte Jana, ohne klarzustellen, wen sie damit meinte. »Der bricht sich doch nichts ab, wenn er Einspruch einlegt.«

»Lass gut sein, Frauchen. Komm …« Brutus sprang an ihr hoch, stützte seine Riesenpranke auf ihrer Hüfte ab und ließ ein kehliges »Gassi-Gassi« hören.

»Was hältst du davon, wenn wir auf die Senningshöhe laufen – quasi zum Abschied. Danach rufe ich Marcel an. Vielleicht gelingt es ihm ja, den Opa umzustimmen. Falls der ihm überhaupt zuhört.«

Aus dem Regal zog sie ein Blatt Papier hervor, das ich sofort wiedererkannte – Marcel hatte es ihr gegeben. Zuerst hielt sie es vor ihre Augen, dann neben meinen Kopf. »Kann ein Mensch, der so toll zeichnen kann, ein Arsch sein?«

Keine Ahnung. Sie legte es ab, atmete scharf ein und drehte sich brüsk um. »Auf geht's.«

Ich folgte ihr und Brutus durch den dunklen Flur die Treppen hinunter und dann nach draußen auf den Feldweg.

»Wohin geht ihr?«, fragte Oma, als wir an ihr vorbeizogen.

»Auf die Senningshöhe. Warst du wirklich bei Hausbesetzungen dabei?«

Ein breites Lächeln erhellte ihr faltiges Gesicht. »Wir haben den Bullen damals ganz schön eingeheizt.«

»Das hätte ich dir gar nicht zugetraut.«

»Ich war Studentin der Philosophie. Da staunst du, nicht wahr? Eine Bäuerin und die großen Philosophen.«

Jana strich sich übers Hemd. »Oma …«

Die winkte ab. »Schon gut. Ich hätte es dir eher erzählen sollen.«

»Für mich warst du immer Bestandteil des Hofs. Auf die Idee, dass du jemals was anderes gemacht haben könntest, bin ich nie gekommen.«

»Ehrlich gesagt, fühle ich mich hier am wohlsten, aber diese Erkenntnis ist mir erst mit zunehmendem Alter gekommen. Als junger Mensch möchte man die Welt verändern und merkt nicht, dass man zuerst bei sich selbst damit anfangen sollte. Weißt du eigentlich, dass Opa und ich uns während einer Demonstration gegen den Einsatz von Pestiziden kennengelernt haben?«

»Was? Damals schon? Das war in den Siebzigern, oder?«

»Richtig. Und wie du siehst, gab es damals schon Leute, die für die Umwelt auf die Straße gegangen sind.« Oma hielt einen Bund Grünzeug hoch. »Petersilie für die Suppe. Ihr macht das schon richtig. Opa war eine Art Gegendemonstrant und hat uns vorgeworfen, wir hätten von Landwirtschaft keine Ahnung. Aber das hab ich ihm schnell ausgetrieben.«

»Und ich dachte, die Idee mit dem Biohof …«

»… stammt von mir. Hat mich einiges an Aufklärungsarbeit gekostet, aus dem alten Saulus einen jungen Paulus zu machen. Jetzt schmollt er, weil er meint, die Umstellung hätte uns das Kreuz gebrochen. Dabei hat das ganz andere Gründe. Der Hof an sich läuft nämlich recht ordentlich.«

»Das dachte ich auch immer. Aber …?«

»Die Auflagen der Gemeinde zur Sanierung unserer Zufahrtsstraße oder bei der Renovierung des Wohnhauses haben uns in den Bankrott getrieben.«

»Und dann kommen noch die schlechten Ernteerträge wegen der beiden verregneten Sommer dazu, und dass der Schlepper kaputtging.«

Oma nickte.

»Das mit den Auflagen und dem Verhalten der Bank hat doch Methode, Oma.«

Sie seufzte. »Das kann man nur schlecht beweisen. Wenn du am Weiher vorbeikommst, schau mal, ob der Reiher noch da ist.«

»Opa hat mir versprochen, ihn nicht zu schießen.«

»Dieses Versprechen braucht er dir nächstes Jahr nicht mehr zu geben, weil wir dann fort sind.«

»Wir werden sehen.« Jana winkte ihr zu und sah sich nach Brutus um. »Komm, Dicker.«

Mich konnte sie damit nicht meinen, denn ich war ja schlank. Dennoch fühlte ich mich aufgefordert mitzukommen. Mein erster Spaziergang. Mal sehen, wie lange der mir Spaß machen würde.

»Was willst du denn dabei?«, fragte Brutus.

»Euch begleiten, was sonst?«

»Spazieren gehen ist nichts für Katzen.«

»Wieso das denn?«

»Weil ihr zum Faulenzen geboren seid. Ganz im Gegensatz zu uns Hunden. Wir lieben es, zu laufen.«

Frechheit. Dem würde ich zeigen, wie ausdauernd Katzen im Laufen sein konnten. Munter schritt ich aus.

Jana schlenderte mehr, als dass sie ging, was das Folgen leicht machte. Dennoch stellte sich schnell Langeweile ein – und Unsicherheit. Aber ich wollte wissen, wohin die beiden zogen. Brutus watschelte mit steil aufgerichtetem Schwanz vorneweg. Ab und zu hielt er an, hob sein Bein und begoss einen Baum oder einen Grasbüschel. Zwei, drei Mal das Bein zu heben hätte ich noch verstanden, aber spätestens nach dem vierten Mal wunderte ich mich, woher der Bursche die ganze Flüssigkeit nahm.

Vom Rand des Weihers äugte ein großer grauer Vogel mit langem Schnabel zu uns herüber. Als wir uns ihm näherten, strich er ab. Ui, war der riesig! Hoffentlich gehörten kleine Katzen nicht zu seinen Lieblingsspeisen. Ich duckte mich und war froh, als er endlich außer Sicht war.

»Reiher! Reiher!«, bellte Brutus.

Wir gingen an einer eingezäunten Wiese entlang, auf der das weiße Pferd mit seinem Fohlen sowie einige andere Pferde grasten. Als Nächstes folgten wir einem Bachlauf.

»Enten! Enten!«, kläffte Brutus erneut. »Und hier … Moment … Gleich hab ich's … Eine Rehspur – eindeutig.«

Zwei sichelförmige Abdrücke waren im Sand des Weges zu erkennen. Vorsichtig schnupperte ich daran. Hm – noch nie gerochen. Jetzt begriff ich, warum Brutus bellte. Er zeigte damit Jana an, was er gefunden hatte. Das war seine Aufgabe.

Und was war meine? Während des Laufens konnte man keine Snacks fangen, logisch. Meine Pfoten zwickten, die Beine wurden schwerer. Allmählich wurde ich müde, aber umkehren wollte ich auch nicht. Ich könnte mich hinlegen und abwarten, was passieren würde?

Weit hinter mir duckte sich der Hof in einer Mulde. Mit

einem kurzen Sprint war das nicht getan. Brutus warf mir einen hämischen Blick zu. Da hier offenbar meine Katzenehre auf dem Spiel stand, lief ich notgedrungen weiter hinter den beiden her.

Vor uns erhob sich ein lang gezogener Berg, zu dessen bewaldetem Rücken bunte Wiesen führten. Jana blieb stehen und auch Brutus verharrte mit gespitzten Ohren. Mitten auf der Wiese stand ein Mann.

»Oh Gott«, ächzte Jana.

37

Brutus knurrte den Unbekannten aus tiefster Kehle an, was mich total verunsicherte. Hier auf dem Weg fühlte ich mich wie ein Snack in freier Wildbahn. Hastig sah ich mich nach einem geeigneten Zufluchtsort um. Der hochgewachsene Baum hinter mir mit seinem dichten Laubwerk versprach den gesuchten Schutz. Den würde ich erklimmen, sollte der Mann näher kommen. Ich versuchte, den Gegner genauer in Augenschein zu nehmen, aber das hohe Gras und Wiesenblumen versperrten mir die Sicht.

Er kam näher – unüberhörbar. Unsicher, wie ich mich verhalten sollte, zog ich mich zurück. Weiter vorne knurrte Brutus jetzt lauter. »Vorsicht, Feind!«, bellte er. »Kenn ich dich?«

Anstatt anzuhalten oder gar die Flucht zu ergreifen, strebte der Fremde weiterhin auf uns zu. Brutus schnupperte in die Luft und begann, verhalten zu wedeln. Mit vor der Brust verschränkten Armen blieb Jana stehen, wo sie war. Warum lief sie nicht weg? Wollte sie etwa kämpfen? Gut, von mir aus. Sie zu verteidigen würde mir nichts ausmachen, aber vielleicht sollte ich erst mal die Lage peilen. Der Busch hinter mir würde gute Rückendeckung bieten. Oder doch lieber auf den Baum? Von dort oben würde ich gewiss einen passablen Überblick haben.

Ich entschied mich für den Weg nach oben. Den Baum zu erklimmen war eine echte Herausforderung. Wie von selbst vergruben sich meine Krallen in die grobe Rinde. Die Hinterbeine stemmten sich gegen den Stamm. Ich zog mich hoch und hangelte mich bis zur ersten Astgabel. Heldenhaft trottete Brutus dem Fremden entgegen, den Schwanz steil aufgestellt, was bei Hunden nichts Gutes bedeutete, wie ich inzwischen gelernt hatte. Sie machten eben alles verkehrt, vom Wedeln angefangen bis zur Begrüßung.

»Hallo, Jana, was machst du denn hier?«, rief der Fremde.

Irgendwie kam mir die Stimme bekannt vor und Brutus wedelte jetzt so heftig, dass sein ganzer Hintern mitwackelte.

»Hi, Marcel. Dasselbe könnte ich dich fragen. Checkst wohl gerade aus, wo die Windräder aufgestellt werden sollen?«

»So ungefähr.«

Ach ja, jetzt erkannte ich ihn. Von der Astgabel über mir würde ich bestimmt einen noch tolleren Überblick haben. Also, erst mal weitergeklettert.

»Gehst du immer mit all deinen Tieren spazieren?«, fragte Marcel.

»Nur, wenn's passt.«

»Dein Kater ist gerade abgehauen.«

»Der wird Angst bekommen haben. Hoffentlich ist er nach Hause.« Sie drehte sich um und kniff die Augen zusammen. »Ich sehe ihn nirgends.«

»Ich auch nicht. Er schlägt sich schon durch. Ist schließlich eine wilde Katze.«

Das hörte ich gerne, allerdings hätte mir die Bezeichnung »Kater« besser gefallen.

»Aber noch ziemlich jung.« Sie wandte sich ihm erneut zu. »Wegen der schönen Aussicht bist du aber nicht hier, oder? Wer bezahlt dich eigentlich? Die Bank, der Bürgermeister oder das Gericht?«

»Keiner. Ich bin Student – schon vergessen? Ich mache mein Praktikum in Burkhardts Büro und soll euren Fall bearbeiten. Offenbar bin ich der Einzige, der sich Gedanken macht, wie ihr euren Hof behalten könnt.«

»Und deshalb gehst du auf die Senningshöhe?«

»Ich wollte mir einen persönlichen Eindruck verschaffen.« Er deutete auf den Bergrücken hinter sich. »Finde ich echt super, dass ich dich hier getroffen hab. Musst mir ja nicht gleich um den Hals fallen, aber ein bisschen Anerkennung für meine Bemühungen, euch zu helfen, würde mich schon freuen.«

»Woher soll ich wissen, dass du nicht mit dem Rohleder unter einer Decke steckst?«

»Das sollte dir dein weiblicher Instinkt sagen. Welchen Vorteil hätte ich vom Windpark eures Bürgermeisters?«

»Eine gute Beurteilung deines Chefs?«

»Unsinn. Hat dir das dein Freund, dieser Dennis, eingeredet?«

»Er ist nicht mein Freund.«

»Sondern?«

»Zumindest nicht so, wie du denkst.«

»Lass mich doch erst mal erklären, wozu ich euch rate.«

»Also gut. Aber gib endlich zu, dass du damals dienstlich auf dem Weg zu uns warst.«

Marcel kaute auf etwas herum, trat von einem Fuß auf den anderen und atmete tief durch. »Okay, es stimmt. Ich war beruflich unterwegs, aber nicht, um euch auszuspionieren, sondern aus reiner Neugier. Ein Eilverfahren … das kommt selten vor.«

»Wusste ich doch, dass es kein Zufall war.«

Seine Hände fuhren abwehrend hoch. »Hör mir bitte zu. Ihr hättet schon längst einen Antrag beim Amt für Umweltschutz stellen sollen. Das Gebiet ist absolut schützenswert.«

»Opa wollte das nicht. Er befürchtet, man könnte ihm das Betreten seines eigenen Grunds verwehren. Ist doch außerdem sowieso alles für die Katz.«

Für mich? Was war für mich?

Er zog die Schultern hoch. »Wer weiß? Und warum habt ihr keinen Einspruch eingelegt?«

»Weil Opa …«

»… keine Chance gesehen hat?«

Jana ließ die Arme jetzt locker hängen. »Genau. Würdest du uns helfen, den Einspruch zu formulieren?«

»Natürlich. Die Eingabe ans Amt für Umweltschutz kann ich auch machen, wenn ihr das wollt.«

»Das würde dem Rohleder die Suppe ordentlich versalzen – falls wir damit durchkommen.«

»Bestimmt.«

»Die Senningshöhe ist mein Lieblingsplatz. Mein Vater hat mich oft hierher mitgenommen und mir alles gezeigt. *Unser eigener Grund und Boden, den uns niemand nehmen kann*, hat er immer betont. Mein Gott, wenn der gewusst hätte …«

»Noch gehört er euch.«

»Vaters sehnlichster Wunsch war es, dass seine Kinder und Enkelkinder den Hof mal weiterführen.«

»Solange es auch deiner ist, würde es sich lohnen, darum zu kämpfen.«

»Und was wäre deiner?«

»Bis vor Kurzem noch der meines Vaters, aber das hat sich in den letzten Tagen geändert. Man muss seine eigenen Träume finden und versuchen, sie zu verwirklichen, um glücklich zu werden.«

Offenbar um die Umgebung zu betrachten, drehte sich Jana einmal im Kreis, bis sie ihm wieder gegenüberstand. »Du hast recht. Ich weiß jetzt, welchen Weg ich gehen muss. Danke.«

An seinem Gürtel klingelte es. »Verdammt«, sagte er und zog ein Ohrding hervor. »Ja … Gleich … Bin auf dem Weg.«

Er steckte es wieder weg. »Sorry, ich muss los. Wann soll ich vorbeikommen?«

»Am besten heute noch, aber spätestens bis morgen Nachmittag. Kannst du mir vorher eine SMS schicken, damit ich sicherstellen kann, dass Opa da ist?«

Schon halb im Gehen begriffen, antwortete er: »Okay, mach ich.«

Sie sah ihm nach, wandte sich dann ebenfalls um. »Komm, Brutus, heim geht's. Mal schauen, wo Tiger steckt.«

»In Ordnung!«, rief Brutus und galoppierte voraus.

Zeit für den Abstieg. Bloß wie? Verdammt hoch. Nase voraus? Nein. Springen? Nie im Leben, denn womöglich war ich bereits in meinem siebten und letzten angelangt.

Na toll. Ich hockte auf meiner Astgabel und konnte nicht mehr runter.

»Hilfe!«, schrie ich verzweifelt. »Hilfe!«

38

Ich miaute auf meinem Baum, so laut ich konnte – ohne Erfolg. Niemand kam zu meiner Rettung, ich war allein. Wenn im Leben eines wilden Abenteurers solche Gefahren lauerten, konnte ich leicht darauf verzichten.

Jana und Brutus waren weitergegangen, ohne mich in meiner misslichen Lage entdeckt zu haben. Auf den Baum zu klettern war blöde gewesen, zumal Marcel kein wirklicher Feind war.

Ein Vogel flatterte auf einen Zweig über mir und schaute interessiert zu mir herunter. »Katze im Baum«, flötete er.

»He du«, sprach ich ihn an.

»Katze im Baum!«, rief er erneut und hüpfte auf dem Zweig entlang. »Katze im Baum!«

Das klang ziemlich eintönig. »Ja, ich bin im Baum und will wieder runter.«

Er hüpfte näher zu mir her. »Katze da, Katze da!«

»Sag mal, kannst du auch was anderes singen?«

Offenbar beleidigt, plusterte er sich auf, was einen zerfledderten Eindruck machte.

»Katze, Katze, Katze!«, tschilpte er.

Ach, du meine Güte. »Wenn du nicht gleich still bist, schnapp ich dich mir!«

»Tz-tz-tz«, lachte er und flatterte auf.

Fauchend angelte ich nach ihm und hätte beinahe das Gleichgewicht verloren. Ein schneller Griff nach der Astgabel, und ich war wieder stabil. Puh, das war knapp gewesen.

Der Vogel ließ sich weiter oben im Geäst nieder. »Katze im Baum«, fing er die alte Leier aufs Neue an.

»Darauf wär ich nie gekommen.«

Er flog ein Stückchen höher. Bald würden ihm die Äste ausgehen, weil der Baum dort aufhörte. »Was will sie da?«, sang er frohgemut weiter.

»Dich fressen.«

Plötzlich saß er stocksteif, bewegte lediglich seinen Kopf ruckartig hin und her, und flog ein Stück auf mich zu.

»Bleib bloß, wo du bist!«, rief ich. Nicht auszudenken, wenn er wirklich käme, denn dann müsste ich ihm den vorlauten Schnabel stopfen – falls ich ihn auf meinem wackeligen Sitz überhaupt erwischte. Zu seinem Glück ließ er sich auf dem am weitesten entfernten Zweiglein nieder.

»Katze im Baum, was will sie da?« Er flatterte ein bisschen, putzte sich und strich seine Federn in aller Ruhe glatt. »Willst du runter vom Baum, musst du fliegen wie ich.«

Fliegen, ich? Pah. Obwohl er endlich mal was anderes von sich gab, hatte ich genug von seinem Gezwitscher. Angeblich sollten Vögel ja lecker schmecken, aber zu einer Unterhaltung taugten sie nicht.

Wenigstens hielt er jetzt seinen Schnabel. Vermutlich war er ein Späher, denn auf dem gegenüberliegenden Baum fiel nun eine ganze Schar dieser Großschnäbel ein.

»Mein Ast, mein Ast!«

»Nein, meiner, meiner!« So ging es die ganze Zeit. Hoffentlich blieben sie dort drüben hocken.

»Katze im Baum, kann nicht fliegen. Was will sie hier?«, erscholl es über mir.

Einmal mehr schaute ich am Stamm hinab, streckte eine Pfote probehalber nach unten aus – etwas vorgelehnt – vorsichtig. Alles Gewicht lag jetzt auf ihr – sie rutschte – ich rutschte. Also Krallen rein und das Ganze zurück. Mein Herz jagte.

Ich war wieder in der Astgabel. Noch mal gut gegangen.

Was nun?

Erleichtert bemerkte ich, dass der Vogel das Weite gesucht hatte. Sein Singsang hätte mir den Rest gegeben.

Als es langweilig zu werden begann, näherten sich zwei menschliche Stimmen. Hoffnungsfroh lauschte ich, aber es war weder die von Jana noch die von Marcel. Gleich darauf erkannte ich die rundliche Gestalt des Bürgermeisters und seinen Sohn.

Oha. Was wollten die hier? Mich retten wohl kaum. Jana und Marcel waren in Sicherheit, um die brauchte ich mir keine Sorgen zu machen. Sollte ich höher hinauf? Nein, zu gefährlich. Und runter zu denen verbot sich von selbst. Also blieb ich, wo ich war.

Der alte Rohleder ließ seine behaarten Arme kreisen, als versuchte er loszufliegen, während Dennis mit runterhängenden Mundwinkeln stur zu Boden blickte.

Sie schlenderten zu meinem Baum und blieben darunter stehen. Ich könnte auf ihre Schulter hüpfen und von dort auf den Boden. Aber das erschien mir zu unsicher.

Rohleder zeigte auf die Anhöhe vor ihm. »Genau dort sollen mindestens fünf von den Dingern aufgestellt werden.«

»Die verschandeln aber die ganze Landschaft.«

»Das ist mir scheißegal. Hauptsache, es fließt Geld in die Gemeindekasse.«

»Bei den Ebersheimern würde der Windpark aber viel besser hinpassen.«

»Du redest schon denselben Stuss wie deine Mutter. *Wir* stellen sie auf – nicht die. Verstanden?«

Dennis hob und senkte seine Schultern. »Von mir aus. Warum hast du mich hierhergeschleppt?«

»Wart's ab. Außerdem schadet es dir nicht, wenn du mal an die frische Luft kommst.«

»In meinem Cabrio hab ich genügend Frischluft.«

»Du willst doch mal mein Nachfolger werden, oder?«

»Ja – doch«, sagte Dennis und schüttelte dabei leicht den Kopf. Hatte ich beim Lernen der Menschensprache etwas falsch verstanden?

Der Alte reagierte jedoch nicht darauf, sondern blickte sich suchend um. »Wo bleibt der Kerl bloß? Ich hab schließlich noch was anderes zu tun.«

»Der hat bestimmt die Hosen voll, weil es das Land vom Moser ist.«

»Nicht mehr lange.« Rohleder schob sein Kinn vor. »Die Gemeinde übernimmt die Grundschuld von der Bank und damit hat sich's.«

»Und der Hof? Den könntet ihr den Leuten doch lassen.«

Rohleder legte den Kopf schief und stierte Dennis von der Seite an. »Bist du so blöd oder tust du nur so? In meinem Job kann ich mir keine Sentimentalitäten leisten.«

»Trotzdem.«

»Auf wessen Seite stehst du eigentlich? Übrigens, hast du bei der Kleinen Fortschritte gemacht? Die ist nämlich eine harte Nuss, die es zu knacken gilt. Wenn die erst mal bei dir in der Koje liegt, kannst du sie leicht beeinflussen.«

»Jetzt reicht's aber langsam.«

»Kein Wunder, dass ein Weichei wie du noch keine feste Freundin hat.«

»Vater!« Dennis schüttelte abermals den Kopf. »Ich mag sie, aber mehr nicht. Und ehrlich gesagt, finde ich deine Art, Geschäfte zu machen, zum Kotzen.«

»Aber nur bis zur nächsten Überweisung.«

»Irgendwann stehe ich auf eigenen Füßen.«

»Mit deinen ausgeflippten Szenefreunden wirst du das kaum schaffen. Und mit der Schauspielerei erst recht nicht.«

Dennis senkte seinen Kopf.

»Himmel, Arsch und Zwirn, ich will doch nur unser Bestes. Das musst du doch kapieren.«

»Tue ich doch.«

»Gut. Dann fährst du jetzt zu der Dame und überzeugst sie, wie toll das Stadtleben ist, so wie es abgesprochen war. Damit wäre das größte Hindernis aus dem Weg. Dann kann dieser Schnösel Hofmann mit seinen Einsprüchen so viel herumwedeln, wie er will.«

»Ich finde ihn …«

»Was?«

»Vergiss es.«

»Der kriegt hier keinen Fuß in die Tür, verstanden? Dass du mir bloß nicht weich wirst! Du willst doch Schauspieler werden, da kannst du gleich mal zeigen, was du draufhast. Was bildet der Kerl sich eigentlich ein, sich da einzumischen? Dem werde ich's zeigen.« Erneut blickte er sich um. »Wo er nur bleibt?«

»Nachdem er anscheinend nicht kommt, können wir jetzt gehen?«

»Miau« war alles, was mir dazu einfiel.

39

»Hast du das gehört?«, fragte Dennis und blieb stehen. Hoffnung keimte auf, die beiden könnten mich aus meiner Notlage befreien.

Rohleder jedoch marschierte unbeirrt weiter. »Was gehört? Los, beeil dich.«

»Hier!«, rief ich lauter.

Dennis sah sich um. »Da, schon wieder. Hört sich wie eine Katze an.«

»Na und? Verwilderte Hauskatzen gibt es wie Sand am Meer.«

»Deshalb hast du das Katzenschutzprogram durchgesetzt.«

Rohleder schnaubte. »Das macht doch Sinn, oder? Wenn's nach mir ginge, würde ich sie alle einschläfern lassen. Die verwahrlosten Viecher kosten die Gemeinde ein Schweinegeld.«

»Wir haben doch gar kein Tierheim.«

»Und dabei bleibt es auch. Wäre ja noch schöner, wenn wir die Versäumnisse ihrer Besitzer ausbügeln müssten. Komm jetzt endlich oder willst du heimlaufen?«

»Vielleicht braucht sie Hilfe.«

»Dann gibt's halt bald eine weniger.« Rohleder blieb stehen. »Siehst du den Milan dort oben? Der fängt alles, was er davontragen kann. Dem kann keiner was – außer du hast ein Gewehr. Was willst du sein? Milan oder Kaninchen? Wenn du in deinem Leben was erreichen willst, musst du dir deine Gefühlsduseleien abgewöhnen. Hab ich auch lernen müssen, und zwar auf die harte Tour.«

»Schwer vorstellbar, dass du mal für jemanden Mitgefühl hattest.«

Rohleders Nacken färbte sich rot. »Du hältst mich also für ein Charakterschwein.«

Dennis blieb kurz stehen, musterte seinen Vater von oben bis unten und kniff die Lippen zusammen. Was wollte er damit ausdrücken? Also ich fand Schweine lustig, obwohl ich mich selbst nie im Dreck suhlen würde.

»Vergiss nicht, dass ich das alles zum Wohle unserer Gemeinde mache. Dafür wurde ich schließlich gewählt.«

Die zwei entfernten sich. Zwar warf Dennis noch einen kurzen Blick zurück, folgte dann aber zügig seinem Vater.

Stille senkte sich über meine Umgebung. Der große Vogel kreiste über der Wiese, wobei es geradezu spielerisch wirkte, wie er ohne einen Flügelschlag, nur vom Wind getrieben, dahinglitt. Der hätte bestimmt kein Problem, sich von diesem Baum zu schwingen. Ich erinnerte mich an Mamas Warnung und Rohleders Aussage, dass er alles, was er tragen konnte, als Beute erachtete. Oje, kleine Katzen würden also auch darunterfallen. Bitte, flieg weg.

Er tat mir den Gefallen, und so war ich fürs Erste sicher. Die Frage war nur wie lange. Da mir der Boden nicht entgegenkam, würde mir nichts anderes übrig bleiben als zu springen. Mein Katzenmut sank ins Bodenlose. »Zu hoch, zu hoch«, miaute ich meine Verzweiflung hinaus.

Ein Fuchs, mit dem buschigsten Schwanz, den ich je gesehen hatte, kreuzte den Weg. Auf der Wiese verharrte er, legte seinen Kopf schief und spitzte die Ohren. Ich hielt den Atem an, denn ich konnte seine Anspannung nahezu spüren. Gleich würde er springen – gleich!

Mit einem mächtigen Satz schnellte er in die Höhe, landete auf allen vieren und stieß seine Schnauze Richtung Erde.

Und tatsächlich, er hatte einen Snack erwischt. So eine Gemeinheit. Ich war hier oben schier am Verhungern, während der sich dort unten einfach bediente.

»He, gib mir was ab«, maunzte ich. Schlagartig wurde mir bewusst, dass kleine Katzen womöglich auch zu seinen Beutetieren gehören könnten. Ich sollte besser mein Maul halten.

Der Fuchs zog ab, dafür kreiste jetzt der Milan wieder über der Wiese. Blitzschnell stieß er im Sturzflug nach unten und landete im Gras. Er hielt etwas mit seinen Krallen fest und zupft mit dem Schnabel daran herum.

Davon beeindruckt, duckte ich mich auf meiner Astgabel ganz tief. Langsam wurde es Zeit, dass mich jemand fand, aber hoffentlich weder Fuchs noch Vogel. Zu meiner Erleichterung strich der aber mitsamt seiner Beute ab.

Aus der Ferne trug der Wind Hundegebell zu mir herüber, das gleich darauf in ein Jaulen überging. So heulte nur einer: Brutus. Selten hatte ich mich so gefreut, den alten Tollpatsch wiederzusehen, und prompt rutschte mir ein Begrüßungs-Miau heraus.

Unter dem Baum angekommen, fragte er mit heraushängender Zunge: »Was suchst du denn da oben?« Täuschte ich mich, oder lag tatsächlich so etwas wie ein Lachen um seine Lefzen?

»Die Welt von oben betrachten, was sonst?«

»Das sieht eher so aus, als säßest du fest.«

»Wie kommst du denn da drauf?« Ich stand auf. Sollte ich auf sein breites Kreuz springen? Lieber nicht, der Dussel könnte im letzten Moment ausweichen.

»Trau dich ruhig!«, rief Brutus.

»Hier oben ist es wirklich nett.«

»Wenn du meinst.« Er wandte sich ab, watschelte Richtung Wiese und kläffte plötzlich: »Fuchs! Fuchs!«

Und schon galoppierte er los. »He, ich bin auch noch da!«, rief ich ihm hinterher.

Unbeirrt lief Brutus mit tiefer Nase der Fuchsspur nach, was aussah, als hätte er sich auf ihr festgesaugt. Es half alles nichts, ich musste hier runter, selbst wenn es wehtun würde. Tief Luft geholt, und –

»Tiiiiiger! Tiiiiiger!«

Die Stimme kannte ich: Jana.

»Hier, hier!«, klagte ich.

Endlich sah ich sie auf meinen Baum zueilen.

»Was machst du denn da oben?«, fragte sie. Komisch, dass mich alle dasselbe fragten. Ich begnügte mich mit einem Miau als Antwort und hoffte, es klang nicht gar zu jämmerlich.

Mit skeptischem Blick musterte sie den Baumstamm. »Ich fürchte, hier brauchen wir eine Leiter. Das dauert aber eine Weile, bis ich die hergeschleppt hab.«

Oje. Ich wollte heim und zwar auf dem schnellsten Weg. Außerdem würde mir was zu Fressen guttun.

Jetzt stellte sie sich direkt unter mich und streckte mir ihre Hände entgegen. »Spring einfach, Tigerchen. Ich fang dich auf. Hab Vertrauen.«

Die hatte gut reden. Konnte man einem Menschen so ohne Weiteres vertrauen? Die Hände waren nahe genug und ihr freundliches Gesicht wirkte beruhigend. Den Blick stur auf Janas Schulter gerichtet, versuchte ich, meine Angst zu verdrängen.

Kurz mit den Vorderpfoten getrippelt, um die richtige Absprungposition zu finden – und los!

Mit den Pfoten voran sprang ich ihr entgegen. Ein fester Griff bremste meinen Fall und gleich darauf lag ich an ihrer Schulter.

Mein Herz raste, aber ich hatte es geschafft. Ich war ein

richtiger Katzenheld. Zum Dank für die Rettung drückte ich meinen Kopf gegen ihren Hals und rieb ihn daran.

»Fein gemacht«, lobte sie Brutus, der einen Freudentanz um uns herum aufführte. »Jetzt geht's heim, Tiger. Abenteuer beendet.«

Eigentlich schade.

Der große Vogel kreiste wieder über unseren Köpfen und stieß einen heiseren Schrei aus.

Nee, mein Lieber, mich kriegst du heute nicht.

40

Keke erwartete uns am Stall. Sie hielt das Pferd mit den vielen Fliegen auf dem weißen Fell am Zaumzeug. »Hast du ihn gefunden? Prima. Ich wollte euch schon hinterherreiten.«

»Wäre gut gewesen, weil Tiger auf einem Baum festsaß. Zu hoch, um ihn einfach abzupflücken, aber noch nahe genug, dass er sich getraut hat, in meine Arme zu springen. Allerdings wäre der alte Whisky für eine Rettungsaktion besser geeignet gewesen.«

»Stimmt. Die Piroschka hätte wahrscheinlich gebuckelt. Darf ich sie ausreiten?«

»Klaro. Wenn du wartest, komme ich mit. Dafür hilfst du mir danach beim Reinbringen von Schneestern und Flocke. Es soll heute nämlich gewittern.«

Jana entließ mich auf den Boden und ging zur Haustür. »Willst du rein oder lieber draußen bleiben?«

Ich wollte dorthin, wo es was zu fressen gab. Also folgte ich ihr nach oben, stürzte mich auf meinen Teller und ließ nicht ein Stückchen des Inhalts übrig – was Brutus sabbernd verfolgte.

»Schau nicht so belämmert, du hattest dein Fresschen schon«, sagte Jana und zwängte sich in die Hose, die sie jedes Mal anzog, bevor sie sich auf den Rücken eines Pferdes schwang.

Ich warf einen Blick zur Spinne oben im Eck. Vielleicht saß sie auch fest und kam nicht mehr runter. Oder sie war inzwischen verhungert – schreckliche Vorstellung.

Kaum war Jana gegangen, sprang Brutus auf ihr Bett. Mit

einem tiefen Atemzug legte er seinen Kopf zwischen die Pfoten und schloss die Augen.

»Müsstest du nicht in den Zwinger?«, fragte ich.

»Das hat mir Opa erlassen. Sagte ich doch, er mag mich.«

Ach so. Ich zog mich in meine Katzenhöhle zurück. Im Halbschlaf hörte ich die Pferde auf dem harten Boden vom Hof klackern. Irgendwann flog ein riesiger Vogel durch meine Träume und eine Unzahl von Schnäbeln zwitscherte auf mich ein.

Stimmen vor dem Fenster weckten mich auf. Auch Brutus musste sie gehört haben, denn er gab ein leises Wuff von sich. »Jana und Keke sind zurück«, murmelte er. »Welche Freude.«

Sein Schwanz trommelte einen Marsch auf der Bettdecke.

»Dein Geklopfe nervt«, sagte ich.

»Mein Schwanz macht, was er will.« Er rutschte vom Bett und watschelte zum Fenster. »Da steht noch einer draußen.«

»Marcel?«

»Nein, Dennis.«

»Mist, das ist der Falsche.«

»Finde ich auch. Der will Jana von uns wegholen.«

»Schlimmer noch. Er hilft seinem Vater, uns hier rauszuschmeißen.«

»Weißt du das sicher?«

»Ich hab gute Ohren.«

»Die kleinen Dinger?«

»Was hat denn die Größe der Ohren mit gutem Hören zu tun?«

»Die Größe eines Körperteils lässt auf seine Leistungsfähigkeit schließen.«

»Hä? Wer sagt das?«

»Opa.«

»Der muss es ja wissen.« Ich sprang aufs Fensterbrett. »Gilt das auch für den Kopf?«

»Natürlich. Was siehst du?«

»Dennis geht breit grinsend auf Jana zu. Und – na so was. Er hat Blumen gepflückt. Wozu das denn?«

»Blumen? Oje, das ist ein schlechtes Zeichen.«

»Jana kriegt rote Wangen.«

»Noch schlechter. Blumen werden benutzt, um Weibchen gefügig zu machen – sagt Opa. Er holt immer welche, um Oma zu versöhnen, wenn er sie geärgert hat.«

»Aha. Dann war die Idee, Jana einen Snack zu bringen also Unsinn? Wir hätten Blumen pflücken sollen.«

Brutus legte seine Stirn in Falten. »Hm. Kann sein. Wenn Dennis sie rumkriegt, zieht sie aus und wir müssen ins Tierheim.«

»Hier gibt's keines, behauptet der Rohleder.«

»Oh doch. Bei der Stadt. Dort müssen schreckliche Zustände herrschen. Wenn wir da einmal drin sind, kommen wir nie mehr raus.«

»Hast du eine Idee, wie wir das verhindern können?«

»Äh …«

»Du hast den größeren Kopf, da sollte eine Idee Platz haben.«

Brutus blinzelte mich aus seinen immer traurigen Augen an. »Zuerst mal müssen wir hier raus.«

»Dazu sind wohl meine Türaufmachkünste gefragt – Kleinigkeit.« Ich brachte mich in Position, trat auf der Stelle und sprang hoch.

Mit dem Kopf knallte ich gegen die aufgehende Tür. Mist, ich hätte auf Schritte, die sich näherten, achten sollen. Brutus schüttelte sich vor Lachen.

Oma stand im Zimmer, in der Hand eine Schachtel.

»Mir nach!«, bellte Brutus und flitzte an ihr vorbei.

Was da wohl drin war? Neugierig beäugte ich, was Oma zum Tisch trug.

»Komm endlich!« Brutus musste bereits auf der Treppe sein.

Ich riss mich vom Anblick der Schachtel los und flitzte die Treppe runter, hinaus ins Freie. Was für ein Glück, dass die Haustür offen gestanden war.

Dennis stand mit seinem Blumenstrauß vor Jana und streckte ihn ihr entgegen. Ihr braunes Pferd guckte gierig auf die bunte Blütenpracht und ich wünschte, es würde sie vertilgen.

»Eine süße Katze hast du«, sagte Dennis.

»Den Strolch musste ich vorhin bei der Senningshöhe von einem Baum holen.« Jana streichelte die Nase des Pferdes.

»Ach, die war das …« Dennis starrte die Blumen an.

»Er hätte mich ruhig retten können«, sagte ich zu Brutus.

»Wovor?«

Offenbar nützte Brutus sein dicker Kopf nichts. »Als ich auf dem Baum festsaß.«

»Soll ich ihm dafür ans Bein pinkeln?«

Ich überlegte kurz. Der Vorschlag gefiel mir, obwohl Dennis und Jana davon nicht begeistert sein würden. Stattdessen fauchte ich lieber Dennis an und machte meinen Schwanz buschig.

»Schau, sie macht aus ihrem Schwanz eine Flaschenbürste«, wurde dies von Keke kommentiert. »Wie putzig.«

»Lieb von dir, dass du mir Blumen bringst. Oder sind die für Keke?«

Die kicherte.

»Nein, nein«, stotterte Dennis. »Willst du sie mir nicht abnehmen?«

»Natürlich. Die sind aber schön. Aus welchem Garten hast du sie denn geklaut?«

Dennis' Gesicht nahm eine rote Färbung an. »Nee, nee, gekauft.«

»Heute, am Sonntag?«

»Okay, sie sind aus dem Garten meiner Mutter.«

»Fein. Das ist mir sogar lieber.« Jana nahm die Blumen entgegen, während Brutus aufstöhnte. Vielleicht sollte er sein Vorhaben doch in die Tat umsetzen und sich an Dennis erleichtern.

»Ich wollte dir mal die Wohnung zeigen. Hast du Zeit?«

Jana schaute Keke an, die ihr zuzwinkerte. »Passt schon, aber wir müssen uns beeilen, weil ich Besuch erwarte.«

»Dauert nicht lange«, sagte Dennis.

»Ich nehme dir Whisky ab.« Keke griff nach den Zügeln. »Kein Problem.«

»Hoffentlich stört es dich nicht, dass ich nach Pferd rieche.« Mit erhobenem Kinn strebte sie an Dennis vorbei, der hinter ihrem Rücken die Nase rümpfte.

»Ach Quatsch«, sagte er.

»Sie darf nicht mit ihm gehen!«, rief Brutus.

»Was tun? Sie festhalten, oder was?«

»Vors Auto legen.«

Blöde Idee. Mama hatte mich immer gewarnt, diesen Dingern nicht in die Quere zu kommen. Trotzdem trabte ich los.

»Nein! Bloß nicht, Dennis würde dich glatt überfahren.« Brutus lief ihnen voraus, wobei er stark humpelte. Er hielt an und hob die Pfote. »Aua, aua.«

Jana stoppte sofort, kniete sich nieder und nahm seine Pfote in die Hand. »Was ist los? Zeig mal her.«

Mit der anderen tätschelte sie ihm tröstend den Kopf. »Armer Brutus. Ich bleibe besser hier und kümmere mich darum, okay?«

»Wieso? Der Kö… äh, der Hund kann doch warten?«

»Sei vorsichtig mit dem, was du sagst, denn dieser Köter wird dein zukünftiger Mitbewohner – falls ich jemals bei dir einziehe.«

»Sorry, aber bei den Eltern kann so was schon mal passieren.«

»Trotzdem, zuerst der Hund. Mir wär's lieber, wir würden die Besichtigung verschieben. Wie wär's um fünf?«

Dennis zögerte zuerst, nickte dann aber. »Abgemacht. Um fünf. Und verzeih mir bitte den Köter. Dein Hund und deine Katze sind mir natürlich jederzeit willkommen.«

»Cool. Bis später dann.« Sie winkte ihm zu, nahm Brutus am Halsband und führte ihn zum Haus zurück.

»Ziel erreicht. Du kannst aufhören zu humpeln«, rief ich ihm zu.

»Leichter gesagt als getan. Mir tut die Pfote nämlich wirklich weh. Muss mir einen Dorn eingetreten haben.«

Auweia. Ich sah den beiden nach, wie sie im Haus verschwanden, und blieb bei Keke sitzen, um ihr Gesellschaft zu leisten.

Mein Bedarf an Überraschungen war für heute gedeckt, aber man wusste ja nie, welche Gefahren hinter der nächsten Ecke lauerten.

41

Auf dem Vorplatz der Scheune strich Keke mit einer Bürste über das Fell ihres mit Fliegen bedeckten Pferdes, ließ sie kreisen und streifte sie auf einem zackigen Ding in der anderen Hand ab. Ihre Augen suchten braune Schmutzstellen, denen sie sogleich den Garaus machte. Die Fliegen allerdings blieben im Fell und mir wurde klar, dass sie offenbar zum Pferd gehörten.

Sie arbeitete sich vom Pferdehals bis zum Hinterteil vor und machte dann mit den Beinen weiter. Gespannt wartete ich, ob was Tolles passieren würde, aber außer dass ihr manchmal der Pferdeschweif um die Ohren geschlagen wurde, geschah nichts.

Die schneeweiße Pferdemutter und ihr graues Fohlen grasten auf der Koppel. Zwei Pferde kauten Heu in ihren Boxen und Whisky glänzte feucht, nachdem Keke ihn beregnet hatte. Warum sie das getan hatte, war mir schleierhaft, denn dicke Wolken verhießen baldigen Regen. Die Arbeit hätte sie sich sparen können.

Schwere Schritte vor dem Stall kündigten Opa an. Wie immer, wenn er sich näherte, stellten sich mir die Haare auf. Obwohl er sich mir gegenüber nie angriffslustig verhalten hatte, misstraute ich ihm. Es würde mich nicht wundern, wenn er Mama verscheucht oder gar beseitigt hätte. Bislang war sie nicht wieder erschienen und mit jedem Sonnenaufgang sank meine Hoffnung auf ein Wiedersehen.

»Hallo, Keke. Wo ist Jana?«, fragte er knapp, als er vor ihr stehen blieb. Er sah aus, als trüge er eine schwere Last auf den Schultern.

»Im Wohnhaus. Brutus hat sich an der Pfote verletzt.«

Opa wischte sich die Stirn. »Der alte Trampel. Was war mit dem Kater?«

»Tiger saß auf einem Baum fest und Jana musste ihn retten.«

»Dummes Vieh.«

»Junge Katzen machen so was gern.«

»Komisch, dass überhaupt welche überleben, wenn sie sich so dumm anstellen.«

»Dumm sind sie nicht, eher zu neugierig.«

»Neugier ist der Katze Tod, sagt man.«

»Vielleicht werden deshalb so viele geboren, weil die meisten in der Natur nicht überleben würden. Eine hohe Geburtenrate tritt bei einer Tierart immer dann auf, wenn sie viele Feinde hat oder durch Seuchen dezimiert wird.«

»Soso. Und woher weißt du das?«

»Biounterricht. Und da der Mensch durch sein Eingreifen oft die natürliche Selektion verhindert, vermehren sie sich wie die Karnickel. Nur die Kulturfolger und Haustiere profitieren von den menschlichen Errungenschaften, während der Rest die Arschkarte gezogen hat.«

»Jetzt weiß ich, warum Jana und du Freundinnen seid.«

Keke lachte auf. »Weil wir so viel quasseln?«

»Das ginge noch. Nein, weil ihr eure Weisheiten so ungeniert verbreitet.«

»Jana weiß viel mehr über solche Sachen als ich. Mit ihrer Passion für Tiere sollte sie Biologie oder Tiermedizin studieren, anstatt später in irgendeinem Büro zu versauern.«

»Und was willst du mal werden?«

»Journalistin. Ich berichte dann über Janas Entdeckungen.«

»Hm. Mir wäre es am liebsten, sie würde später einmal den Hof übernehmen. Eigentlich hatte ich das von ihren

Brüdern erwartet, aber die waren sich dafür zu fein. Genau wie Janas Mutter. Bekanntlich fällt der Apfel nicht weit vom Stamm. Kaum war unser Sohn unter der Erde, ist sie auf und davon.«

»Traurige Geschichte.« Keke blickte zu Boden. »Ich kann mich noch gut daran erinnern, wie niedergeschlagen Jana war, als ihre Mutter sie zurückgelassen hat. Jana liebt den Hof. Aber als Frau die ganze Arbeit allein zu bewältigen …? Ich weiß nicht. Solange ihr da seid, geht's ja noch. Außerdem ist ein abgeschlossenes Studium immer von Vorteil. Sie hätte ein zweites Standbein und könnte eine Hilfskraft einstellen.«

»Wer will heutzutage noch auf einem Bauernhof arbeiten?« Opa winkte ab. »Wir haben in der Schule auch viel gelernt, das meiste aber von unseren Eltern und Großeltern. Bauer sein kann man nicht lernen, dazu wird man geboren.«

Das hatte was für sich. Katze sein konnte man auch nicht lernen, man wurde als eine geboren. In der Hoffnung, er würde mich übersehen, schlich ich mich davon. Als ich mich umdrehte, ruhten seine blauen Augen auf mir.

»Er hat auch blaue Augen«, sagte Opa.

»Wer? Tiger? Ja, das ist mir auch schon aufgefallen. Möchte zu gern mal wissen, wer sein Papa ist. Die Mutter war kohlrabenschwarz, mit grünen Augen.«

»Irgendein Streuner halt.«

»Nee, das glaub ich nicht. Dein Papa war was Besonderes, stimmt's, Tigerchen? Eine Waldkatze zum Beispiel.«

»Ein reinrassiger Streuner? Blödsinn.«

Oh ja, ganz bestimmt. Waldkatze hörte sich toll an. Frei und wild war er gewesen, ein richtiger Kampfkater, der sich keinem unterordnete. Ich konnte da nicht mithalten, hatte ich doch meine Freiheit für ein paar Streicheleinheiten verkauft. Wenn ich's mir recht überlegte, eigentlich ein guter Tausch. Im Stall gab es jede Menge Snacks und zudem keine Vögel, die kleine Katzen davontrugen. Und im Haus wurde man mit Wärme und Futter von lieben Menschen verwöhnt, die einem sogar einen Dorn aus der Pfote zogen.

Das alles sollte jetzt durch Dennis' Vater infrage gestellt sein? Wenn der sich noch mal auf den Hof wagte, würden Brutus und ich ihm zeigen, was wir von seinen Plänen hielten.

Wenn man vom Hund spricht … Brutus humpelte hinter Jana her.

»Geht wieder!«, rief er schon von Weitem.

»Warum lahmst du dann?«

»Weil es beim Auftreten noch wehtut.«

Ich sollte lernen, meine Augen zu rollen. »Verstehe«, sagte ich stattdessen.

»Komm mit«, sagte Opa zu Jana, »ich muss mit dir reden.«

Die schüttelte den Kopf. »Ich hab keine Geheimnisse vor Keke, also, was gibt's?«

»Oma und ich haben uns entschlossen, das Handtuch zu werfen.« Opas Hände fuhren in die Hosentaschen, als wollte er das Handtuch daraus hervorziehen.

»Was?!« Jana trat einen Schritt auf ihn zu. »Kommt gar nicht in die Tüte. Wir kämpfen bis zum bitteren Ende.«

»Womit und gegen wen? Nein, wir stehen mit dem Rücken an der Wand.«

Das stimmte nicht, denn der Einzige, der vor einer Wand lag, war Brutus.

Jana schüttelte ihren Kopf. »Der Hof hat noch einen gewissen Wert, die Maschinen auch. Es würde genug übrig bleiben, um uns zu versorgen. Trotzdem werden wir nicht aufgeben. Wo ist Omas Rückgrat geblieben?«

In diesem Moment kam sie ganz aufrecht aus dem Haus gelaufen – komisch. Vermutlich hatte sie ihr Rückgrat noch und Jana hatte sich nur einen Spaß erlaubt.

Jana wandte sich ihr sofort zu. »Oma! Stimmt es, was Opa sagt?«

»Dass er aufgibt?«

»Er? Das heißt, du nicht? Na, Gott sei Dank. Das ist und bleibt unser Hof, und damit basta!«

»Schön wär's!«, warf Opa mit zittriger Stimme ein. »Die Frage ist: Wer führt ihn weiter, wenn wir beide zu alt sind?«

»Ich. Und nun Schluss mit dem Gerede. Ihr seid noch lange nicht zu alt. Wo bleibt eigentlich Marcel?«

»Was willst du von ihm?«, fragte Oma.

»Er möchte uns helfen, indem er den Einspruch aufsetzt, den du unterschreiben wirst.« Janas Augen blitzten, die Hände hatte sie in die Hüften gestemmt. Hm ... Sie würde wirklich eine prima Katze abgeben. Schade, dass sie nur ein Mensch geworden ist.

Oma nickte. »Gut, wenigstens einer in der Familie, der Mumm in den Knochen hat – außer mir natürlich.«

»Und später wird mich Dennis abholen, um mir seine Wohnung zu zeigen. Wenn der meint, ich würde bei ihm einziehen, hat er sich getäuscht. Er mag keine Katzen, und ich glaube sogar, dass er Tiger auf dem Baum gesehen, ihm aber nicht geholfen hat. Außerdem hat er Brutus als Köter bezeichnet.«

»Was hat Dennis auf der Senningshöhe zu suchen gehabt?«

»Das würde mich auch interessieren. Vermutlich wollte sich sein Papa schon mal seine zukünftige Beute begutachten.«

Offenbar misstraute sie Dennis. Sehr gut. Jetzt müsste sie sich nur noch mit Marcel aussöhnen. Vielleicht sollte er ihr anstatt Blumen eine Maus vor die Füße legen. Das würde bestimmt wirken. Allerdings bezweifelte ich, dass er fähig war, eine zu fangen. Das konnten nur Füchse, Vögel und Katzen.

Da sich hier nichts weiter ereignete, verzog ich mich in den Stall und ging dort über die Stiege auf den Heuboden. Ach ja, die Erinnerungen: Mama und ihr Reinlichkeitsfimmel. Ich war schon fast erwachsen und würde vielleicht bald ein hübsches Katzenmädchen … Und was dann?

Jana verlassen?

Unmöglich. Dazu mochte ich sie viel zu sehr. Und Brutus auch – ein bisschen. Ich setzte mich in die Mitte des Heubodens. Zwischen den Ballen raschelte es verdächtig, während oben im Dachgebälk die Eule schlief.

Mein kleines Reich.

Ich musste mich beeilen, wollte ich noch einen Snack für Marcel fangen. Also begab ich mich in Lauerposition vor den Spalt zweier Heuballen. Mama hatte es auch immer so gemacht und war oft erfolgreich gewesen.

Tatsächlich – das Rascheln näherte sich. Ich konnte den grauen Flitzer riechen, was meinen Körper zum Vibrieren brachte. Gleich würde ich meinen ersten selbst gefangenen Snack haben. Komm nur her, mein kleines Mäuschen.

Noch ein Stückchen, noch ein Stückchen.

Da, im dunklen Spalt, wackelte ein Näschen, um zu prüfen, ob die Luft rein war.

Ich saß ungünstig. Verdammt. Was nun? Jede Bewegung würde den Nager alarmieren.

Die Mäuseschnauze verschwand im Hintergrund des Spalts und ich kam mir vor wie der letzte Depp. Hoffentlich hatte keiner meinen Misserfolg gesehen.

»Schuhu«, machte die Eule über mir. Hatte sie etwa gelacht?

42

Das nie enden wollende Gackern des Hühnervolkes wurde leiser, als es in seinen Stall marschierte. Auch die Schweine suchten Schutz in ihrem Bretterverschlag. Bedrohliche Gewitterwolken zogen auf. Zeit, mir einen geeigneten Unterschlupf zu suchen.

Jana schien dasselbe zu denken, denn sie und Keke beeilten sich, die Pferde von der Koppel zu holen.

»Komm, wir gehen in den Stall«, sagte ich zu Brutus, der sich auf dem Vorplatz ausgestreckt hatte. »Da braut sich was zusammen.«

Brutus wackelte mit nur einem Ohr. »Kein Problem. In ein, zwei Sätzen sind wir in Sicherheit.«

»Das schon, aber wenn ich an Wasser denke, wird mir mulmig zumute.«

»Mir auch. Ich mag es überhaupt nicht, gebadet zu werden. Der Schaum schmeckt so seifig. Aber im Teich hinter Enten herjagen macht irre Spaß.«

»Wir Katzen brauchen kein Bad. Wir schwimmen auch nicht hinter Enten her.«

»Alles kein Grund, wasserscheu zu sein.«

Ich dachte nach. »Irgendwas Schreckliches ist damals in der Katzenkolonie geschehen.«

»Welche Katzenkolonie?«

»Wir waren ganz viele, saßen gerade friedlich zusammen und unterhielten uns über Mäusejagd und all das, was Katzen interessiert, als plötzlich … Ich kann mich nicht mehr genau erinnern. Jedenfalls gab es danach nur noch Mama und mich.« Ich rollte mich auf dem Boden hin und her, um ihn zu markieren. Mein Platz! Ah … noch einmal gedreht und die Nase auf dem Boden gerieben. So, jetzt duftete er gut.

»Pass auf, die Pferde kommen.« Brutus stellte sich auf seine Pfoten und hielt sofort die verletzte hoch. »Autsch.«

Tatsächlich führte Jana ein Pferd auf uns zu. Schnell in die Scheune! Der Gehbehinderte knabberte an seiner Vorderpfote, was Jana beim Vorbeigehen mit einem lauten »Pfui, Brutus!« tadelte.

»Warum hörst du nicht auf sie?«, fragte ich. »Jana hat den größeren Kopf, also ist bei ihr mehr drin als bei dir.«

»Bist du sicher? Mein Instinkt sagt mir, dass ich die Pfote gesundlecken muss. Sie schmeckt auch ganz seltsam.«

Jana kam aus dem Stall zurück und strich mit einer Hand über seine Schnauze. »Ich hab dir die Creme nicht draufgeschmiert, damit du sie wieder ableckst.«

»Siehst du?«, sagte ich. »Jana hat mehr drin.«

»Mag sein.« Brutus guckte schuldbewusst und zog die verletzte Pfote unter die Brust. »Hattest wohl keinen Jagderfolg, du Anfänger?«

Das saß. Hatte die Scheuneneule etwa gepetzt? Ich sprang auf eine Kiste und schaute zu ihm runter. »Wie kommst du darauf?«

»Weil du vom Heuboden kamst.«

Ich schloss meine Augen zu schmalen Schlitzen. »Dort oben ist meine alte Heimat, schon vergessen? Außerdem hätte ich ja auch ein Nickerchen gehalten haben können.«

»Ich vergesse nichts.«

»Nur das Verbot, deine Pfote zu lecken.«

»Das ist was anderes.«

»Ich würde mir nichts verbieten lassen. Schließlich bin ich eine Katze. Du dagegen musst tun, was der Mensch dir befiehlt.«

Brutus schüttelte den Kopf, dass seine Ohren nur so klatschten. »Bist ja bloß neidisch, weil ich der bessere Jäger bin.«

Seine Hinterpfote näherte sich dem Ohr, stoppte dann aber unvermittelt. »Ach übrigens, ich glaube, ich hab deine Mama gesehen.«

Vor Schreck wurde ich ganz steif. Das konnte nur eines bedeuten: Opa hatte seine Drohung wahrgemacht. »Tot?«

»Nicht sehr. Sie lief quietschlebendig übers große Feld hinter der Koppel; folgte einer gestreiften Katze, die größer und langhaariger war als sie.«

Plötzlich sah ich klar. Mama hatte unser Zuhause wegen eines Katers aufgegeben. Am liebsten wäre ich ihr sofort hinterhergestürmt, um sie zur Rede zu stellen, aber Brutus versperrte mir den Weg.

»Wohin willst du? Es regnet gleich.«

Richtig. Ich sah hinaus. Die Regenwolken bedeckten inzwischen den gesamten Himmel.

Ich zog mich tiefer in die Stallgasse zurück und meine Gedanken wirbelten durcheinander. Was hatte Mama gesagt? Wenn ich alt genug sei, würde sie mich verlassen, weil sie neue Kinder bekäme, um die sie sich dann kümmern müsste. Das wäre seit Katzengedenken so. Also war alles in Ordnung. Hoffentlich hatte sie mich trotzdem noch lieb.

Keke kam mit Schneestern und Flocke in den Stall gepoltert. Grund genug, auf die Kiste zu springen.

»So, das waren die letzten. Draußen klatschten die ersten Tropfen auf den Boden. Das wird einen ordentlichen Regenguss geben«, sagte Keke.

Das Fohlen verpasste die Tür zu seiner Box, die es mit seiner Mutter teilte, und irrte jetzt durch die Stallgasse.

»Komm, Kleines«, sagte Jana, obwohl Flocke viel größer war als ich oder Brutus. Das Fohlen hopste wild umher, woraufhin Keke ihre Arme ausbreitete, um ihm den Weg zu abzuschneiden, während Brutus sich an der Wand in Sicherheit brachte. Mitten in dem allgemeinen Durcheinander stand plötzlich Marcel im Stalltor, in der Hand eine Ledermappe. Hatte er wieder ein Bild von mir dabei?

Er wedelte wild mit den Armen und scheuchte so Flocke in den Stall zurück, wo es Jana gelang, sie einzufangen. Marcels Brauen zuckten hoch, als er in Janas Augen blickte.

Prompt erstrahlte ihr Gesicht. »Gut gemacht. Danke.«

»Null Problemo.« Marcel schenkte Brutus einen Streichler, während ich leer ausging. Gemeinheit!

»Wieder kein Leckerchen«, schimpfte Brutus.

Keke grinste nur und zog eine Boxentür zu. »Ich geh ins Haus. Mal sehen, ob Oma ein Stück von ihrem Apfelkuchen rausrückt.«

»Macht sie garantiert. Guten Appetit!«, rief ihr Jana hinterher. »Wartest du auf mich?«

»Klar, ich muss doch wissen, wie es ausgegangen ist.« Sie blieb am Stalltor stehen und streckte die Hand aus. »Es regnet! Mist!«

»Das wäre das erste Mal, dass es Mist regnet«, brummte Brutus.

Keke rannte los. Keine zehn Pferde brächten mich in dieses Unwetter. Genau genommen, würde ein Pferd reichen, aber sie standen brav in ihren Boxen und mampften ihr Heu.

»Du kommst spät«, sagte Jana zu Marcel.

Seine Schultern zuckten hoch. »Sorry, ich hatte eine Verabredung.«

»Ach so?«

»Nein, nicht was du denkst.«

»Wäre ja auch egal, oder?« Sie nahm einen Besen in die Hand und begann, die Stallgasse zu fegen.

Marcel wich dem Besen aus. »Also mir wäre es nicht egal.«

»Ehrlich gesagt, weiß ich nicht mehr, wem ich glauben soll.«

Er zog die Augenbrauen hoch und öffnete die Mappe. »Mir zum Beispiel. Ich habe euch den Entwurf für den Einspruch mitgebracht. Dein Großvater muss ihn nur ausfüllen und unterschreiben.« Er räusperte sich. »Die Eingabe ans Umweltamt hab ich auch dabei. Jetzt, nachdem ich mir ein besseres Bild von der Senningshöhe gemacht hab, konnte ich noch ein paar Argumente mehr anführen.«

»Super. Am besten, wir gehen ins Haus. Wundere dich nicht, wenn Dennis hier aufkreuzt. Er will mir seine Bude zeigen.«

»Aha.« Marcels Lippen wurden schmal.

»Oje«, sagte Brutus. »Das läuft schon wieder schief.«

»Vermutlich hast du recht.« Ich sprang von der Kiste und schritt hoch erhobenen Schwanzes auf Marcel zu. Prompt bückte er sich, um mir über den Rücken zu streicheln.

Janas Gesichtsausdruck entspannte sich augenblicklich.

»Du magst Katzen und Hunde, nicht wahr?«, sagte sie.

»Logisch, sonst könnte ich sie ja nicht zeichnen.«

»Das macht Sinn.«

Stolz, mein Ziel erreicht zu haben, strich ich zwischen Janas Beinen hindurch.

»Hast wohl Hunger?«, fragte sie. »Komm, Marcel, wir gehen rüber ins Haus, dort ist es gemütlicher.«

»Hab ich was von Apfelkuchen gehört?«

»Omas Apfelkuchen ist berühmt.«

»Du machst mir den Mund wässrig. Gleich sabbere ich wie Brutus.«

Der schluckte tatsächlich. Mich hingegen interessierte der Kuchen zwar auch, aber vielmehr die Sahne. Bisher hatte sie keiner erwähnt, aber Oma war immer für Leckereien gut.

Ich begab mich zum Stalltor, hinter dem die Pfützen von aufschlagenden Regentropfen brodelten. Kein Katzenwetter – eher ein Hundewetter.

Auf dem Hof rannte ein Mann zuerst Richtung Haus, stoppte dann und steuerte jetzt direkt auf uns zu.

Dennis.

»Ausgerechnet der«, stöhnte Brutus.

»Was jetzt?«, fragte ich und sprang zurück auf die Kiste.

»Sieh da«, sagte Dennis, »der feine Herr Hofmann. Versuchst wohl immer noch, den Leuten hier weiszumachen, dass ein Einspruch Erfolg haben könnte, obwohl du genau weißt, dass er lediglich der Bank mehr Verzugszinsen bringt? Übrigens, warum bist du nicht auf der Senningshöhe erschienen? Wir haben die ganze Zeit auf dich gewartet. Willst du wohl dein eigenes Süppchen kochen?«

43

Ein Grinsen flackerte in Dennis' Gesicht auf, während seine Worte im Raum standen. Janas Finger umklammerten den Besenstil und die Knöchel wurden genauso weiß wie Marcels Gesicht. Es war mucksmäuschenstill. Selbst der Regen hatte aufgehört und sogar die Pferde hatten ihr Mampfen eingestellt. In Erwartung des großen Knalls schienen sich alle zu ducken. Es mochte aber auch an der Dunkelheit liegen, die uns umgab, oder an der knisternden Spannung, die in der Luft lag.

»Ich verstehe das nicht«, jammerte Brutus leise. »Warum müssen die sich immer streiten?«

»Ich fürchte, das ist nur der Anfang.« Ich drückte mich flach auf die Kiste. »Da braut sich ein Gewitter zusammen.«

»Ich mag keine Gewitter.«

Ich auch nicht. Schade, dass Dennis nicht schon längst gegangen war, denn sonst könnten wir Omas Apfelkuchen mit Sahne verdrücken. Aber nein, er musste sich ja unbedingt einmischen. Auf mein Fauchen hin schnitt er mir eine Grimasse. Und jetzt streckte er mir sogar heimlich die Zunge raus. Vielleicht war er erhitzt und wollte sich auf diese Weise Kühlung verschaffen, wie ich es bei Brutus oft beobachtet hatte?

»Du warst also mit Dennis auf der Senningshöhe verabredet?«, fragte Jana endlich in die Stille hinein. »Und weshalb, wenn ich fragen darf?« Der Besen schlug klappernd auf dem Boden auf. Sie ballte die Hände und beugte sich leicht vor.

Marcel wich zurück. »Warum glaubst du immer ihm und nie mir?«

»Weil er bisher die Wahrheit gesagt hat.«

»Bist du dir sicher?«

Ihre Augen wanderten zwischen den beiden hin und her.

»Warum sollte ich lügen?«, sagte Dennis.

»Weil du deinem Vater in die Hände spielst, zum Beispiel«, erwiderte Marcel scharf. »Der Apfel fällt bekanntlich nicht weit vom Pferd.«

»Das stimmt«, flüsterte ich Brutus zu. »Marcel hat eine gute Beobachtungsgabe. Neulich ist einem Pferd ein Apfelstückchen aus dem Maul gefallen und direkt vor seinen Füßen gelandet.«

»Das hast du falsch verstanden«, wisperte Brutus zurück. »Er meint die Rückseite des Pferds.«

»Dort hab ich noch nie einen Apfel rausfallen sehen.«

»Hauhauhau«, lachte Brutus. Jana hingegen schien Marcels Äußerung gar nicht lustig zu finden.

»Streitest du etwa ab, auf der Senningshöhe gewesen zu sein?«, fuhr sie Marcel an.

»Warum sollte ich? Wir haben uns dort doch getroffen.« Marcel machte ebenfalls einen Schritt auf sie zu, stand jetzt direkt vor ihr. »Ich weiß, das Ganze kommt blöd rüber, aber ich hatte nie vor, euch zu hintergehen. Wozu auch?«

»Gut macht er das«, sagte Brutus. »Jetzt nimm sie endlich in den Arm und küss sie.«

»Au ja.« Das wollte ich schon lange mal sehen. Zu meinem Leidwesen schob sich Dennis vor Jana und verdeckte mir die Sicht.

»Was gibt es da zu leugnen?«, fuhr Dennis dazwischen. »Du kannst doch zugeben, dass wir dort verabredet waren.«

»Jetzt geht's aber los. Du leidest wohl unter Halluzinationen«, entgegnete Marcel mit knallroten Ohren.

Dennis drehte seinen Oberkörper halb zur Seite. »Außer dir war kein anderer dort.«

»Deinen Scharfsinn möchte ich haben.«

»Warum wolltest du meinen Vater sprechen? Doch nur, um ihm deine Pläne, Janas Hof betreffend, zu verraten.«

»Wäre das nicht etwas spät gewesen? Du unterstellst mir also, Jana und ihre Familie hintergehen zu wollen? Fehlt nur noch, dass du mir vorwirfst, mit der Bank gemeinsame Sache zu machen. Du bist ja total durchgeknallt.«

Dennis stutzte. »Mein Vater wurde zur Senningshöhe bestellt, aber der andere ist nicht gekommen.«

»Moment mal!« Jana stellte sich mit erhobenen Händen zwischen die beiden. »Wer wirft hier wem was vor? Seid ihr nun zufällig dort gewesen, oder nicht?« Ihre Stirn legte sich in Falten. »Jetzt fällt es mir wie Schuppen von den Augen.«

Ich guckte genau hin, aber von Schuppen keine Spur. Hätte mich auch gewundert, denn Jana war schließlich kein Fisch.

Ein Windstoß fegte in die Stallgasse und wirbelte das von Jana zusammengekehrte Heu wieder auseinander.

»Oje«, meinte Brutus. »Gleich geht's rund.«

Marcel setzte an, etwas zu sagen, aber Jana war schneller. »Also deshalb hast du dich so abrupt verabschiedet«, fauchte sie. »Du hast den Anruf vorgetäuscht, um dich aus dem Staub machen zu können.«

»Aber – aber …« Marcel schaute von einem zum anderen. »Allmählich gehen mir diese ständigen Verdächtigungen auf die Eier. Wie du weißt, war ich dort, um mich davon zu überzeugen, inwieweit das Gebiet schützenswert ist. Und der Anruf war echt. Der Burkhardt wollte von mir was wissen.«

»Am Sonntag?«

Marcel wischte sich über die Stirn. »Ja, am Sonntag. Er macht sich einen Spaß daraus, mich nachts oder auch am Wochenende wegen irgendeinem Pippifax anzurufen. Aber das interessiert dich ja nicht.«

Jana zögerte und ließ ihren Blick zwischen den beiden Männern hin und her schweifen.

»Komm, sag was Nettes«, brummte Brutus.

Verblüfft schaute ich ihn an. »Wer? Ich?«

»Nein, Frauchen oder Marcel, du Dummkatze.«

Gespannt schaute ich zu Jana und konnte diesen Jetzt-oder-nie-Moment förmlich spüren. Erst als Marcel sie flehend anschaute, entspannten sich ihre Hände.

Dennis hob den Finger. »Und im Übrigen hab ich was dagegen, dass du versuchst, mir meine Freundin auszuspannen.«

Marcel klappte der Mund auf, während Jana die Luft scharf einzog. Draußen erhellte ein Blitz den Hof und der darauf folgende Donnerschlag ließ den Boden erbeben. Meine Schnurrhaare sträubten sich und ich widerstand nur mit Mühe dem Bedürfnis, mich irgendwo zu verkriechen. Als das Schauspiel von Blitz und Donner sich wiederholte, blickten alle drei zur Stalltür. Ein Pferd stampfte nervös auf, ein anderes wieherte ängstlich.

Dennis erholte sich am schnellsten von dem Schreck. »Damit du's weißt, Jana zieht bei mir ein. Ich hole sie gerade ab, um ihr die Wohnung zu zeigen.«

»Ist das wahr, Jana?«, fragte Marcel mit belegter Stimme.

»Nicht ganz. Aber es stimmt, ich wollte –«

»Mir reicht's.« Marcel warf die Ledermappe auf den Boden. »Zieh doch zu ihm, wenn's dir Spaß macht, aber dann schaut, wie ihr allein aus dem Scheiß rauskommt!«

Und draußen war er.

»Mitten in dieses Unwetter. Spinnt der?«, jaulte Brutus.

Was war nun? Würden wir den Apfelkuchen mit Sahne noch bekommen oder nicht?

»Mensch, Marcel«, schniefte Jana hinter ihm her.

44

In dem Moment, als Marcel hinausstürmte, öffnete der Himmel erst so richtig seine Schleusen. Mit eingezogenem Kopf rannte er quer über den Hof. Das Rauschen verstärkte sich, und plötzlich hüpften weiße Kügelchen auf dem Boden.

»Oh Gott, es hagelt! Mein schönes Auto!« Dennis fuhr sich mit den Fingern durchs blonde Kopffell.

»Dem passiert schon nichts. Von dem bisschen Hagel kriegt es keine Dellen.«

Dennis steckte seinen Kopf aus dem Stalltor. »Sieht so aus, als hättest du recht.« Er wandte sich ihr wieder zu. »Aber mal was anderes … Sei froh, dass du den los bist, Jana.«

Allerdings sah sie nicht so aus, als würde sie sich darüber freuen, denn ihre hängenden Mundwinkel und runden Schultern ließen eher das Gegenteil vermuten. Sie bückte sich, hob Marcels Mappe auf und wischte sie mit dem Handrücken ab. »Ich wünschte, er hätte mir erklärt, was Sache ist.«

»Wozu? Das wären eh nur Lügen gewesen.«

Langsam klappte sie die Mappe auf und studierte den Inhalt. »Das ist ein fertiger Einspruch. Und das hier …«, sie blätterte weiter, »… eine Eingabe ans Amt für Umweltschutz.«

»Das bringt doch nichts. Mein alter Herr wird schon wissen, was am besten für die Gemeinde ist. Den Ankauf der Senningshöhe mit der anschließenden Errichtung des Windparks kriegt er ohne öffentliches Genehmigungsverfahren durch – sagt er.«

»Mir wäre es lieber, du hättest damit nichts zu tun, Dennis. Das würde mir manches erleichtern.«

»Sorry, aber er ist nun mal mein Vater.« Dennis schüttelte sich. »Was nicht heißt, dass ich stolz darauf bin.«

»Was wolltest du mir eigentlich an deiner Geburtstagsfete erzählen?«

Er kratzte sich unterm Auge. »Dass du wunderschön bist.«

»Ach, Dennis. Du lügst wie gedruckt. Wenn du es mir nicht sagen willst, dann lass es eben.« Wieder steckte sie ihre Nase in die Mappe und zog ein Blatt daraus hervor. »Morgen ist der letzte Tag der Einspruchsfrist. Wir hätten eher reagieren sollen.«

Dennis starrte in eine der Pferdeboxen. »Verflucht groß, diese Viecher. Dass dir der Mist und der Gestank nichts ausmachen?«

Jana fuhr herum. »Ich liebe es nun mal, Tiere zu versorgen und Bio-Produkte zu erzeugen.« Sie sah ihn nachdenklich an. »Woher weißt du eigentlich, mit wem sich dein Vater auf der Senningshöhe treffen wollte?«

Das Pferd schnaubte und Dennis zuckte zurück. »Spielt das eine Rolle?«

»Ich denke schon, sonst würde ich nicht danach fragen.«

Er ruckte sein Kinn in Richtung Ausgang. »Es regnet weniger, können wir jetzt los?«

»Wohin?«

Dennis blickte zur Decke hoch. »Na, in meine Bude.«

»Eigentlich ist mir die Lust darauf vergangen. Wird morgen nachgeholt, okay?«

»Wie du willst«, erwiderte er.

»Ich möchte den Einspruch mit Opa durchgehen. Hast du Bock, uns zu helfen? Es gibt auch Apfelkuchen.«

»Nee, lieber nicht. Mein Alter würde mich umbringen.«

»Ist das dein Ernst?« Jana klappte die Mappe zu und sah nach draußen, als erwartete sie jemanden.

»Er wäre ja nur sauer auf mich, wenn das hier in die Ho…«

»In die Hose geht? Mir scheint, als willst du nur deinem Vater helfen, und hast gar kein echtes Interesse an mir.«

»Das eine hat doch mit dem anderen nichts zu tun.«

»Ich weiß wirklich nicht, was oder wem ich glauben soll.« Sie klemmte die Mappe unter den Arm. »Ich gehe jetzt zu Opa, egal ob's regnet oder nicht. Und dir gebe ich den guten Rat, dich nicht mehr in mein Leben einzumischen. Und ob ich bei dir einziehe, muss ich mir schwer überlegen.«

Sie wandte sich von ihm ab und rannte hinaus in den Regen.

»So wird das nichts mit Marcel und Jana, wenn sie ständig aneinander vorbeireden«, murrte Brutus. »So wie's aussieht, wird Dennis aus dem Kampf ums Weibchen als Sieger hervorgehen. Stell dich schon mal aufs Tierheim ein.«

»Das werde ich sicher nicht!« Entschlossen sprang ich auf. »Das müssen wir unbedingt verhindern.«

»Wir könnten Dennis in die Wade beißen?«, sagte Brutus hoffnungsvoll.

»He?«

»Du kannst ihn ja kratzen.«

»Und was soll das bringen?« Eine Idee schoss mir durch den Kopf. »Wie wäre es, wenn wir Marcel aufhalten?«

»Wie denn? Der ist doch längst über alle Berge.«

»Hast du sein Auto gehört? Ich nicht. Der wird sich untergestellt haben und warten, bis der Hagel aufhört. Wir probieren es einfach. Komm mit.«

In der Hoffnung, mich nicht getäuscht zu haben, lief ich zur Stalltür. Zwar hatte es aufgehört zu hageln, dafür schüttete es wieder. Regenwasser trieb die weißen Körner auf dem

Boden vor sich her. Uns gegenüber stand Jana unter dem Vordach des Hauses und blickte Marcel nach, der soeben zu seinem Auto lief. Ich hatte also richtig vermutet. Der Anblick des Wassers ließ mich zögern.

»Igitt, es gießt wie aus Eimern«, rief ich Brutus zu, aber der rannte davon unbeeindruckt an mir vorbei. So viel Tempo hätte ich dem alten Schleicher gar nicht zugetraut.

Sollte ich wirklich freiwillig da hinaus? Die Entscheidung wäre mir leichter gefallen, hätte ich nicht diese permanente Angst vor Wasser.

»Dort läuft er!«, rief Brutus. »Beeil dich! Auf ihn mit Gebell!«

Blödsinn, ich konnte doch gar nicht bellen. Zudem kostete es mich immer noch Überwindung, den ersten Schritt ins Nass zu tun. Tief durchgeatmet. Schließlich würde mein Einsatz nicht nur Jana, sondern uns allen dienen. Ich lief hinaus und war sofort klatschnass.

Mit unverminderter Heftigkeit prasselte der Regen auf den Hof und auf mein Fell. Wasser. Überall Wasser. Ich stoppte meinen Lauf, denn plötzlich hörte ich tief in mir die verzweifelten Rufe meiner Geschwister, dazwischen Mamas wilde Schreie: »Nicht alle, nicht alle!« Eine Tonne voller Wasser, ein Platschen, und die Geschwister verstummen. Eine Hand will mich packen. Mamas Zähne und Krallen fahren dazwischen. Blut läuft von der Hand. Ich falle zu Boden. In Windeseile trägt Mama mich aus der Gefahr. Wir sind allein.

Die grausame Wahrheit über die Wassertonne lähmte mich. Was machte ich hier eigentlich? Wieso mischte ich mich in Angelegenheiten der Menschen ein, wenn ihre Bosheit keine Grenzen kannte?

Aber Jana war anders – und Marcel auch.

Während ich noch mit mir haderte, stoppte Brutus. Marcel hatte inzwischen sein Auto fast erreicht.

»Schnell!«, rief er mir zu. »Er darf nicht losfahren.«

Guter Brutus. Er hatte meinen Plan erfasst. Jetzt oder nie. Ich galoppierte los, aber Marcel schlüpfte bereits ins Innere seines Autos, das gleich darauf zu brummen begann.

»Zu spät!« rief ich Brutus zu, der am Auto vorbeirannte. Der alte Depp wird doch nicht Omas Unsinn imitieren wollen, den sie in ihrer Jugend gemacht hatte? Tatsächlich. Er legte sich mitten vors Auto. Das war doch lebensgefährlich! Marcel konnte ihn so nicht sehen und würde ihn überfahren.

Hinter mir stieß Jana einen spitzen Schrei aus. »Marcel! Marcel! Halt! Brutus …«

Es half nichts, ich konnte den alten Trampel nicht im Stich lassen. Wenige Sprünge reichten und ich war am Auto, das sich bereits in Bewegung setzte.

Mit einem mächtigen Satz sprang ich auf das Fensternichts, hinter dem Marcel das Lenkrad festhielt. Seine Augen weiteten sich und das Auto hielt so abrupt, dass ich beinahe das Gleichgewicht verloren hätte.

Jana hetzte ans Seitenfenster und schlug mit der flachen Hand dagegen. »Fahr nicht los! Brutus liegt davor!«

Das Fenster verschwand mit einem summenden Geräusch in der Tür. »Was ist los?«

Janas Haare tropften, ihre Kleidung war patschnass. Sie wischte sich über Stirn und Augen und zerrte mit der anderen Hand an der Wagentür. »Brutus ist vor der Stoßstange deines Wagens zusammengebrochen.«

Marcel beugte sich vor. »Was? Ich sehe nichts … Halt, doch, da liegt er ja. Habe ich ihn erwischt?«

Jana ließ die Autotür los und eilte zu Brutus.

»Nein, noch mal gut gegangen. Brutus?« Sie kniete sich neben ihm nieder. Mühsam erhob er sich und hielt ihr seine verletzte Pfote hin.

Auch Marcel beugte sich zu ihm herunter. »Ist er verletzt? Muss er zum Tierarzt?«

Alle Blicke waren auf Brutus gerichtet, der so viel Aufmerksamkeit sichtlich genoss, während Jana ihn abtastete. He, ich war auch noch da. Merkten die nicht, dass er ihnen nur was vorspielte? Das Wasser tropfte nunmehr sogar von meinen Schnurrhaaren. Ob ich jemals wieder trocken werden würde?

»Zum Tierarzt?« Brutus schüttelte sich. »Alles, bloß das nicht. Mir geht's hervorragend. Komm, Tiger, du siehst aus wie eine gebadete Maus.«

Keine Ahnung, wie so eine aussah, aber momentan war es mir auch egal. Mein Interesse galt den beiden, denn ich wollte wissen, ob unsere Aktion erfolgreich gewesen war.

45

»Schau, wie er plötzlich wieder rennen kann, der alte Simulant«, rief Jana. »Lass uns ins Haus gehen, hier draußen ist es zu ungemütlich. Ich glaub, ich hab dir Unrecht getan und würde gern einiges mit dir besprechen.«

»Aber nur, wenn du mir endlich abnimmst, dass ich euch helfen will«, erwiderte Marcel.

»Okay.«

Ins Trockene zu gehen war ein guter Vorschlag. Ich sauste ihnen voraus, denn ich war neugierig, wie die Sache weitergehen würde. Die Haustür war zu, aber der Dachvorsprung gewährte Schutz vor dem Regen. Dennis indes stand im Stalltor und schaute zu uns herüber.

»Hoffentlich war mein Einsatz nicht umsonst«, murrte Brutus. »Dennis ist nämlich immer noch da. Der Kerl ist anhänglich wie eine Zecke.«

An diese Plagegeister konnte ich mich noch gut erinnern. Mama hatte mich von einem befreit, indem sie ihn abbiss. »Dort drüben ist er gut aufgehoben. Aber mein schönes Fell – völlig ruiniert. Die Verwandten aus der Katzenkolonie würden sich totlachen, wenn sie mich so sehen könnten.«

»Du denkst immer nur an dich.«

»Was erwartest du von einer Katze?«

»Hatte fast vergessen, dass du eine bist.«

Da war sie wieder, die alte Harmonie zwischen uns. Dabei konnten wir stolz sein, dass es uns gelungen war, das Auto anzuhalten.

Widerstandlos ließ sich Marcel von Jana Richtung Haus

ziehen und er brachte trotz der nassen Haare ein Lächeln zustande.

»Du siehst aus, als würde es regnen«, sagte er verschmitzt.

Sie blickte an sich hinab und grinste. »Wie wär's mit Apfelkuchen und Sahne?«

Sahne! Das Wort hatte ich verstanden. Wieso gingen sie nicht endlich ins Warme? Lautstark forderte ich, die Haustür zu öffnen. Neben mir drängte sich Brutus vorbei und begann, eifrig an ihr zu kratzen.

»Aufmachen«, winselte er. »Ich möchte mich trocken schütteln.«

»Untersteh dich«, sagte ich. »Warte gefälligst, bis wir alle genügend Abstand von dir haben.«

»Mich juckt's aber wie verrückt.«

Am liebsten hätte ich meine Augen gerollt, beobachtete ihn stattdessen aber nur misstrauisch.

Das Schütteln fing in seinem Nacken an, erfasste den ganzen Körper und endete schließlich im Schwanz. Auf mich prasselten jede Menge Tropfen nieder. Jana und Marcel riefen gleichzeitig: »Pfui, Brutus, pfui!«

»Ich kann das nur zur Nachahmung empfehlen«, sagte er. »Jetzt fühle ich mich besser.«

»Klar, weil du mich von vorn bis hinten vollgespritzt hast.«

»So nass wie du bist, macht das eh keinen Unterschied.« Verärgert über sein Benehmen, tat ich es ihm nach.

»Tiger auch«, lachte Marcel. »Warum haben wir uns überhaupt untergestellt?«

Gegenüber steckte Dennis seinen Kopf prüfend in den Regen, zog ihn aber sofort wieder zurück. Seine Gesichtszüge verdunkelten sich, als er Jana und Marcel Hand in Hand vor der Tür stehen sah.

»Was soll das?«, wetterte er zu uns herüber. »Ich dachte, du wolltest gehen? Sag bloß, du hast dir's anders überlegt, nur weil eine Katze sich auf deine Motorhaube gelegt hat.«

Neben mir knurrte Brutus: »Schau, dass du Boden gewinnst.«

Jana ließ Marcels Hand los. »Wir sollten miteinander reden, Dennis, und aufhören, uns gegenseitig zu beschuldigen. Außerdem erwarte ich, dass du dich endlich entscheidest, auf wessen Seite du stehst. Auf unserer oder auf der deines Vaters.«

»Sieht aus, als wäre ich bei dir abgemeldet.«

»Bist du nicht.«

»Dabei wollte ich dir nur helfen.«

»Es geht nun mal nicht, dass du mir einerseits deine Wohnung anbietest und andererseits Knüppel zwischen die Beine wirfst. Und Tiere magst du anscheinend auch nicht.«

»Na ja –«

»Versteh doch, es ist mein Zuhause, hier bin ich aufgewachsen und das will ich erhalten. Und wenn nicht für mich, dann zumindest für meine Großeltern und die Tiere. Ich bin eben kein Stadtmensch.«

Eine kleine Pause entstand, in der ich ihr im Stillen zustimmte. Jana gehörte hierher, nicht in die Enge eines Käfigs.

»Und deshalb lässt du dich mit diesem Sesselfurzer ein?«, sagte Dennis. »Hätte nie gedacht, dass du so kleinkariert bist. Mit einem Rechtspfleger – zum Kotzen.«

Marcel räusperte sich. »Du kannst dir deine Angriffe sparen, Dennis. Ich war weder mit deinem Vater verabredet, noch haben wir uns sonst jemals getroffen. Ich schwör's.«

Ein Schnalzlaut entkam Dennis' Mund. »Wen wollte er dann treffen?«

»Was weiß ich?«

Dennis verzog das Gesicht. »Was gedenkt ihr jetzt zu tun?«

»Wir machen da weiter, wo wir aufgehört haben, bevor du dich eingemischt hast, nämlich mit dem Einspruch.«

»Und was wird aus mir? Wenn ihr den einreicht, kann ich meine ...« Er biss sich auf die Unterlippe.

»Was?«, fragte Jana mit zitternder Stimme.

»... meine Ausbildung vergessen. Könntet ihr nicht wenigstens so tun, als würdet ihr euch hassen?«

»Warum sollten wir? Jana und ich gehören zusammen und wir ziehen das Ding gemeinsam durch«, sagte Marcel seelenruhig.

»Marcel ...«, flüsterte Jana.

»Verdammter Bullshit! Jetzt darf ich den Mist ausbaden. Dabei ...« Wieder verschluckte Dennis den Rest des Satzes. Vielleicht hatte der arme Kerl Hunger. Von mir würde er jedenfalls keinen Snack bekommen. Den würde er sich schon selbst fangen müssen.

»Warum lässt du dir das von deinem Vater bieten?«, fragte Marcel. »Sei ein Mann und geh deinen eigenen Weg.«

»Du kennst meinen Alten nicht.«

»Gott sei Dank. Mit wem war er denn nun verabredet?«

»War es einer seiner Freunde?«, fragte Jana. »Möglicherweise jemand, der ihm finanziell unter die Arme greift?«

Dennis druckste herum, bis ihn ein Ruck durchlief. »Wahrscheinlich mit dem Schneider.«

»Dem Bankdirektor?«, sagte Jana. »Also das wäre ... erstaunlich.«

Zum ersten Mal sah Dennis direkt zu uns herüber. »Die zwei sind dicke Freunde, schon immer gewesen. Deshalb könnt ihr vergessen, dass euch die Bank auch nur einen Cent geben wird. So, jetzt wisst ihr's. Mehr gibt's nicht zu sagen.«

Mit hocherhobenem Kopf marschierte Dennis auf sein Auto zu. Der Regen schien ihm jetzt nichts mehr auszumachen.

»Moment noch!«, rief Marcel. »Willst du damit andeuten, das Ganze war eine abgekartete Sache zwischen deinem Vater und der Bank? Das bringe ich an die Öffentlichkeit!«

»Nur zu! Hast du Beweise? Wirst schon sehen, was du davon hast.«

»Und du ziehst feige den Schwanz ein.«

Dennis stand jetzt neben seinem Auto, das heute ein Dach hatte, und machte eine wegwerfende Handbewegung. »Du hast leicht reden. Mein Leben ist die Hölle.«

»Woher willst du wissen, dass meines der Himmel ist?« Marcel schüttelte seinen Kopf.

»Ihr könnt mich alle mal …!« Dennis stieg in sein Auto, öffnete das Fenster und zeigte ihnen zum Abschied seinen Mittelfinger.

Komisch. Bei mir kamen immer alle Krallen gleichzeitig raus, wenn ich damit drohen wollte.

Jana atmete laut aus. »Irgendwas stimmt mit Dennis nicht.«

»Wieso machst du dir so viele Gedanken um ihn, wenn dir nichts an ihm liegt?«

»Wir leben hier auf dem Land, Marcel. In unserem Ort kennt jeder jeden. Deshalb weiß sofort das ganze Dorf, wenn die Oma Meyer wieder mal Durchfall hat. Wir kümmern uns mehr um unsere Nachbarn als die Stadtmenschen. Dennis war zuerst eine Klasse über mir, die zehnte hat er zweimal gemacht. Früher war er ein ganz netter Kerl, aber dann …« Sie seufzte. »Er fing an, eine Freundin nach der anderen zu haben, aber nie was Ernstes.«

»Sein Problem.«

»Richtig, solange er mich in Ruhe lässt. Aber nun rein mit

euch«, sagte Jana und öffnete endlich die Tür. »So dreckig kommt ihr mir aber nicht ins Zimmer.«

Kaum öffnete sich die Tür einen Spalt, sauste ich hinein. Endlich im Trockenen. Angenehm warme Luft schlug mir entgegen. Jetzt fehlte nur noch ein kuscheliges Plätzchen und vorher etwas Sahne.

»Bei so einem Wetter würde man keinen Hund vor die Tür jagen«, bemerkte Jana.

Dem konnte ich nur zustimmen. Und Katzen auch nicht, ergänzte ich im Stillen. Aus einem kleinen Raum holte Jana ein Handtuch und begann, Brutus damit abzurubbeln. Als sie fertig war, sollte ich an die Reihe kommen. Aber wirklich nicht. Wozu hatte ich meine Zunge? Zeit, mich zu verdrücken. Ich flitzte die Treppe hoch und schaute ihnen von oben zu.

»Glaubst du mir jetzt?«, sagte Marcel. »Mir war aufgefallen, dass bei dem Verfahren gegen euch nicht alles mit rechten Dingen zugegangen war. Deshalb hatte ich mich entschlossen, der Sache auf den Grund zu gehen und euch zu unterstützen. Außerdem gab es da noch einen anderen Grund …«

»Na, wie hab ich das gemacht?«, bellte Brutus dazwischen.

»*Wir,* mein Lieber. Wie haben *wir* das gemacht. Schließlich war es *meine* Idee.«

Jana sagte: »Mich wundert nur, warum Dennis so viel Angst vor seinem Vater hat. Früher war er anders.«

»Wie anders?«

»Er war einfach nicht so wie die anderen Jungs – irgendwie weicher und zarter. Halt ein Außenseiter, der mehr am Theater und am Tanzen interessiert war als am Sport. Vor zwei, drei Jahren fing das mit den Mädchen an. Früher hatte ich sogar den Verdacht, er könnte schwul sein.«

»Komisch, dass er dann mit dir was anfangen wollte.«

»Wie gesagt, nur eine Vermutung.«

»Ich hoffe, damit sind alle Irrtümer beseitigt? Wenn ja, würde ich gern was nachholen.« Marcel näherte sich ihrem Gesicht. Sie schluckte und kam ihm entgegen.

»Achtung«, rief Brutus, »gleich knallt's!«

»Huch«, entfuhr es mir.

»Herr Hofmann? Was haben Sie hier zu suchen?«, blaffte Opa, der mitten im Flur stand.

46

Kein Zweifel, Opa blockierte den Weg ins Wohnzimmer. Seine leicht vornübergebeugte Haltung, der starre Blick, aber vor allem die geballte Faust zeugten von seiner Begeisterung, Marcel zu sehen.

»Was tun?«, jammerte Brutus. »Opa sieht ziemlich aggressiv aus. Er wird Marcel vor die Tür setzen, obwohl wir ihn noch brauchen. Zu wem halte ich, wenn es hart auf hart kommt?«

»Zu uns natürlich. Es geht um Janas Glück. Wenn sie glücklich ist, sind wir es alle.«

Brutus' Schwanz verschwand zwischen seinen Hinterbeinen. »Opa gehört aber auch zu uns.«

Armer Brutus. Ich würde keine Probleme haben, Opa die Krallen in die Hände zu schlagen, falls er sich an mir vergreifen sollte – oder an Jana. »Sei einfach du selbst und stolz wie ich. Verweigere den Gehorsam, wenn er dich auffordert, uns anzugreifen. Zeige ihm, dass selbst ein Hund einen eigenen Willen haben kann.«

»Wenn ich das mache, zieht er mich an den Ohren oder noch schlimmer, er steckt mich wieder in den Zwinger oder gar ins Tierheim.«

»Wohl kaum. Da gibt's immer noch Jana und Oma. Außerdem glaube ich, dass Opa nur so wild tut.«

»Na gut. Auch wenn's schwerfällt.«

Im Moment bestand keine Gefahr, dass wir eingreifen müssten, denn Jana schob sich mit verschränkten Armen vor Marcel. »Ich habe ihn hereingebeten. Er will uns helfen, Opa.«

»Ich habe meine Angelegenheiten immer selbst erledigt und brauche von niemandem Hilfe.«

»Oh doch, sehr dringend sogar. Da sind nämlich einige Dinge, die du wissen musst: Dennis hat uns erzählt, dass alles ein abgekartetes Spiel zwischen dem Bürgermeister und dem Bankdirektor ist. Sie wollen uns vom Hof jagen, damit sie ihren Windpark bauen können. Marcel ist nicht nur ein wichtiger Zeuge, mit dem wir Druck ausüben können, sondern er weiß auch, wie die Einspruchsformulare auszufüllen sind, damit sie zum Erfolg führen.«

In Opa arbeitete es, wie ich an seinen mahlenden Kieferbewegungen erkennen konnte. Er knurrte eine unverständliche Antwort. Viel lieber wäre mir gewesen, er hätte etwas Vernünftiges von sich gegeben, wie zum Beispiel: »Gebt der Katze was zu fressen.«

»Opa, du stehst zwischen mir und der Sahne. Mach endlich Platz«, sagte ich zu ihm.

Unverdrossen starrte er mich an. Ich hob den Schwanz, um zu zeigen, dass ich ihm wohlgesonnen war, und marschierte einfach an ihm vorbei zur Wohnzimmertür, hinter der ich die Leckereien vermutete.

»Einfach Tiger folgen«, sagte Jana. »Tiere haben ein gutes Gespür, wem sie trauen können und wem nicht.«

Bis auf Hunde. Die hofften immer auf das Gute in ihrem Herrn, selbst wenn er bitterböse war. Die Wohnzimmertür klaffte einen Spalt auf. Ich drückte meine Pfote dazwischen und schob meinen Körper hindurch. Hm! Dieser Duft nach frischer Sahne – unwiderstehlich! Mit geröteten Augen – denen von Brutus nicht unähnlich – blickte Oma zu mir herunter.

»Du entwickelst dich, Tiger. Magst ein bisschen Sahne?«

Ich fand, sie hatte sich ebenfalls gut entwickelt und hätte mich sogar auf ihrem Schoß niedergelassen, wenn es mir zu der Köstlichkeit verhelfen würde.

Hinter mir traten Jana und Marcel ins Zimmer, gefolgt von einem mürrisch dreinblickenden Opa.

Keke saß mit angezogenen Beinen auf einem Sessel. »Das wurde aber auch Zeit. Ich dachte schon, ihr seid verschollen gegangen.«

»Wir hatten noch eine kleine Meinungsverschiedenheit mit Dennis.«

»Ehrlich?«, sagte Keke »Erzähl, aber bitte ausführlich.«

Jana schob Marcel aufs Sofa, setzte sich daneben und berichtete von dem Geschehenen. Das meiste stimmte, bis auf den Teil, in dem ich und Brutus das Auto gestoppt hatten. Sie bezeichnete unseren wagemutigen Einsatz glatt als Zufall.

Brutus schlängelte sich an mir vorbei, den Blick auf Oma gerichtet. Der Sabber lief ihm wieder mal aus dem Maul.

»Mach schön Sitz«, sagte sie.

Unglaublich, Brutus gehorchte. Von seinen guten Vorsätzen keine Spur.

»Gib Pfötchen.«

Vor Scham wäre ich am liebsten im Boden versunken, denn er tat es tatsächlich.

»Wie war das mit dem Ungehorsam?«

»Galt nur im Flur und für Opa. Sahne und Apfelkuchen sind es wert, nach ihrer Pfeife zu tanzen.«

Na ja, wenn ich es mir recht überlegte … Gierig schleckte ich ein wenig Sahne von Omas Löffel, ließ Opa dabei jedoch keinen Moment aus den Augen. Man wusste ja nie.

Jana reichte Marcel einen Teller mit Kuchen und häufte ordentlich Sahne oben drauf. So viel würde der nie schaffen. Ich sollte auf seinen Schoß springen und ihm helfen. Leider entpuppte er sich als ausgesprochener Vielfraß, denn er schob alles unter der eigenen Nase rein. War das Dank?

Nachdem er fertig war, stellte er den Teller auf dem Tisch

ab und langte nach der Mappe, die Jana aufs Sofa gelegt hatte. Mit knappen Worten erläuterte er deren Inhalt, aber das interessierte mich nicht. Brutus indes beschäftigte sich mit seiner Pfote und gähnte zwischendrin herzhaft.

»Puh, war das anstrengend heute«, stöhnte er.

»Hältst eben nichts aus.«

»Pah.«

Schon wieder klaute er mein Lieblingswort. Ich machte ein «Pfft« als Antwort, was aber wirkungslos verpuffte. Nicht mal ein Ohrzucken war es ihm wert.

»Und nun, Herr Moser, unterschreiben Sie bitte.« Marcel hielt Opa einen Stift hin. »Dann kann ich es morgen früh gleich bei Gericht einreichen.«

»Hoffentlich rechtzeitig«, sagte Jana.

»Das haut schon hin.« Er blinzelte sie mit einem Auge an. Schade, dass ich das noch immer nur mit beiden konnte.

Mit zittriger Hand ergriff Opa den Stift. »Was soll das bringen, wenn mir die Bank sowieso kein Geld gibt?«

»Wir werden sehen.« Wieder dieses Zwinkern. »Mitunter ist es von Vorteil, sich in Rechtsfragen auszukennen.«

»Wäre schön, wenn es klappen würde«, meldete sich Oma zu Wort. »Ich würde das alles hier nämlich gern behalten.«

»Das verstehe ich. Allerdings, wenn die Senningshöhe zum Naturschutzgebiet erklärt wird, darf sie eventuell nicht mehr landwirtschaftlich genutzt werden.«

»Dort bauen wir sowieso nichts an, sondern nutzen sie nur als Weidefläche. Hab ich übrigens in meiner Bio-Hausarbeit dargelegt.«

»Apropos. Wir sollten sie unserem Antrag beifügen.«

Jana zupfte an ihren Haaren. »Meinst du?«

»Absolut.«

»Cool. Das erste Mal, dass ich aus was Schulischem einen praktischen Nutzen ziehen kann.«

»Da gibt es sicher mehr. Will jemand noch was?« Oma erhob sich. »Herr Hofmann, Sie bleiben doch hoffentlich zum Abendessen?«

Für sein Grunzen erntete Opa einen giftigen Blick von ihr.

»Du auch, Keke?«

»Nee, danke. Ich muss heim. Paps ist zurück. Aber eines muss ich noch was loswerden.«

»Und das wäre?«, fragte Jana.

»Ich glaube, Dennis ist schwul.«

»Wow.« Jana warf einen Blick in die Runde. »Den Verdacht hatte ich auch schon mal. Aber wie kommst du jetzt darauf?«

»Na ja, wie du weißt, war er immer so weich, fast zerbrechlich, und ging jedem Zoff aus dem Weg, mochte alles, was mit Kunst oder Musik zusammenhing, und war nie auf dem Sportplatz zu sehen. Und dann auf einmal dieses Machogehabe … Ich glaube, er wollte damit seine Veranlagung kaschieren.«

»Kein Wunder bei dem Vater. Wenn der das erfährt, springt er im Fünfeck.«

»Eben. Ich mach dann mal 'ne Fliege. Ciao.«

Konnte man Fliegen machen? Wer würde so blöd sein und diese Quälgeister auch noch vermehren? Und was bitte schön war »schwul sein«?

Brutus konnte ich nicht fragen, denn der schlief bereits tief und fest.

47

Nach dem Kuchen wurde viel geredet und anschließend das Abendessen serviert. Trotz Opas Einspruch fiel für mich und Brutus was ab, denn weder Oma noch Jana ließen sich von dem alten Grantler reinreden. Marcel grinste dazu nur. Als es mir zu langweilig wurde, verlangte ich, nach draußen gelassen zu werden.

Marcel erhob sich. »Ich nehme ihn mit raus, muss jetzt sowieso gehen. Ist doch später geworden, als ich gedacht hab.«

Er bedankte sich brav, was mir nicht im Traum eingefallen wäre. Die Menschen konnten sich glücklich schätzen, dass ich die Sahne oder das Hühnchen aus der Tüte überhaupt angenommen hatte. Von Letzterem könnte ich noch eine Kleinigkeit vertragen, bevor es in die Nacht hinausging. Brutus schlief, was mich kaum überraschte, weil er dies zu jeder Tages- und Nachtzeit konnte.

»Ich bring dich zur Tür«, sagte Jana und erhob sich ebenfalls.

»Oh, Gassi gehen?« Brutus schoss hoch. »Ich bin bereit.«

Schwanzwedelnd lief er zur Tür. Das mit der allgemein verständlichen Körpersprache würde er nie lernen.

Bloß nicht zeigen, dass ich auch hinauswollte. Wenn ich es mir recht überlegte, konnte der Rest in der Tüte warten. Später würde sich bestimmt eine Gelegenheit ergeben, ins Haus zu schlüpfen und ihn zu vertilgen.

Marcel öffnete die Tür, blieb aber in ihr stehen, was Brutus nutzte, um zwischen seinen Beinen hindurchzusausen.

»Hoffentlich klappt morgen alles«, sagte Jana. »Gib mir Bescheid, wie's gelaufen ist.«

»Okay, mach ich.« Er nahm ihre Hand und streichelte sie zärtlich. »Also dann … Gute Nacht.«

»Schlaf gut.«

Wenn ich gedacht hatte, er würde jetzt gehen, sah ich mich getäuscht. Felsenfest hielt er seine Stellung, ebenso wie Jana ihre. Schweigend blickten sie sich in die Augen. So würde das nie was werden mit den beiden. Fasziniert schaute ich, ob es jetzt endlich passieren würde.

Tatsächlich. Marcel näherte sich ihrem Gesicht und sie kam ihm entgegen, indem sie sich auf die Zehenspitzen stellte. Trotz geschlossener Augen trafen sich ihre Lippen.

Hach, und nun die Nasen aneinanderreiben, wie es sich gehörte. Nein? Die Lippen der beiden schienen aneinander festgeklebt zu sein. Das menschliche Kussverhalten erinnerte mich eher an das saugende Fohlen im Stall.

An einer Scheunenecke plätscherte es: Brutus markierte sein Revier.

»Ach, wie schön«, sagte er versonnen. »Endlich haben wir es geschafft.«

Um mein Glück vollkommen zu machen, müsste ich jetzt nur noch einen Snack fangen und Mama finden, obwohl ich mir bei Letzterem wenig Hoffnung machte.

Nach leisen Schmatzgeräuschen und Geflüster trennten sie sich. Auch ich lief nun hinaus in die Dunkelheit und verabschiedete mich von Brutus.

Mal sehen, ob ich heute eine Maus fangen würde? Am besten oben auf dem Heuboden, bei der Scheuneneule. Zuerst Krallen schärfen. Doch woran? Der Holzpfosten neben der Stiege sah geeignet aus. Zufrieden ließ ich von dem Pfosten ab und erklomm die Holzstufen. Nur schemenhaft sah ich die Scheuneneule auf einem Balken im Dachgiebel hocken.

»Schuhu«, empfing sie mich. Konnten Eulen nur dieses

eine Wort von sich geben? Mir fielen die Vögel aus dem Baum und das einfältige Gackern der Hühner ein. Die waren auch nicht viel gesprächiger gewesen, muss wohl an ihren kleinen Köpfen liegen.

»Bist wieder da?«, sagte sie zu meiner Verblüffung.

»Wie du siehst.«

»Ich flieg los, Mäuse fangen. Hab Hunger.«

»Ach ja – Mäuse«, seufzte ich. Sie brauchte nicht zu wissen, dass ich in dieser Beziehung ein Versager war.

»Gräme dich nicht. Die erste ist immer die schwerste«, versuchte sie mich zu trösten.

Das hätte ich gerne bestätigt, aber bisher hatte sich noch keine fangen lassen. »Kommt Zeit, kommt Maus«, gab ich mich siegessicher.

»Na dann, viel Glück.«

Fast lautlos strich sie durch die Dachluke nach draußen in die Nacht.

»Dir auch!«, rief ich ihr hinterher. Verblüffend, wie sehr sie sich von den anderen Vögeln unterschied. Womöglich gab sie sich mir gegenüber deshalb so gesprächig, weil sie mich weder als Beute noch als Gefahr einstufte. Nachdenklich blieb ich sitzen, lauschte dem Kratzen und Rascheln im Heu.

Geduld und Beharrlichkeit führt zum Erfolg, hatte Mama mal gesagt. Da – eine Maus. Ihr Fell schien heller als gewöhnlich zu sein, sie wirkte müde. Als sie sich auf die Hinterpfoten hockte und in der Luft schnüffelte, witterte ich meine Chance. Geduckt schlich ich näher. Pfoten unter den Körper geschoben – angespannt – noch ein Stückchen – Entfernung abgeschätzt – gleich hab ich dich!

Die Maus erstarrte, quiekte kurz auf und fiel um, bevor ich losschnellen konnte. Sie zuckte noch ein bisschen, als wollte sie davonrennen, dann war Ruhe.

Nanu? Bei Mama hatte das dramatischer ausgesehen.

Egal. Ich sprang, und landete mit den Krallen voraus auf ihr.

Keine Gegenwehr – nichts. Was sollte das?

Na gut. Nur ein toter Snack war ein guter Snack, und tot war sie ja. Wahrscheinlich vor Schreck gestorben, als sie mich, den gefährlichen Tiger, erspäht hatte. Beute war Beute. Voller Stolz trug ich sie aus dem Stall.

Wohin damit? Jana bringen. Vor der Haustür wartete ich eine Weile, bis es mir zu langweilig wurde. Ich legte den Snack ab und begab mich auf die Jagd nach weiteren Abenteuern.

»Was hab ich gehört, ihr habt Einspruch eingelegt?«, schnaubte Bürgermeister Rohleder am nächsten Tag mitten auf dem Hof.

»Das ist mein gutes Recht, Alfons.« Opa hielt die Mistgabel in der Hand, die volle Schubkarre hatte er abgestellt. »Jetzt entscheidet das Gericht, was aus deinen hochtrabenden Plänen wird. Dann ist endlich Schluss mit deinen Schiebereien.«

»Was willst du damit sagen?«

»Dass du dem Zufall ordentlich auf die Sprünge geholfen hast.«

Rohleders Gesicht wechselte die Farbe von rot nach weiß und wieder zurück. »Frechheit, das lasse ich mir nicht unterstellen!«

»Das ist keine Unterstellung, Alfons, sondern die Wahrheit«, sagte Opa ruhig. »Und jetzt runter von *meinem* Hof.«

Mir gefiel, mit welcher Bestimmtheit er auftrat, und sagte das auch zu Brutus.

»Opa zeigt ihm eben, wer hier der Rudelführer ist und Beute macht. Manchmal bringt allerdings auch Oma was daher – in Tüten verpackt.«

Opa legte die Mistgabel auf der Karre ab und schob sie direkt auf Rohleder zu.

Mit erhobenen Händen sprang der zur Seite. »Das letzte Wort ist noch nicht gesprochen. Mir geht es um das Wohl der Gemeinde.«

»Dass ich nicht lache. Dir geht es nur um das Wohl deines Geldbeutels. Und jetzt mach, dass du Boden gewinnst, aber dalli.«

»Willst du mich etwa mit der Mistgabel bedrohen?«

»Unsinn! Ich lade den Mist in deinem Auto ab, wenn es mir noch länger im Weg steht.«

Rohleder drehte sich um und betrachtete sein schwarzes Auto, auf dessen Schnauze ein glänzender Stern prangte. »Wir werden uns noch sprechen!«, schrie er und fuhr eiligst vom Hof.

Beim Hinausfahren passierte er Jana mit ihrem Auto, die gerade zurückkam. »Nanu, der hat's aber eilig«, stellte sie fest, als sie ausgestiegen war.

»Der hat sich beschwert, weil wir Einspruch erhoben haben.«

»Marcel hat mir per SMS mitgeteilt, dass alles glattging. Hat er gut gemacht, oder?«

»Wir werden sehen, was dabei rauskommt. Jedenfalls sind wir ohne einen Kredit aufgeschmissen.«

»Marcel wollte später vorbeikommen, um mit mir über den Antrag bei der Naturschutzbehörde zu reden.«

»Soso. Zu meiner Zeit hat man das einen Vorwand genannt.«

»Ach, Opa.«

Er lächelte, was selten vorkam, und ihn mir ein wenig netter erscheinen ließ. »Übrigens, dein Kater hat dir eine Maus gebracht. Wurde auch Zeit, dass er sich mal nützlich macht.«

»Super! Was hast du mit ihr gemacht?«

»Weggeschmissen.«

Sauber. Da gibt man sich die größte Mühe, und dann so etwas. Na ja, wenigstens hatte er mich gelobt. Ich sah mich nach Brutus um, der sich mit dem Hühnervolk beschäftigte, das sich auf dem Hof breitmachte.

»Mein Korn, mein Korn!«, riefen sie alle durcheinander.

»Weg da!«, bellte Brutus.

»Lass die Hühner in Ruhe!« Opa drohte mit dem Finger. »Wer hat die überhaupt rausgelassen?«

»Ich nicht. Ich war in der Schule.«

»Dann war's Oma. Wenn die sich was in den Kopf gesetzt hat, ist sie stur wie ein Panzer.«

»Das stimmt«, lachte Jana. »Deshalb passt ihr zwei ja so prima zusammen. Komm, Tigerchen, und du auch, Brutus, wir gehen nach oben.«

Gern. Ich war reif für ein Nickerchen. Für mich gab es eine Futtertüte und für Brutus ein Knöchelchen. Danach lockte die Ruhe meiner Katzenhöhle. Zuvor schaute ich noch hoch zur Spinne, die in ihrem leeren Netz auf Beute lauerte.

Jana folgte meinem Blick. »Oh, eine Spinne! Die Ärmste! Hier drinnen findet sie doch nichts.«

Sie holte ein Papier, stieg auf den Stuhl und wischte damit übers Netz. Neugierig betrachtete sie ihren Fang. »Raus mit dir. Und viel Glück.«

Auf dem Fensterbrett sitzend verfolgte ich ihren Fall in einen der Büsche vor dem Haus. Zufrieden begab ich mich in meine Katzenhöhle und rollte mich darin ein, während Brutus den Teppich als Schlafstatt gewählt hatte. Jana sprach mit dem Telefon über Marcel und Opa, den Hof und wieder über Marcel.

48

»Du Schlawiner«, rief Oma und entfernte mit einem Schäufelchen meine Hinterlassenschaft. »Was fällt dir ein?«

Sie stand gebückt in ihrem kleinen Garten und wollte irgendwelches Grünzeug pflanzen. Da Jana in der Schule war, bot Oma mit ihrer Gartenarbeit eine willkommene Abwechslung.

»Mir? Nichts!«, maunzte ich. Natürlich wusste ich, dass Oma die Katzensprache nicht verstand, trotzdem unterhielten wir uns. Ich liebte die lockere Erde des Gartens und Oma schuf mit ihrem Umgraben die ideale Voraussetzung zum Verscharren meiner Geschäfte. Dass ich meine Gewohnheiten ändern sollte, sah ich beim besten Willen nicht ein.

Während sie weiter Löcher grub, in die sie Grünzeug steckte, widmete ich mich den Schmetterlingen und Blüten. Warum nur fühlten sich die Flatterlinge von den bunten Dingern so angezogen? An denen war doch nichts Besonderes und schmecken taten sie auch nicht.

Ein Snack rannte unter einem Busch hervor, sauste quer über den Gartenweg und verschwand in einem Erdloch. Den Platz musste ich mir merken. Momentan war ich aber zu faul, ihm nachzujagen. Irgendwann würde ich ihn schon erwischen.

Genüsslich wälzte ich mich in den warmen Sonnenstrahlen. Ach, wie schön, auf diesem Hof zu sein. Deshalb konnte ich auch nicht verstehen, warum Mama fortgegangen war. Aus dem Stall kommend stapfte Opa, mit Brutus im Gefolge, an uns vorbei und öffnete ein Kästchen mit Schlitz, das neben der Haustür hing. »Nichts als Reklame«, pflegte Oma oft zu schimpfen, nachdem sie es geleert hatte. Diese Reklame war offenbar weder genießbar, noch konnte man damit spielen, weshalb sie meist sofort in eine der Tonnen an der Zufahrt zum Hof wanderte.

Heute blieb Opa bei dem Kästchen stehen und riss an einem weißen Papier herum. Angestrengt starrte er darauf, drehte sich dann um und eilte zu uns her.

»Du wirst es nicht glauben, Emma, aber wir haben es tatsächlich geschafft!« Wild wedelte er mit dem Papier herum. »Die Bank bietet uns eine Umschuldung unseres Kredits zu günstigeren Konditionen an und zieht den Antrag auf Zwangsvollstreckung zurück. Wir sind gerettet!«

»Wie bitte?« Oma lief aus dem Garten auf Opa zu und langte nach dem Papier. »Zeig her. Das wäre ja zu schön, um wahr zu sein.«

Auch sie vertiefte sich darin und stieß schließlich einen Seufzer aus. Selbst Brutus schien sich zu freuen, denn er tanzte wie verrückt um die beiden herum. Oma spitzte ihre Lippen, drückte sie Opa auf die Wange, und rieb dann ihre Nase an seiner.

Also hingen Küssen und Nasereiben doch zusammen. Ich stand auf, streckte mich und machte einen Buckel. Hm, was könnte ich machen? Vielleicht doch den Snack von vorhin jagen – als Zeitvertreib.

Die beiden fassten sich an den Händen und hüpften zu Brutus' Freudengebell im Kreis. Also jetzt übertrieben sie aber. Mir wurde allein vom Zusehen schwindlig. Endlich hörten sie mit dem albernen Gehopse auf und marschierten freudestrahlend ins Haus, während sich Brutus zu mir gesellte.

»Toll, wenn sie so gut gelaunt sind«, sagte er. »Dann bin ich es auch.«

»Warst du jemals schlecht gelaunt?«

»Alter Miesmacher.«

»Dummhund.«

»Ich pack dich gleich.«

»Fang mich doch, du Lahmhund.«

Wir begannen unser altbekanntes Fangenspiel, dem ich aber ein schnelles Ende bereitete, indem ich mich auf meinen Lieblingsbaum flüchtete. Dort oben hatte ich eine gute Übersicht und war sicher. Außerdem konnte ich, unter Zuhilfenahme der darunterstehenden Bank, bequem wieder runterklettern. Man lernte ja dazu.

Mit raushängender Zunge legte sich Brutus zu meinen Füßen. »Gleich kommt Jana, ich höre ihr Auto.«

Es stimmte. Und sie brachte Keke mit. Beide begrüßten Brutus ausgiebig und kamen dann – wie es sich gehörte – zu meinem Baum, um mir ein »Hallo, Tiger« zuzurufen, bevor sie sich auf die Bank setzten.

»Hier können wir wenigstens in Ruhe miteinander quasseln«, sagte Keke. »Dich erreicht man ja kaum, weil du die ganze Zeit mit Marcel am Handy hängst.«

»Er hat sich bloß erkundigt, wie unsere letzte Prüfung gelaufen ist.«

»Das kannst du deiner Oma erzählen. Er wollte wissen, wie's *dir* geht.« Sie kicherte. »Muss Liebe schön sein. Wenn ich groß bin, liebe ich auch mal.«

Jana gab ihr einen Knuff mit dem Ellenbogen in die Seite. »Von wegen. Dein Problem ist eher, dass du dich mit zu vielen einlässt.«

»Wenn's halt so viele süße Jungs gibt. Und einer cooler als der andere.«

»Was machst du jetzt, nachdem Dennis als Kandidat wegfällt?«

»Ist doch megastark, dass er sich geoutet hat, oder?«

»Sein Vater soll ihn deswegen rausgeschmissen haben.«

»Quatsch. Dennis ist freiwillig in seine neue Bude gezogen. Zahlt übrigens seine Mom. Die muss ihrem Alten mächtig Feuer unter dem Arsch gemacht haben. Geschieht dem Saftsack vollkommen recht.«

»Als Abiturientin solltest du dich gewählter ausdrücken. Aber nett war, dass Dennis sich bei mir entschuldigt hat. Sein Vater habe damit gedroht, ihm die Unterstützung zu streichen, falls er nicht mitspielen würde. Außerdem wollte Dennis ihm gefällig sein, weil er vorhatte, sich zu outen.«

»Und, was hast du dazu gesagt?«

»Unserer alten Freundschaft zuliebe hab ich ihm verziehen. Er tut mir echt leid. Stell dir vor, dein Vater wäre wie der Rohleder und du müsstest ihm beichten, dass du gay bist.«

»Meine Eltern würden mich akzeptieren, wie ich bin.«

»Deine sicher.« Jana machte eine Pause. »Paps hätte es auch gut aufgenommen. Meine Mutter allerdings …«

»Hast du noch mal mit ihr gesprochen?«

Jana schaute in den Himmel, an dem kleine Wolken vorbeizogen. »Hm. Du wirst es nicht glauben, aber sie hat mich gestern Abend angerufen und mir Glück fürs Abi gewünscht. Ich hab ihr dann eröffnet, dass ich auf dem Hof bleiben und fürs Studium hin- und herfahren werde. Das ist mein Weg. Sie kann ihren eigenen gehen.«

»Und?«

»Nichts und.« Jana legte den Kopf schief. »Sie hätte mich lieb, hätte aber nicht länger auf dem Hof bleiben können. Zu viele Erinnerungen an Paps. Und Oma hätte ihr das Leben auch nicht gerade leicht gemacht. Meine Brüder waren schon fast aus dem Haus, und das Nesthäkchen … Na ja.« Sie holte tief Luft. »Als Berufstätige hätte sie keine Zeit für mich gehabt und auf dem Hof wäre ich gut aufgehoben gewesen. Später, als sie wieder geheiratet hat, meinte sie, es wäre besser für mich gewesen, bei den Großeltern zu bleiben.«

»Siehst du das auch so?«

»Spielt das eine Rolle? Oma war mir wie eine Mutter, und dabei bleibt es auch. Wir wollen uns allerdings öfter treffen, eine Annäherung versuchen.«

»Dann ist ja alles Hakuna Matata.« Keke wedelte mit ihren beiden Händen. »Ich hab auch 'ne Neuigkeit. Von meinem Dad hab ich was erfahren – der absolute Hammer. Er wollte wissen, ob Marcel was damit zu hat.«

»Womit zu tun hat? Spann mich nicht auf die Folter. Nach dem ganzen Abi-Stress bin ich sowieso reif für die Insel.«

»Bankdirektor Schneider wurde beurlaubt, nachdem er Besuch von der Polizei hatte. Paps meinte zudem, dass wir bald einen neuen Bürgermeister kriegen könnten.«

»Hey, saustark! Da hat bestimmt Marcel seine Finger im Spiel gehabt.«

»Bei wem? Bei dir?« Beide lachten lauthals.

Spielte Marcel mit Jana etwa Fingerkrabbeln? Ich mochte dieses Spiel ja auch, fast so gerne wie Fang-den-roten-Punkt. Nur hatte ich ihn bisher noch nie gekriegt, den Finger schon.

»Er möchte übrigens auf Umweltrecht umsatteln«, sagte Jana, als sie sich beruhigt hatte. »Armen Leuten den Kuckuck auf die Sachen zu kleben, ist ihm zu doof.«

»Gut für ihn. Und jetzt reiten wir aus, okay? Und danach geht's auf die Party.«

Sie erhoben sich. Jana streichelte meinen Rücken so gefühlvoll, dass mein Schwanz von alleine zuckte. Leider war dieses Vergnügen nur von kurzer Dauer, da sie mit Keke ins Haus ging.

»Gleich kommt's«, sagte Brutus.

»Was kommt?«

»Warte es ab.«

Ein »Juchhu« und ein »Wahnsinn« drangen aus dem geöffneten Küchenfenster zu uns her.

»Siehst du?«, sagte er.

»Nein, ich hör nur was.«

»Du bist eine richtige Besserwisserkatze.«

»Besser als eine Dummkatze.«

Brutus blinzelte und ließ seine Schlappohren klatschen. »Kommst du mit, die Umgebung erkunden?«

Da ich nichts Besseres zu tun hatte, folgte ich ihm zunächst zum Hühnerstall und danach zu den Schweinen bis hin zur Koppel. Weiter wollte ich nicht gehen, denn dahinter begann das Reich des Milans. Schon wollte ich umkehren, aber es war zu lustig, Brutus beim Beschnüffeln der Spuren zuzuhören: »Gans … Noch eine … Reiher … Fuchs … Reh … Katze …«

»Nanu!«, rief ich. »Kann mich nicht erinnern, in letzter Zeit hier gewesen zu sein. Von wem stammt dann die Katzenspur?«

»Die ist ganz frisch.« Er schnüffelte laut. »Und sie verläuft Richtung Hof. Ich muss sofort überprüfen, was da los ist.«

Im gestreckten Galopp ging es zum Hof zurück. Eine fremde Katze in meinem Revier? Frechheit.

Brutus rannte schnurstracks zur Scheune und hielt erst unter der Treppe zum Heuboden an. »Die Spur führt hinauf, aber nicht mehr runter. Folglich ist der Eindringling noch oben.«

Täuschte ich mich oder hatte er ein Lächeln um die Lefzen? »Soll ich nachsehen?«

»Wäre gut. Die Stufen sind ein bisschen zu steil für mein langes Kreuz.«

Vorsichtig erklomm ich die Treppe, bereit, jeden Moment umzukehren. Nicht auszudenken, wenn mich dort oben ein alter erprobter Kampfkater erwarten würde.

Auf dem Heuboden angekommen, zögerte ich. Katzengeruch lag in der Luft. Eindeutig weiblich. Ein Kater hätte im fremden Revier überall seine Duftmarken hinterlassen, um seine feindliche Übernahme kundzutun. Konnte es sein, dass …? Ich schlich weiter, hüpfte auf den Heuballenberg – und da lag sie. Eine schwarze Schönheit schaute mich aus grünen Augen an.

»Mama, wo kommst du denn her?«

»Junge! Du lebst? Ich dachte, die Bestien hätten dich mitgenommen.«

»Die Menschen hier sind lieb, keine Bestien. Warum bist du zurückgekehrt, wenn du sie fürchtest?«

»Weil ich mich nur ein wenig ausruhen wollte, bevor ich morgen weiterziehe. Ich bekomme bald Junge und brauche einen sicheren Unterschlupf. Du sagst, Menschen sind lieb? Also ich hab ganz andere Erfahrungen mit ihnen gemacht.«

»Es gibt eben solche und solche. Opa ist oft ein wenig grantig, aber ansonsten sind sie nett. Sie füttern mich, bieten mir Schutz und lassen mir meine Freiheiten.«

»Und was ist mit dem Hund?«

»Der ist harmlos. Er verwechselt nur die Stimmungszeichen, die er mit seinem Schwanz gibt. Ansonsten ist er umgänglich.« Ich legte mich hin. Es war fast wie früher und doch anders. »War das Vater, mit dem du weg bist?«

»Ja. Er ist ein richtiger Kampfkater und schlau obendrein. Und seine blauen Augen erst.«

Wie gern hätte ich ihn mal getroffen, aber er würde mich nicht kennen, was mich ein bisschen traurig stimmte. »Wo ist er jetzt?«

»Keine Ahnung. Kater bleiben nicht bei ihrer Kätzin, wie du weißt.«

Wissen tat ich es nicht, aber ich spürte, dass sie recht hatte.

»Du könntest trotzdem bleiben.« Ich musterte ihren dicken Bauch. »Hier gibt es keine Regentonne.«

Ihre Augen wurden schmal. »Du erinnerst dich?«

»Du hast mir das Leben gerettet.«

»Das tun Mütter, weil sie ihre Kinder über alles lieben. Und diese Liebe hält ewig, selbst wenn sie sie ziehen lassen müssen.«

Das machte Sinn. Morgen würde Mama mich verlassen und das war gut so. Ich würde mich damit abfinden, dessen war ich mir sicher.

»Hast du inzwischen eine Maus gefangen?«, fragte sie in meine Gedanken hinein.

»Aber ja doch.«

»Gut. Dann erzähl mir mal, was du in der Zwischenzeit alles erlebt hast.«

Herzlich bedanken möchte ich mich bei:

- Tommy, unserem alten treuen Kampfkater, der einige Umzüge, darunter auch den in die USA, klaglos hingenommen hat, sowie bei seiner Freundin Minnie. Von beiden habe ich viel über das Katzenleben gelernt
- unserer Hundemeute, keiner gekauft, alle adoptiert
- meinem Mann Michael für seine tatkräftige Unterstützung
- unseren Kindern Franziska und Andreas. Ihr seid einfach super
- den geduldigen Mitgliedern meiner Schreib-AG im DSFo (Deutsches Schriftstellerforum) Katja, Christine, Karin, Sabine, Jenni, Elke, Monika und Ute
- Priska, Elke und Sabine für supereiliges Testlesen
- der Literaturagentur Schmidt und Abrahams für die Ermöglichung dieses Projekts
- dem Thienemann Verlag ganz besonders.

Schmidt, Ilona:
Katertage zum Verlieben
ISBN 978 3 522 50417 1

Einbandgestaltung: Zero Werbeagentur
Innentypografie: Tanja Haaf
Schrift: ITC Giovanni
Satz: KCS GmbH, Stelle/Hamburg
Reproduktionen: HKS-Artmedia GmbH,
Leinfelden-Echterdingen
Druck und Bindung: Friedrich Pustet, Regensburg

5 4 3 2 1°   14 15 16 17